Alexandre Page

RADITHOR

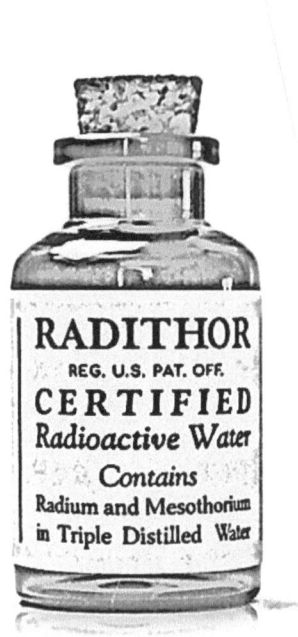

Autoédition

2025

Édition : BoD · Books on Demand, 31 avenue Saint-Rémy,
57600 Forbach, bod@bod.fr
Impression : Libri Plureos GmbH, Friedensallee 273,
22763 Hamburg (Allemagne)

© Alexandre Page, 2025.
Tous droits de reproduction, d'adaptation et de traduction, intégrale
ou partielle, réservés pour tous pays
pagealexandre020@gmail.com
ISBN : 978-2-3225-7273-1
Dépôt légal : février 2025

Pourpre brûlait l'étoile en folie
Comme je la scrutais derrière les rayons ;
Tout était malheur qui n'avait paru que joie
Avant que mon regard ne se brûle à la Vérité ;
Les Cacodémons exultant de démence,
Lorgnaient à travers la scintillation enfiévrée.

Je connais à présent la fable diabolique
Que portait le miroitement d'or ;
Je fuis à présent ce noir pailleté
Qu'avant je contemplais et j'aimais ;
Mais l'horreur, établie et durable,
Hante mon âme à jamais !

Howard Phillips Lovecraft, extrait d'*Astrophobos* (1917)

-I-

    Plus que de coutume, il y avait ce jour-là une petite foule qui se pressait aux abords du dix-huitième trou de l'Allegheny Country Club de Pittsburgh. De prime abord, il s'agissait d'une procession de simples spectateurs observant la rencontre attrayante qui se disputait. Les hommes étaient en habits de garden-party, décontractés, arborant costumes clairs, canotiers et panamas, cravates à rayures plutôt que nœuds papillon ; quelques-uns avaient eu la licence de retirer leur veste ou de s'asseoir sur des chaises paillées. Il faisait assez chaud et tous n'étaient pas habitués à marcher et attendre longuement sous le soleil comme le sont les golfeurs émérites. Les femmes portaient des tenues d'un standing similaire et le confort l'emportait généralement sur l'élégance et le raffinement. Les sweaters et les cardigans s'affichaient sans retenue, les mollets se dévoilaient à cause des jupes courtes, tandis que les chapeaux cloches s'enfonçaient presque jusqu'aux yeux pour protéger de la luminosité mauvaise les prunelles délicates de ces dames. En appréciant la qualité du jersey, du tweed, du crêpe et du kasha qui couvraient la peau soyeuse des spectateurs, le cuir de leurs chaussures et le métal de leurs épingles à cravates, il était aisé de conjecturer qu'ils appartenaient à l'*upper class* américaine. Toutefois, il fallait être davantage introduit dans les arcanes du gotha pittsbourgeois pour caractériser plus précisément cette foule élégante et *casual* tout à la fois. Ce petit homme seul, un peu gras, à fine moustache et costume crème, continuellement occupé à se tamponner le front avec un mouchoir de soie, était l'avocat Arthur W. Bell. Cet autre homme, au costume blanc, au fédora blanc, aux chaussures blanches et à la cravate blanche rayée de bleu était Frank Faber Brooks, l'heureux concessionnaire Cadillac de Pittsburgh, accompagné de sa femme endimanchée des pieds à la tête par « Jean Patou de Paris ». On trouvait encore les Brown, venus en famille. La fille, la charmante Miss Lillian Brown, portait sa tenue de *golfwoman* en tant que membre de l'Allegheny Country Club. Les regards qui se posaient sur cette athlétique célibataire de vingt ans ne manquaient pas, car elle joignait à tous les attraits de la femme moderne, l'heureux hasard d'être l'unique héritière du plus grand magnat de l'immobilier de Pennsylvanie. Il y avait encore les Woodwell, les White, les Oliver, les Miller, les Merrick, les Mellon, les McClelland, les Liggett, les Kuhn, les Kay, les Horn, les Howe, autant de noms pittsbourgeois fameux qui disaient l'importance sociale et pécuniaire de la foule rassemblée.

Au milieu de tout ce monde, une jeune femme se distinguait et n'en finissait plus de susciter des commérages à bas mots depuis le début de la partie. Ils puisaient leur origine dans le fait qu'elle n'appartenait pas à ce phalanstère de notabilités qui se divertissaient ensemble, se mariaient ensemble, se trahissaient ensemble. Des signes extérieurs de richesse donnaient pourtant l'impression qu'elle en était. Elle portait à merveille sa tenue verte de chez Molyneux et son petit feutre « cendre de brique » ; ils lui allaient presque comme à l'épouse d'un banquier, mais n'étaient qu'un déguisement insuffisant pour lui faire intégrer une communauté à laquelle, par tout le reste, elle était étrangère. Physiquement, on lui trouvait les doigts un peu épais, des mains d'ouvrière ; la poitrine un peu forte, des mamelles de nourrice ;

des mollets trop larges, des jambes de commissionnaire. De cela, certains ne s'offusquaient pas, et l'exotisme de son allure plébéienne ne refrénait pas les regards concupiscents. Dans ses manières, on l'estimait vulgaire. On disait que c'était dans ses gestes, et son visage surtout, parce qu'il y avait beaucoup trop de rouge sur ses lèvres et sur ses joues. Puis, elle avait des airs de Louise Brooks, les mêmes cheveux noirs et la même coupe de vamp provocante. Enfin, et c'était le plus grave, elle n'avait pas un sou, venait d'une famille inconnue, et comme naïvement elle répondait aux rares curieux qui l'interrogeaient sur « sa vie d'avant » qu'elle était ouvreuse dans un cinéma, elle laissait imaginer, avec une si modeste extraction, une jeunesse délurée et licencieuse.

De tout cela, on causait, on médisait à bas mots, on riait sans lui tenir rigueur de son état, car la bonne société pittsbourgeoise était réputée progressiste. En vérité, si cette femme qui se nommait Mary-Lou Smith indisposait autant les spectateurs autour d'elle, c'était moins à cause de son allure, de son extraction prolétarienne ou de son passé supposé qu'à l'audace avec laquelle elle s'affichait au milieu d'eux. On lui reprochait son arrivisme et sa prétention à se croire d'une classe sociale supérieure en étant seulement l'amante passagère d'un riche héritier. Reproche malvenu, puisque sa présence au milieu de cette foule, Mary-Lou Smith la devait à l'insistance de ce dernier. Il était à l'origine de cette situation inconfortable pour la jeune femme et inconvenante pour une grande partie de la foule qui, sans oser témoigner sa désapprobation à un membre si éminent de l'Allegheny Country Club, n'en pensait pas moins. Cependant, beaucoup étaient déjà disposés à lui pardonner sa conduite, car au même instant, il se trouvait sur le green de golf en belle

position pour remporter le duel face à son adversaire de toujours, William C. Fownes Jr. de l'Oakmont Country Club. C'était la prestigieuse affiche du jour, William C. Fownes Jr. opposé à Ebenezer McBurney Byers, un duo qui avait marqué deux décennies du golf amateur, et qui, en cette fin d'été 1927, renouait avec sa gloire passée. Les deux hommes avaient livré une partie remarquable, Fownes dominant les premiers trous jusqu'à avoir six coups d'avance sur Byers qui avait débuté la confrontation en étant l'ombre de lui-même. Puis, les rôles s'étaient inversés ; Byers, soudainement en pleine possession de ses moyens, avait largement dominé le reste de la partie, ramenant l'écart avec son adversaire à un seul coup. Après un putt facile manqué par Fownes à la fin du dix-huitième trou, la victoire de Byers semblait même certaine. Il lui fallait encore bien négocier un coup à peu près semblable pour l'emporter.
Dans le public, le silence régnait pour ne pas troubler la concentration du joueur qui s'apprêtait à conclure. Au loin, un pic, peu sensible à l'enjeu sportif, frappait en cadence dans un tronc d'arbre. Fownes, inexpressif, se tenait debout, à proximité de son caddy, la main gauche appuyée sur son putter, le poignet droit sur la hanche. Impassible à première vue, il bouillonnait intérieurement d'avoir commis une erreur de néophyte et d'avoir confié son sort aux mains de son adversaire. Sans même s'en rendre compte, Mary-Lou, nerveuse, avait porté sa main droite à ses lèvres, tachant de rouge son gant blanc. John Frederic Byers, le frère du champion, restait immobile comme une statue de marbre. Contrairement à sa femme, Caroline, qui souriait déjà et semblait pressée d'applaudir le gagnant, il préférait contenir son enthousiasme. En tant que joueur de golf émérite, il savait l'imprévisibilité de son sport, et surtout, d'un coup roulé.

Byers s'apprêtait à putter, mais au dernier moment, il se ravisa. Se dirigeant vers son caddy, il tira un autre putter, le soupesa, examina la tête, et se débarrassant de son putter en fer, il privilégia celui en aluminium. Retournant à sa balle, il prit la position singulière d'un joueur de croquet. Ce n'était pas un geste académique, mais c'était toujours ainsi que Byers avait joué ses coups roulés, et il en avait moins manqué que bien des académiciens du geste. De la balle au trou, il n'y avait ni pente ni obstacles, alors Byers se contenta de balancer doucement sa crosse comme un pendule, heurtant sa balle avec la face de son putter en appuyant juste assez pour la faire glisser jusqu'à son point de chute. Au « toc » mat du coup succéda le froissement léger du caoutchouc durci sur le green. Tous les yeux fixèrent la course de la balle qui avançait si mollement que les plus novices crurent qu'elle s'arrêterait avant le trou. Au contraire, elle l'atteignit, et même, le dépassa en glissant d'à peine quelques millimètres trop à droite. Elle s'arrêta à moins de dix centimètres de son but sous les « Oh » unanimes des spectateurs. Ils disaient tout à la fois la déception des membres de l'Allegheny Country Club et le soulagement inespéré de ceux du Oakmont. Byers, mécontent de son coup, grimaça et jeta son club d'agacement. Son geste, contraire à l'étiquette, ne surprit pas, car les colères du joueur avaient fait sa réputation autant que son talent, et c'était même devenu un spectacle iconoclaste attendu.
La conclusion de la partie fut une formalité, et la victoire de Fownes se joua à un coup d'avance. Les deux adversaires se serrèrent la main et se congratulèrent, conscients d'avoir disputé une belle rencontre, aussi accrochée et indécise que celles de leur âge d'or. Fownes fut applaudi et rejoint par son épouse, par son frère, Henry, directeur de « l'Oakmont », et par les membres les

plus éminents de son club, soucieux de féliciter leur champion. Fair-play, John Denniston Lyon, directeur de l'Allegheny Country Club, vint également lui serrer la main et lui confier avoir rarement vu un combat si acharné et un tel suspense dans une partie de golf :
— Je dois dire, répliqua Fownes, que je n'attendais pas cette résistance d'un joueur qui n'est plus en compétition depuis la guerre ! Si Dieu existe, il était peut-être ici avec moi sur ce dix-huitième trou !
Lyon esquissa un sourire de principe tout en invitant le groupe assemblé à l'accompagner au club-house où devait se tenir une garden-party. De son côté, John Frederic Byers rejoignit son frère qu'il savait déçu malgré le faible enjeu sportif de la partie qu'il venait de perdre. Il le trouva en compagnie de sa petite amie qui, obligée de se retenir dans ses démonstrations sentimentales toute la partie durant, s'était jetée à son cou comme une enfant pour le consoler. John Byers tenta de refouler l'expression affligée qui se peignait sur son visage devant ce spectacle risible et attendit patiemment que son frère se fût défait de l'étreinte de sa nymphette pour l'aborder avec des mots réconfortants :
— C'était une partie remarquable. Ta meilleure depuis longtemps sur les huit derniers trous.
— À l'exclusion du dernier ! répliqua Eben Byers, visiblement frustré.
— Ton adversaire m'a confié avoir eu Dieu avec lui ! continua John Byers en souriant. Tu n'y pouvais rien ! Allons, l'essentiel est que nous ayons eu un spectacle de charité digne d'une véritable compétition ; grâce à Fownes et grâce à toi ! Tu restes notre champion !
— Oui, notre champion ! s'exclama Mary-Lou sur un ton candide

qui sonna niaisement aux oreilles de John Byers et de son épouse. Elle déposa un baiser sur la joue de son amant qui avait plutôt l'âge d'être son père ; Caroline Byers ne put retenir un soupir d'agacement :
— Un champion qui a dû se froisser un muscle ! maugréa Eben Byers en se massant l'épaule.
— Plains-toi, je suis ton frère cadet, et même sans compétition, il m'arrive d'avoir des rhumatismes qui me laissent coincé dans mon lit ! Demande à Carrie, elle est obligée de me pousser parfois !
— Idiot ! s'exclama cette dernière en soufflant gentiment son mari sur l'épaule.
— Ah, mais c'est vrai ! insista John Byers. Les jours humides, il me faut une séance de rayons violets si je veux me tenir droit sans souffrir. On dit que ce sont les excès de la jeunesse qui se payent ! J'aurais mieux fait d'être joueur d'échecs !
— Acteur ! corrigea Mary-Lou de sa voix perçante.
— Croyez-vous que j'en ai la tête ? demanda John Byers, très surpris par cette remarque.
— Le cinéma c'est comme le vrai monde, il faut de toutes les têtes ! répliqua la jeune femme sur un ton étrangement sérieux, si sérieux que John Byers, qui n'en attendait pas tant d'elle, resta muet de stupéfaction. Il répondit finalement d'un « Oui, peut-être ».
Caroline Byers, voyant l'embarras de son mari et le visage sombre de son beau-frère qui restait piqué par sa défaite, lança, sourire aux lèvres :
— Allez, messieurs, le club-house n'est plus qu'à cent mètres. Un rafraîchissement vous fera oublier vos douleurs ! Un petit effort, car nous n'allons pas vous porter !

-II-

Le club-house de l'Allegheny Country Club était une élégante bâtisse en bois aux allures de luxueuse résidence de villégiature faisant la part belle aux terrasses et aux grandes fenêtres pour permettre à ses membres de profiter du *fairway* environnant, du spectacle autant que du cadre bucolique recherché par une clientèle soucieuse de s'écarter un instant de son quotidien ennuyeux ou harassant. Il n'était pas installé au sommet d'une petite colline comme celui du Oakmont Country Club qui, avec des jumelles adéquates, offrait une vue imprenable sur l'ensemble du parcours de golf, mais il n'en restait pas moins un lieu charmant avec toutes les commodités modernes que pouvait exiger une fréquentation huppée. L'intérieur mêlait la chaleur des boiseries d'acajou et d'ébène et la douceur du chintz émaillé qui tapissait les banquettes et les fauteuils et pendait en rideaux aux fenêtres. Toutefois, parce que le club-house aurait eu des airs convenus avec si peu de fantaisie, s'ajoutait à la décoration l'exotisme d'un mobilier hispanique et de tapis et de porcelaines chinoises aux formes et aux couleurs singulières. Ainsi, le club-house était un endroit de détente, mais avec cette touche d'excentricité propice à stimuler la gaieté et la convivialité, alors même qu'il n'était plus possible d'améliorer son humeur avec un verre de vin depuis l'entrée en vigueur de la Prohibition. Bien entendu, comme dans tous les clubs select dignes de ce nom, il y avait une cave pleine de champagne et de cognac, de bourbon et de gin, mais elle ne s'ouvrait qu'aux membres introduits, et elle resta naturellement fermée en cette journée particulière qui réunissait dans une union fraternelle les deux clubs rivaux d'Allegheny et d'Oakmont. S'ils s'étaient livrés à une compétition par l'intermédiaire de leurs champions, sortis exceptionnellement de leur retraite sportive pour s'affronter comme aux temps glorieux de leur jeunesse estudiantine, c'était pour une cause charitable, et si chacun des spectateurs présents ce jour-là avait déboursé, à minima, la coquette somme de cent dollars pour assister à la partie, l'argent était destiné à la souscription en faveur des victimes de l'accident de l'Equitable Gaz Company qui avait ravagé tout un quartier de Pittsburgh moins d'une semaine plus tôt. Un réservoir de 1,5 million de mètres cubes de gaz naturel avait explosé. Autour d'un cratère de vingt-cinq mètres de profondeur s'étendait, sur trois-cents mètres à la ronde, un horrible capharnaüm fumant de monceaux de briques, de structures d'acier tordues, de locomotives renversées et de vitres soufflées que les autorités commençaient à peine à déblayer. Il était déjà acté qu'il faudrait des mois pour effacer les stigmates matériels de l'accident, mais beaucoup plus aux plaies humaines pour cicatriser, et aux vingt-huit morts de l'explosion s'ajoutaient plus de six-cents blessés et d'autres milliers de sans-abris ne pouvant plus demeurer dans les logements les plus fragilisés par le séisme. L'accident était survenu dans le quartier d'Allegheny, dans une zone industrielle et portuaire le long de la rivière Ohio, et un comité de soutien s'était rapidement organisé pour venir en aide aux victimes, principalement des familles d'ouvriers qui vivaient au plus près du lieu de l'explosion et se trouvaient à la rue et sans travail. Dans ce contexte, l'Allegheny Country Club avait décidé la tenue d'un évènement particulier pour lever des fonds et convié à cette fin l'Oakmont Country Club, son historique rival. Plus d'un donateur avait doublé ou triplé la souscription minimale de cent dollars, ce qui restait modique pour eux, mais représentait une petite fortune pour les œuvres charitables de la ville. En tant que directeur de l'Allegheny Country Club, John Denniston Lyon ne cachait pas sa satisfaction, et dans le grand salon du clubhouse, montant sur une estrade qui supportait un pupitre installé pour l'occasion, devant tous ceux qui quelques instants plus tôt avaient assisté au superbe duel Fownes-Byers, il prit la parole pour une allocution de circonstance :

— Mesdames et messieurs, avant que nous nous sustentions au buffet, je tenais d'abord à faire un discours qui paraîtra évidemment trop long et ennuyeux à certains, mais qui s'impose en cette occasion particulière qui nous réunit tous, vous, confrères et consœurs de l'Allegheny Country Club que j'ai l'honneur de présider, et vous, voisins, rivaux et néanmoins amis de l'Oakmont Country Club. Je veux remercier son directeur, Henry Fownes, frère de notre champion du jour, pour sa présence et son investissement dans la bonne tenue de cette journée. Après moi, il vous fera un petit discours de circonstance. Comme vous le savez, notre chère ville de Pittsburgh à la prospérité de laquelle nous œuvrons quotidiennement, a été frappée par une terrible catastrophe, peut-être la plus terrible depuis le grand incendie de 1845. L'enquête, sûrement, en dira l'origine, et nous devons espérer que tous les enseignements nécessaires en seront tirés pour qu'un drame semblable ne se reproduise plus à l'avenir. Cependant, cette plaie ne guérira jamais complètement, car des ouvriers qui travaillaient sur les lieux au moment de l'explosion sont morts, des pompiers parmi les premiers à intervenir ont été victimes d'un effondrement, des centaines de personnes ont été blessées par des vitres éclatées, l'éboulement de leur maison, des jets de briques et de ferrailles, et alors que nous sommes presque à dix jours de l'accident, nos hôpitaux sont toujours saturés de patients dans un état préoccupant. Cette calamité seule nous oblige à nous engager, nous, quelques-unes des plus éminentes familles de Pittsburgh, à aider notre communauté, mais il y a plus encore. Des milliers de personnes, des familles entières, ont perdu leurs logements, vivent dans les rues ou dans des habitats sans fenêtre qui menacent de s'écrouler sur eux-mêmes, et nous entrons dans la mauvaise saison. Chaque jour, vous en êtes témoins, des femmes et des enfants dorment sur nos trottoirs, presque devant nos portes, sans rien d'autre que les vêtements qui les couvrent. C'est là une crise qui exige une réponse rapide, ferme, et que les autorités publiques, débordées par l'ampleur du drame, ne peuvent prendre en charge seules. Face à ce constat, nous nous devions d'agir. Beaucoup d'entre vous déjà ont donné de leur temps et de leur argent aux œuvres de charité et nombre de ces pauvres hères ont pu être hébergés dans des églises et des foyers, nourris et vêtus de vêtements chauds. Je vous remercie d'autant d'avoir donné à nouveau aujourd'hui, et notre trésorier, William Robinson, qui se tient à côté de moi, m'a fait savoir que nous avions recueilli près de quinze mille dollars, une somme considérable qui justifie que nous la conservions au coffre, jusqu'à son transfert sous bonne garde à son destinataire, la mairie de Pittsburgh, qui la distribuera suivant les besoins de chacun. Je ne doutais nullement de votre générosité et je savais pouvoir compter sur vous dans ces moments difficiles. Je savais que la détresse des plus miséreux de notre ville trouverait à travers vous une épée pour la pourfendre. Évidemment, le succès de cette journée doit beaucoup à nos deux champions, ceux qui vous ont offert une partie digne des meilleures compétitions de golf alors même que l'enjeu n'était que caritatif, qu'il n'y avait à attendre ni coupe, ni prestige sportif, et

qu'ils n'ont plus les jambes et les bras de leur prime jeunesse, mais ainsi que l'on dit familièrement, « ils ont de beaux restes ». William Fownes, Ebenezer Byers, voilà deux noms qui ont porté dans le monde entier la réputation des golfeurs de Pennsylvanie, il était naturel que pour un évènement d'exception comme celui d'aujourd'hui, nous reformions cette prestigieuse affiche qui aura tant apporté à notre sport, et plus largement, au sport américain. Je vous invite à les applaudir copieusement, tandis que je les somme de me rejoindre sur cette estrade, parce qu'ils le méritent !
Ce fut sous les applaudissements nourris de la foule que les deux golfeurs rejoignirent John Denniston Lyon sur l'estrade, lequel, après une courte conclusion, céda sa place à son homologue du Oakmont Country Club qui n'eut pas à ajouter grand-chose à un discours qui avait dit l'essentiel. Henry Fownes fit un speech rapide sur le devoir de solidarité dans les temps difficiles et sur la philanthropie comme vertu des riches en citant en épilogue de son intervention Andrew Carnegie : « L'argent ne peut être qu'une bête de somme au service de quelque chose qui le dépasse infiniment. » Malgré les airs ennuyants et sermonneurs du discours, il fit bref et fut applaudi pour cette raison, et reprenant la parole, John Denniston Lyon invita ses convives à se désaltérer au buffet prévu à cet effet. Il s'étalait là, en diable tentateur, sous les yeux de l'auditoire qui n'avait écouté que d'une oreille les allocutions qui venaient de lui être faites, alors que son attention se fixait sur les plats d'huîtres, les olives vertes, les tomates en tranches, les crevettes à la poulette, les toasts au bacon braisé Swift, les croquettes de poulet, les crackers salés et sucrés, les pointes d'asperges et les anchois confits au sel. Il y avait de la variété, mais ainsi que le sont les buffets aux États-Unis, les hors-d'œuvre étaient peu apprêtés. Ils auraient paru d'une

simplicité déroutante à la notabilité qui se pressait désormais sur la partie droite du grand salon, là où était distribué ce lunch copieux, si elle n'avait été américaine. Des garçons de service en livrée de serveur d'hôtel étaient là pour servir les boissons, du lait glacé, du jus de raisin, du julep à l'orange et de la bière sans alcool qui coulaient dans les verres de cristal comme un vin du vieux monde. Henry Rea, le vice-président de l'Allegheny Country Club, avait tenté de convaincre John Lyon de faire servir du champagne et de la vraie bière à défaut d'alcools plus forts, puisqu'il était de notoriété publique que le Volstead Act avait peu de soutien dans une société pittsbourgeoise qui avait perdu ses distilleries de whisky et ses malteries florissantes. Néanmoins, il s'était vu opposer un refus sans appel de Lyon. C'était la guerre dans les rues de Pittsburgh que certains comparaient à Chicago. Les contrebandiers s'entretuaient, et pour lutter contre ces violences, un peloton d'agents fédéraux avait pris ses quartiers dans la ville. Le premier d'entre eux, John Pennington, était réputé pour sa sévérité et son incorruptibilité qui l'avaient amené à enquêter jusque dans l'entourage du maire de Pittsburgh. Il était l'un des rares à refuser les pots-de-vin, et dans ce contexte qui incitait à la prudence, Lyon avait préféré réserver à un usage privé les bonnes bouteilles de son établissement. Aussi, l'on trinqua avec des jus de fruits et des cocktails sans alcool tout en se lançant des invitations à venir boire moins sobrement à une prochaine party organisée chez untel ou untel.

Tandis que Mary-Lou allait quérir un verre de jus de raisin et quelques hors-d'œuvre en faisant les yeux doux à un jeune serveur qui lui avait paru charmant et avec lequel elle entra dans une causerie un peu flirtante, John Byers, qui avait laissé sa femme avec des amis, profita de l'occasion pour allait voir son frère qui finissait juste de recevoir les énièmes compliments d'un couple d'admirateurs. Il lui demanda à nouveau si la défaite n'était pas trop pénible, car il connaissait le caractère compétiteur de son frère qui avait mis fin à sa carrière prématurément dès lors qu'il ne s'était plus trouvé physiquement capable de rester au sommet de son sport. Eben Byers essaya de se montrer serein, mais son frère devinait qu'il n'avait pas complètement digéré sa défaite. Au fond, cela le rassurait ; c'était signe qu'il allait bien. John Byers remarqua qu'il observait sa petite amie occupée à fricoter avec le serveur. Elle riait, alors que lui souriait timidement, elle dodelinait de la tête en minaudant alors qu'il rougissait, ne sachant trop comment réagir tandis qu'il travaillait et se doutait que cette femme avait sans doute son époux dans l'assemblée :

— Trois mois, lança John Byers à son frère après avoir avalé une rasade de son lait glacé.

— Que dis-tu ? demanda Eben sans détourner les yeux de sa petite amie.

— Cela fait trois mois que tu es avec elle. C'est presque un record pour toi.

— Tant que ça, déjà ? Me voilà devenu casanier.

— Tu ne devrais pas en plaisanter. Allons, elle est charmante, elle a un joli corps, un joli visage, et même, elle n'a pas l'air bête, mais c'est une gamine, elle a à peine vingt ans et tu en auras bientôt cinquante. Elle est avec toi par intérêt. C'est bien normal, son manteau vaut sûrement plus que tout ce qu'elle a gagné dans sa vie, et une fille aussi jolie ne peut pas supporter la pauvreté sinon elle se fane, mais toi ? Tu as l'âge de fonder une famille, d'avoir des enfants, et ce n'est pas avec elle que ça arrivera et tu le sais. Tu n'es plus le « Foxy » fringant de tes jeunes années mon frère, c'est fini le temps de courir la minette. Je ne dis pas, c'était une belle époque, mais il vient un moment où il faut se raisonner, car si on ne le fait pas, on quitte ce monde seul et avec le sentiment d'une vie emplie de futilité.

— Il me reste un peu de temps ! Puis, toi tu as eu la chance de tomber sur Caroline, moi je n'ai pas encore trouvé ma moitié.

— Ce n'est pas en abordant les femmes suivant l'intérêt de leur croupion que tu la trouveras ! Enfin, tu vois bien, il viendra un moment où elle croisera un jeune avocat ou un jeune médecin bien né avec le physique avantageux de ce serveur, et elle partira avec lui. C'est l'ordre des choses. Tu en trouveras une autre, puis une autre, mais il viendra un temps où même ta belle voiture ne suffira plus à faire asseoir les minettes sur ta banquette, et ce jour-là, il sera trop tard.

— Il restera les prostituées !

— Eben !

— Allons, tu ne vas pas me faire la morale.

— Et tu la payeras pour te faire un enfant ? Pour rester près de ton lit de mort ?

— Je préfère qu'elle le soit de mon vivant !

— Tu prends tout à la plaisanterie. L'amour, les affaires...

— Mais j'aime, j'aime Mary-Lou. Je l'aime intensément, puis un jour... J'en aimerai une autre. C'est ainsi. Je suis comme une abeille, je butine à plusieurs fleurs. Quant aux affaires, si Dallas n'avait pas été contraint de fuir la justice en Europe et de disparaître on ne sait où dans le vaste monde...

— Ne parlons pas de cela ici, je te prie !

— J'aime les femmes, j'aime la fête, j'aime le sport, j'escompte bien vieillir aussi longtemps que possible avec ces trois plaisirs.

— J'espère que tu n'auras pas à regretter de n'avoir que ces plaisirs ! Enfin, n'en parlons plus ! Mais je te tiendrai le même

discours à la prochaine que tu ramèneras à ton bras.
— J'y compte bien, c'est à cela que sert un frère !
— Si encore j'étais l'aîné…
— Si les aînés étaient plus raisonnables, Dallas serait toujours à la tête de l'entreprise, répliqua Eben avec un sourire malicieux.
John Byers grimaça, tandis que sa femme s'avançait vers lui en lui demandant ce qui l'ennuyait. Sa grimace s'effaça aussitôt et il lui confia que c'était l'aigreur de son lait :
— Je crois qu'il a tourné ! précisa-t-il pour se faire plus convaincant.
Elle se proposa d'aller lui en chercher un autre, mais il la retint et ajouta en dévisageant son frère :
— Tu devrais aller sauver ce pauvre serveur ! Il va finir par éclater à force de rougir !
Eben Byers inclina la tête en laissant échapper un ricanement sarcastique, et après un temps d'hésitation, il accepta finalement d'aller troubler de sa présence le tête-à-tête qui s'éternisait entre sa petite amie et le malheureux jeune homme qu'elle avait pris dans ses rets.

-III-

Pour rejoindre Pittsburgh en quittant l'Allegheny Country Club, il fallait emprunter la Blackburn Road et la Glen Mitchell Road qui serpentaient au milieu de forêts et d'étendues de parcs, souvent clôturées de hauts murs de briques qui en masquaient la vue à demi. Aux confins de ces parcs et de ces forêts se lovaient des manoirs et même de petits châteaux bâtis de fraîche date.

Le déménagement de l'Allegheny Country Club dans la zone rurale de Sewickley Heights en 1902 avait profondément modifié l'aspect de cette partie du comté d'Allegheny qui, de sauvage et inexploitée, était devenue le territoire des grandes fortunes pittsbourgeoises. Il ne se trouvait qu'à une quinzaine de milles au nord de la ville et permettait l'établissement de villas cossues. La Glen Mitchell Road rejoignait la Beaver Road au niveau d'Osborne, situé sur la rivière Ohio. De là, il s'agissait de suivre l'Ohio River Boulevard pour arriver à Pittsburgh. Les lacets pentus et ombragés de pins et de chênes rouges qui menaient des hauteurs de Sewickley jusqu'à la rivière et les berges de l'Ohio qui se faisait méandreuse dans cette partie de son cours offraient une promenade automobile idéale, à fortiori à bord d'une Cadillac v63 phaéton comme celle qu'aimait conduire en personne Ebenezer Byers. Elle avait d'assez bonnes suspensions pour faire oublier les imperfections du revêtement macadamisé de la route, et décapotée par beau temps, elle permettait de se croire aussi libre qu'un oiseau dans l'air.
En longeant l'île de Neville qui s'étendait sur six milles du nord au sud, Byers ne put réprimer un soupir. Il voyait les bâtiments hétéroclites du modeste township qui l'occupait, tandis que plus loin encore, s'élevait le brouillard noirâtre qui planait toujours au-dessus des installations minières de Moon Run. À chaque fois qu'il contemplait ce triste spectacle, il se souvenait de l'époque où des promoteurs avaient essayé de vendre l'île comme une nouvelle Manhattan qui devait se couvrir d'immeubles, de banques, d'hôtels luxueux. Puis, il se rappelait 1918, lorsqu'au lendemain de la Grande Guerre, l'armée américaine avait promis d'établir ici la plus vaste usine de canons côtiers des États-Unis. En tant que magnat de la sidérurgie et de la métallurgie à

Pittsburgh, il avait appuyé le projet, finalement abandonné dès 1919. L'emplacement en bord de rivière, près d'une mine de charbon, aurait parfaitement convenu à l'activité industrielle, et le cadre, plein de charme, aurait offert une vie de village agréable à une population ouvrière importante, mais rien n'était sorti de terre, et l'île de Neville, plate comme la main dans sa plus grande partie, était toujours un mélange de maisons brinquebalantes, de petites parcelles cultivées qui s'inondaient fréquemment et de bosquets d'arbres épars. Le sud de l'île seul échappait à cette tristesse avec les bâtiments de l'American Steel and Wire C° qui se prolongeait, sur l'autre rive de l'Ohio, avec la zone industrielle et ferroviaire des McKees Rocks. C'était une étendue d'usines en briques noircies, de cheminées vomissant d'épaisses fumées qui grisaient le ciel de rouleaux charbonneux, et l'on entendait sans cesse le bruit des marteaux-pilons, le crissement des locomotives, le couinement des rouages et l'agitation des milliers d'ouvriers qui travaillaient-là, de jour comme de nuit pour ne jamais arrêter les hauts-fourneaux où se liquéfiaient le fer et l'acier. L'air n'y était que poussière, les rues disparaissaient sous une fine poudre de suie, et partout où l'œil se posait, il n'y avait que des couleurs ternes, le touché froid du métal, la chaleur suffocante des brasiers. C'était ici que se bâtissaient les manoirs de Sewickley Heights, les buildings du centre de Pittsburgh, que s'étaient fait des noms comme Carnegie. En contemplant de loin ce Pandémonium industriel qui répandait ses effluents toxiques jusque dans l'Ohio, Mary-Lou détourna le regard. Il était laid, et depuis quelque temps maintenant, cette laideur avait pris le visage d'un insaisissable tueur. On retrouvait des corps féminins démembrés dans les environs des McKees Rocks. Un assassin fou sévissait là-bas, et cette pensée seule suffisait à faire frissonner la jeune femme qui posa sa tête sur l'épaule de Byers pour trouver un peu de chaleur réconfortante. Elle ignorait qu'il possédait lui aussi, comme tous magnats de l'industrie à Pittsburgh, sa part des McKees Rocks. Pour ne pas ajouter à sa maussaderie, il préféra la laisser dans cette ignorance, et une fois les dernières cheminées disparues, il l'amena sur un terrain en mesure de dissiper ses idées noires :

— Veux-tu, chérie, que nous allions chez Hardy and Hayes ? lui dit-il de sa voix grave, ronde, à la chaleur enveloppante qui avait quelque chose de rassurant et paternel.

Hardy and Hayes, ce nom parlait à la jeune femme. Ses pas l'avaient souvent conduite devant la boutique située au coin de Wood Street et d'Oliver Avenue. Elle n'avait jamais pu entrer du temps où elle vivotait de petits métiers, se contentant de « lécher la vitrine » en se piquant de rêves fous. Plus d'une fois, elle s'était placée face à un collier pour voir seulement son reflet dans la glace et observer l'effet que donnait sur elle une parure de princesse. Plus d'une fois, elle s'était dit qu'elle avait un cou à porter des perles, mais elle n'avait jamais imaginé les porter vraiment. Elle avait lu dans les journaux la publicité de la maison qui annonçait des bijoux bon marché à cent dollars ; c'était la moitié de ses revenus annuels. En entendant prononcé le nom d'Hardy and Hayes dans la bouche de Byers, ses deux yeux brillèrent comme les perles qu'elle convoitait, et souriant avec la franchise ingénue d'un enfant, elle prononça un « oui » euphorique en se pelotonnant davantage encore contre celui qui lui faisait ce cadeau. Byers manqua de faire un écart avec son véhicule qu'il rattrapa de justesse, et soufflant de soulagement après son coup de volant, il répliqua :

— Dans ce cas, relâche un peu mon bras, où nous allons chercher les perles au fond de l'Ohio !

Byers avait habitué Mary-Lou aux cadeaux luxueux, lui faisant connaître des choses dont elle ignorait qu'il en existât de si sublimes. Il lui avait offert des robes, des chapeaux, de la lingerie, des chaussures, des boucles d'oreilles, des passages à la manucure, à la pédicure, des soins du visage ; il lui avait offert l'allure d'une grande dame et de quoi exhausser sa beauté naturelle. Il faisait la même chose avec toutes ses amantes, parce que cela participait du plaisir qu'il prenait avec les femmes. Il n'avait aucun talent de peintre et de sculpteur et n'avait pas hérité de son père le goût de l'art, alors, il mettait en valeur les sculptures vivantes qu'il embarquait régulièrement dans sa voiture et dont il faisait ses compagnes, parfois pour quelques mois, plus généralement quelques semaines, et rarement moins de quelques jours. Quand venait le temps de la séparation, il les laissait aller avec leurs cadeaux. Il considérait cela comme une honnête manière d'employer sa fortune, puisqu'il permettait aux plus astucieuses de prendre un nouveau départ. Mary-Lou rêvait d'une carrière de mannequin et d'actrice depuis qu'elle avait posé pour une publicité Colgate qui lui avait rapporté dix dollars. À Byers, elle parlait souvent d'Hollywood, de son envie de devenir l'une des vedettes qu'elle voyait dans les films du cinéma où elle travaillait comme ouvreuse. Régulièrement, elle essayait de le convaincre de l'accompagner, jouant d'arguments pour le décider. Il refusait à chaque fois et sentait approcher le jour où son refus serait celui de trop.

Depuis sa prime jeunesse, Byers avait toujours aimé les jolies femmes. Ses critères étaient superficiels et se limitaient en principe à la beauté d'un corps et d'un visage. Il avait un goût particulier pour les vraies ou fausses brunes à la peau claire, au

cou fin et élancé, avec une taille étroite et de larges hanches ; il fallait nécessairement que leur sourire dessinât des pommettes saillantes. S'il les choisissait beaucoup plus jeunes que lui, c'était autant parce qu'il n'y avait selon lui de perfection sans jeunesse que pour établir avec elles une relation paternaliste qu'il affectionnait. Pour cette même raison, il préférait les jolies femmes pauvres qu'il pouvait sortir du caniveau de la vie, car trop jolies pour y demeurer. Le reste lui importait peu, à commencer par le caractère. Il ne vivait pas assez longtemps avec chacune pour qu'il fût source d'agacement, et lorsque c'était le cas, il se contentait de rompre. Par son attitude, Byers passait pour un fameux séducteur. Il avait acquis cette réputation dès ses études à Yale, et son surnom de jeunesse, « Foxy », qu'on lui donnait à cause de ses manières enjôleuses, était devenu « Foxy Grandpa » dans la bouche de ceux qui raillaient gentiment ses habitudes de coureur à bientôt cinquante ans. Il s'en amusait, car il ne se pensait pas séducteur. D'ailleurs, il n'affectionnait pas le jeu de la séduction que son argent et son nom lui rendaient sans intérêt. En revanche, il s'estimait inconstant en amour, ne pouvant se passer de la présence d'une femme à son bras, mais ne supportant pas que ce fût durablement la même. Il lui fallait toujours de la nouveauté, et il se sentait incapable de vivre une belle histoire d'amour sans avoir la certitude qu'elle fût courte dans le temps. Malgré les mises en garde de son frère sur l'inconsistance de ses relations et la solitude qui finirait par être sa seule compagne dans le grand âge, il n'avait jamais cherché à corriger sa nature. Il conservait une forme d'insouciance, même si depuis peu, il avait senti s'alourdir sur lui le poids de la sénescence et émerger des angoisses et des doutes nouveaux.
La Cadillac déboucha sur Oliver Avenue. C'était l'une des

principales rues commerçantes de Pittsburgh, où l'on trouvait surtout des magasins de confection. C'était aussi le siège du journal *The Pittsburgh Press*, et de plusieurs banques, parmi lesquelles figurait la Bank of Pittsburgh National Association :
— Tu vois ce bâtiment ? demanda Byers à sa passagère en longeant l'imposante façade à l'antique, dont le fronton sculpté reposait sur six colonnes corinthiennes.
Mary-Lou acquiesça de la tête :
— Il est beau, n'est-ce pas ? insista Byers.
— The Bank… of Pittsburgh, lut-elle sur l'entablement de l'édifice. Je n'avais jamais fait attention. Je croyais que c'était une église ! Ça ne ressemble pas à une banque.
— C'est pourtant bien une banque, et j'en suis le directeur, du moins, le directeur honoraire.
— Tu m'avais dit que tu avais une usine, pas une banque.
— Mon père considérait que la réussite passait par la diversité des investissements. Quand un secteur est en difficulté, un autre a des chances de bien se porter. Il dirigeait plusieurs entreprises, dont cette banque, et siégeait à divers conseils d'administration, notamment celui de l'hôpital général d'Allegheny.
— Et tu as pris sa place ?
— Non, non.
— Tu n'en as pas hérité ?
— Plus exactement, je l'ai hérité de mon frère aîné…
— Je suis désolée…
— Oh, non, ce n'est pas ce que tu crois. C'est une drôle d'histoire. Dans toutes les familles comme la mienne, il y a de drôles d'histoires. Mon frère John n'aime pas en parler. Moi, je n'ai pas de souci avec ça. Tu veux que je te la raconte, tu comprendras mieux ?

— Si ça ne te fait pas de peine.
— Non, je l'ai toujours trouvée plus drôle que triste. C'est mon frère aîné, Dallas, qui a hérité de l'empire de notre père à sa mort, en 1900. Il aimait les affaires, il avait la fibre familiale pour ça. Mon père le tenait en haute estime et nous avions tous confiance en son flair pour faire fructifier l'héritage familial. Il était très doué, seulement, il a recouru à des pratiques douteuses, pour ne pas dire illégales. Il a été impliqué dans un vaste trafic de pots-de-vin et de corruption qui a éclaboussé la plupart des grandes familles de cette ville à l'époque. C'était en 1908. Une vingtaine de personnes a été arrêtée et condamnée à de lourdes peines, d'autant plus lourdes que certains accusés ont aussi tenté de corrompre le tribunal qui les a jugés. Mon frère avait senti le vent tourner, ce qui lui a permis de s'échapper à temps de la nasse qui se refermait sur lui. Il a fui le pays. Personne dans la famille n'a su où il était allé. D'après ce que je sais, il serait mort en 1909, en France ou en Suisse, mais ce n'est peut-être qu'une falsification pour disparaître tout à fait. C'est ainsi que j'ai hérité des affaires familiales. Malgré moi…
— Tu en parles comme si tu étais malheureux. Je n'aurais que cette banque, je serais ravie.
— À l'époque, j'étais au fait de ma gloire de golfeur, je vivais en dandy insouciant, j'avais fait mon premier cycle à Yale pour le principe, mais je ne pensais pas devoir un jour me servir d'une manière ou d'une autre de ce que l'on m'a enseigné là-bas. Après la condamnation de Dallas par contumace, ma vie a changé en une fraction de temps. Je n'aime pas les affaires, je n'ai jamais été comme mon père ni comme mes frères. Heureusement, John les affectionne et il est le véritable directeur du conglomérat Byers. Je lui fais toute confiance et tant que je touche ma rente,

je ne m'inquiète pas. Gagner de l'argent sans occuper son emploi, le monde des riches doit te paraître étrange ?
— Je ne sais pas, marmonna Mary-Lou. Plus compliqué qu'étrange...
— Allons, ne te soucie plus de ça ! On arrive. Hardy and Hayes est devant nous !

-IV-

Cette fois, lorsque Mary-Lou se mira dans la vitrine de la bijouterie, ce n'était pas seulement son reflet qui portait le collier de ses rêves. Elle sentait les perles froides sur sa peau, la douceur de leur rondeur nacrée, elle passait sur elles ses mains caressantes comme pour s'assurer que son précieux chapelet n'émanait pas de son imagination. Elle avait pris le temps de faire son choix dans l'impressionnante boutique qui, par ses dimensions et la valeur des pièces exposées, rivalisait avec Tiffany à New York. Finalement, après s'être fait présenter les diamants, les saphirs et les rubis, après avoir reçu les conseils du vice-directeur de la boutique en personne, elle était revenue à ses premiers amours, à ces perles de nacre à l'orient iridescent qui constituaient la plus belle chose qu'elle avait vue dans sa vie :
— Viens, lui lança Byers en ouvrant la portière passager de sa Cadillac. Ce n'est pas une parure pour circuler dans la rue.
Mary-Lou acquiesça et monta à bord de la voiture d'un pas rendu léger par l'allégresse qui l'avait envahie. La grisaille ténébreuse des McKees Rocks était lointaine, remplacée par une joie débordante qui rappelait à Ebenezer Byers pourquoi il

affectionnait la compagnie des femmes. Il suffisait d'un rien pour ramener chez elles un sourire, une caresse, une tendresse qui faisaient son propre bonheur et mettaient de la gaieté dans son manoir à l'angle de Ridge Avenue et de Galveston. La propriété Byers était une imposante bâtisse de briques sombres qui s'élevait sur quatre niveaux et comprenait pas moins de quatre-vingt-dix pièces. Elle était de style victorien mais respirait l'austérité avec ses grands volumes cubiques, ses hautes façades nues, ses petites ouvertures qui rapetissaient encore davantage dans les étages. La seule fantaisie architecturale de cette bâtisse aux allures de couvent était une galerie à colonnade qui supportait une terrasse et flanquait, comme celle d'un demi-cloître, deux de ses côtés. En plus du bâtiment principal, une annexe occupait la partie sud de la propriété et servait de garage automobile.

Ebenezer Byers n'avait qu'une affection relative pour cette maison qui respirait la personnalité et les goûts de son père. À l'intérieur, la décoration était d'origine. Elle se composait essentiellement de la collection d'art d'Alexander Byers, une des plus belles d'Amérique disaient généralement ceux qui l'avaient vue. Des Gainsborough côtoyaient des maîtres de l'école hollandaise, il y avait des gravures sur bois du XVIIe siècle et des grisailles du XVIIIe, un paysage d'Hubert Robert et une *veduta* de Francesco Guardi, des portraits d'aristocrates inconnus et des natures mortes de fleurs ; des sculptures et des vases encombraient toutes les pièces comme dans un musée. La fragilité de ces collections exigeait une lumière naturelle restreinte, et les petites ouvertures de la maison avaient été conçues dans ce but. Il était difficile de se dispenser de l'électricité pour dissiper la pénombre des grandes salles et des longs corridors du manoir qui avait l'aspect et l'atmosphère des châteaux hantés de contes de fées. Tout, jusqu'au mobilier, datait des siècles passés, venait de l'Ancien Monde, il n'y avait pas une chaise qui ne craquait de son âge vénérable, une porte d'armoire qui ne grinçait dans ses gonds usés. Ebenezer Byers avait grandi au milieu de ce musée, mais cela n'avait pas développé son goût pour l'art. Au contraire, lui, l'enfant turbulent, nerveux et sportif, avait toujours considéré comme un obstacle à ses jeux ces collections qui imposaient de ne pas courir, de ne pas sauter et de tirer les rideaux lorsqu'on quittait une pièce, même les jours les plus gris. Malgré tout, au moment d'entrer en possession de son héritage, il n'avait pas eu la volonté de débarrasser ces antiquités aux enchères, de vider cette demeure de ses oripeaux antédiluviens. Une pointe de sentimentalisme avait présidé à cette décision, mais aussi le constat que le manoir Byers était l'écrin de cette collection, qu'une décoration contemporaine n'élargirait pas ses fenêtres, n'éclaircirait pas ses couloirs, ne changerait pas miraculeusement son allure de maison forte médiévale en résidence moderne. Au fond, cela lui importait peu, et lorsqu'il se sentait gagné par la neurasthénie, il faisait une cure de jouvence dans sa villa de Southampton, à Long Island.

Mary-Lou n'affectionnait pas l'ambiance du manoir Byers qu'elle trouvait bien lugubre pour une demeure de riche. Depuis trois mois qu'elle vivait avec Byers, elle avait séjourné une fois à Southampton, et elle en avait été enchantée. C'était ainsi qu'elle imaginait la maison d'un milliardaire, une grande villa claire et lumineuse avec des baies vitrées ouvrant sur la mer, sur des balcons, avec des canapés en cuir blanc et des meubles Art déco comme ceux que proposait la réclame publicitaire. Au manoir de Ridge Avenue, elle vivait dans le luxe et un confort qu'elle n'avait jamais connus auparavant, mais elle avait peur, elle avait froid, elle ne se sentait pas à l'aise, et ignorante de l'intérêt et de la valeur des œuvres d'art qui l'entouraient, certaines l'effrayaient. Elle se réjouissait lorsqu'elle n'avait pas à dormir seule dans le grand lit à baldaquin qui occupait ses appartements. De style Henri III, tout en bois de noyer presque aussi noir que de la poix, il était sculpté d'étranges mascarons grimaçants. De même, quand elle n'était pas en compagnie de Byers, elle préférait sortir en ville ou déambuler dans le petit parc du manoir, humer les roses, cueillir les plus belles, les planter dans son corsage ou en faire des bouquets pour égayer un peu les tristes corridors de la demeure. Elle n'était pas à son aise au manoir Byers, mais elle menait l'existence d'une grande dame, et la domesticité importante de la maison créait du mouvement et une agitation qui la rassuraient dans l'immensité des lieux où il lui arrivait encore de s'égarer. Elle connaissait cependant un chemin par cœur dans le manoir : celui qui allait de ses appartements à ceux de son amant. Le couple vivait à l'ancienne mode, par commodité. Ainsi, chacun avait ses armoires, sa salle d'eau et pouvait se reposer à tout moment sans déranger l'autre. Chaque soir, il fallait donc que l'un allât frapper à la porte de l'autre pour se faire ouvrir et se glisser à ses côtés dans le lit. Généralement, parce qu'il était plus vite préparé pour le coucher, Ebenezer Byers rejoignait le premier sa bien-aimée, la surprenant parfois encore à sa toilette du soir. Remplaçant alors la bonne, il se plaisait à lui savonner lui-même le dos, la nuque, lui démêler les cheveux, lui frictionner les épaules avec la serviette de bain, la caresser et sentir s'horripiler sous ses doigts le duvet de sa peau. Il appréciait cette forme de préliminaires amoureux. Il appréciait cela avec toutes, mais reconnaissait prendre un plaisir particulier avec Mary-Lou qui ne cachait pas l'amativité que ces manières faisaient naître en elle. Elle n'avait jamais été l'objet de si délicates attentions.

Byers aimait se presser pour la surprendre ainsi, au bain ou à sa table de toilette, nue, à demi nue, ou dans un négligé qui, à travers le linon translucide, laissait deviner les aréoles brunes de ses seins. Toutefois, ce soir-là, et comme cela arrivait rarement, ce fut elle qui alla frapper la première à la porte de son amant. En entrant, Mary-Lou le trouva assis sur son lit, en sous-vêtements, à côté d'une sorte de grosse boîte, à peu près de la taille d'une valise. Il tenait dans ses mains deux manches reliés à cette même valise qui se terminaient par des électrodes brillant d'une indéfinissable lueur bleu violacé. Il les avait appliquées l'une et l'autre contre sa cuisse qu'il massait lentement. Mary-Lou fit une moue d'étonnement et Byers sourit de son désappointement :

— Tu ne sais pas ce que c'est ?

— Une chose étrange, dit-elle en s'approchant jusqu'à s'asseoir près de la valise qui contenait différents accessoires en verre aux formes curieuses.

— C'est une machine à rayons violets, ce que tout *sportsman* désireux de récupérer promptement de ses efforts physiques doit avoir avec lui.

— À quoi ça...

— Attention, c'est fragile ! l'avertit Byers tandis qu'elle s'apprêtait à saisir l'une des électrodes en forme de peigne.

— À quoi ça sert ? reprit-elle en éloignant sa main de l'électrode.

— À tout ! Chaque électrode apaise un mal précis. Là, j'ai une douleur à la cuisse, alors j'applique les électrodes adéquates et je n'ai plus mal.

— De la lumière, pour soigner ?! Vraiment ? s'exclama la jeune femme, perplexe.

— C'est plus complexe que ça. L'électricité passe dans les électrodes à gaz raréfié. Le gaz contenu à l'intérieur de l'électrode chauffe et génère cette couleur, bleue pour l'argon ou rouge pour le néon. Les rayons réchauffent les cellules, les traversent en produisant un picotement qui contribue à restaurer leur énergie. Avec ce boîtier, on peut augmenter l'intensité électrique suivant les besoins.

— C'est douloureux ?

— Veux-tu essayer ? Tends ton bras.

Mary-Lou releva la manche de son kimono de soie, et peu rassurée, elle laissa Byers poser l'électrode sur sa peau. Sa couleur violacée la dérangeait, elle était anormale, elle n'avait jamais vu de lumière semblable et c'était uniquement parce qu'elle se savait très ignorante qu'elle accorda sa confiance à celui qui savait. Elle sentit une légère chaleur l'envahir à l'endroit où Byers avait posé l'électrode, puis un picotement pénétrant grandir peu à peu. L'expérience la fit rire, car le seul résultat du test fut de la rendre chatouilleuse :

— Tu vois, ce n'est pas douloureux. Un jour, tu l'utiliseras sûrement pour ton joli minois, car ça aide à garder la peau ferme et un beau teint.

— Un jour peut-être..., murmura-t-elle, circonspecte. Mais allons, mon chéri, maintenant que je suis là, je pourrais peut-être te masser mieux que ta machine !

Elle posa sa main sur la cuisse de Byers, à l'endroit même où venaient d'opérer les rayons violets ; elle sentit sous ses doigts la chaleur irradiante qu'avaient laissée les électrodes sur la peau :

— Tu crois ?

— J'en suis sûre, expira-t-elle juste avant de l'embrasser sur les lèvres.

Byers calma la jeune femme dans ses ardeurs. La saisissant par les épaules, il la repoussa affectueusement et lui demanda un peu de temps pour ranger sa machine. Elle protesta d'un air minaud, et comme il s'affairait avec ses électrodes et ses branchements électriques, elle se leva et fit quelques pas au milieu de la chambre. Elle dénoua son kimono et le laissa filer sur sa peau ; il glissa sur le sol telle la mue d'un serpent. Entièrement nue, elle ne portait plus à son cou que le collier de perles acheté chez Hardy and Hayes. Byers était fatigué de sa journée éreintante, il le savait mais refusait de le reconnaître. D'ailleurs, en voyant Mary-Lou nue, devant lui, il s'estima tout à coup moins fatigué, moins courbaturé, et dès qu'il eût écarté sa machine à rayons violets, les massages qu'elle lui prodigua le relaxèrent avec autant d'efficacité que la science. Elle lui massa les épaules, le bas du dos, les cuisses, délassa les muscles en les frictionnant jusqu'à ce qu'ils fussent bien chauds sous ses paumes. Byers était d'un âge, mais il avait encore la carrure d'un sportif qui plaisait à Mary-Lou. En apparence, il ne faisait pas cinquante ans, mais sous la peau, il en allait autrement. Les cartilages, les tendons et les fibres musculaires rouillaient et s'usaient. Byers en parlait sur un ton plaisantin, mais il récupérait de moins en moins bien après un effort physique, et même au repos, il éprouvait des douleurs chroniques qui se dissipaient de plus en plus difficilement.

Quand Mary-Lou jugea l'avoir assez détendu, elle passa à une forme différente de tendresse. Elle supposa que les choses iraient facilement cette fois, car elle n'avait pas négligé les préliminaires. C'était dans l'amour que Byers ressentait le plus violemment le poids des années. Il n'était plus réactif comme jadis. Il avait l'impression d'éprouver toujours le même désir et la même envie pour les femmes, mais des difficultés croissantes à l'exprimer physiquement. Cela avait commencé par des défaillances épisodiques qu'il avait mises sur le compte d'une langueur passagère ou de la lassitude. Il avait changé d'amante, mais la fréquence de ses défaillances, loin de se résorber, s'était aggravée, au contraire. Il avait compris que quelque chose était en train de se briser en lui. Son médecin, le docteur Moyar, également un de ses amis, lui avait conseillé un repos des organes de la génération pour en reconstituer la force, tout en lui expliquant, avec franchise, que l'âge ne favorisait pas l'endurance sexuelle, surtout avec de jeunes femmes. Byers s'était plié quelques semaines à l'exercice fastidieux de la chasteté avant de rencontrer Mary-Lou, et comme il avait ressenti une nette amélioration dans ses premiers ébats amoureux avec elle, il s'était cru guéri de son mal, ou tout du moins, en rémission. Mais ses troubles avaient petit à petit repris le dessus. Il était retourné voir le docteur Moyar qui lui avait fait savoir qu'il n'existait aucun médicament efficace contre l'impuissance, mais qu'elle était souvent corrigible en écartant toutes les causes potentielles de son origine. Il l'avait amené à modifier son régime alimentaire, lui avait conseillé des nuits plus longues, moins de fêtes, l'avait invité à cesser de boire de l'alcool. Face à la persistance du problème un mois plus tard, le docteur Moyar avait commencé à lui prescrire des stimulants et des excitants, des préparations camphrées, de l'iodure de potassium, de l'huile de foie de morue, mais depuis une semaine qu'il suivait cette médication rien n'avait changé. Une fois sur deux, Byers se trouvait dans l'incapacité physique d'honorer son amante, et lorsqu'il y parvenait, ce n'était que dans un temps

court et avec l'énergie d'un vieux barbon. Ce n'était pas ce qu'il appelait faire l'amour, mais plus un rapport de convenance qui se concluait généralement dans une gêne silencieuse et polie. Il en résultait une frustration mutuelle, dont s'accommodait toutefois mieux la maîtresse que l'amant. Elle n'avait pas accepté de vivre avec lui pour l'amour charnel, en revanche, pour lui, son monde s'effondrait. Il entrait dans l'ère sénile et débilitante de son existence et il tirait de cette situation une crainte et une appréhension qui aggravaient encore son impuissance sexuelle. Il essayait d'en faire abstraction, de se concentrer tout entier sur sa jeune amante, sur ses seins qui auraient pu servir de moule à la coupe d'Hélène, sur cette gorge veinée de bleu sobrement parfumée d'une goutte d'eau de Cologne, sur cette taille autour de laquelle il enroulait son bras comme un boa pour ravir près de lui un fruit tentateur qu'il lancinait de consommer. Ses sens s'échauffaient, il éprouvait du désir, de l'envie, et à chaque fois, il croyait pouvoir puiser en lui la force nécessaire pour l'assouvir, mais il n'y arrivait pas, ou à demi, comme si son corps refusait de suivre son esprit.
Ce soir-là, sous les doigts de son amante, il eut un début d'intumescence, il se mit à espérer, mais avant même qu'elle se fût assise à califourchon sur lui, tout était déjà terminé. Mary-Lou versa sur le côté, croisa ses mains sur son ventre et allongea ses jambes en regardant le plafond qui, par rapport à celui de l'entresol qu'elle habitait auparavant, lui semblait aussi haut que le ciel :
— Ce n'est pas grave, finit-elle par dire.
Byers ne répondit pas. Mary-Lou tenta de se lover près de lui, essaya à nouveau de susciter son excitation, mais il préféra cesser là son humiliation :
— Retourne dans ta chambre, je dormirai seul cette nuit. Je suis

fatigué, et ça ne m'aide pas. Demain, peut-être, quand j'aurai récupéré…

Mary-Lou esquissa un sourire comme pour lui assurer qu'elle n'éprouvait aucune frustration de la situation et l'embrassa quand même sur la joue avant de sortir du lit. Elle passa son kimono et en noua la ceinture autour de ses reins :

— Alors, à demain, dit-elle d'une voix tendre qu'elle accompagna d'un « bonne nuit » avant de disparaître.

Elle n'avait pas osé manifester sa désapprobation à être éloignée ainsi, mais en entrant dans sa chambre, sombre et silencieuse, en se trouvant seule dans cette grande pièce démodée, un frisson la traversa. En s'allongeant dans son lit dont les vieux montants gémissaient, en s'enfouissant sous les couvertures, elle se prit à rêver d'une villa à Los Angeles. Elle commençait à réfléchir sérieusement à son avenir avec Byers, au futur de cette vie qu'elle menait à Pittsburgh. Elle se demandait si elle finirait par le convaincre de l'emmener à Hollywood. Pour ne pas être très éduquée, elle n'était pas idiote et elle comprenait que sa relation avec Byers vacillait, qu'il y aurait un après, que cet après se rapprochait vite s'il n'arrivait plus à lui faire l'amour, si elle n'arrivait plus à l'exciter assez pour cela. Elle se voyait déjà quitter ce manoir qui lui faisait peur, et se laissant entraîner dans ses rêveries, elle essayait de concevoir sa vie future, car après avoir connu une éphémère vie de luxe, elle ne s'imaginait plus retourner simplement à son petit métier d'ouvreuse. Caressant son collier de perles, elle se voyait à l'écran, en nouvelle Louise Brooks. Sa rencontre avec Byers avait été pour elle comme le premier coup de pouce du destin vers l'accomplissement de son rêve, mais elle avait le sentiment que le temps était venu pour qu'un second se manifestât.

-V-

Mary-Lou Smith savait qu'elle n'était qu'une favorite éphémère pour Byers. Elle n'avait même jamais imaginé que sa relation avec lui durerait plus d'une nuit. Il l'avait abordée en voiture le long de Liberty Avenue, un soir, alors qu'elle quittait son travail. Il pleuvait, il l'avait fait monter dans sa Cadillac en lui proposant de la ramener chez elle. Elle avait accepté, puis il lui avait finalement proposé de la ramener chez lui. Elle avait accepté, encore, et après avoir vaincu l'appréhension d'être l'amante d'un homme qui aurait pu être son père, elle avait accepté son offre de rester à ses côtés, pour faire, selon son expression, « un bout de chemin ensemble ». Il était très rare que les femmes qu'il embarquait avec lui refusassent. Elles avaient peu d'espoir de demeurer longtemps auprès d'un riche séducteur célibataire de cinquante ans, mais elles croyaient toutes pouvoir exploiter, d'une manière ou d'une autre, la situation en leur faveur. Mary-Lou était une honnête femme, mais elle désirait naturellement tirer profit de sa bonne fortune, et puisque son rêve était de faire carrière comme actrice et modèle à Hollywood, d'apparaître dans les films de la Triangle Film Corporation et de la Metro-Goldwyn-Mayer, elle ambitionnait de faire de Byers son généreux mécène. Dans un premier temps, elle avait essayé de le convaincre en recourant à ses charmes et en exposant avec une ingénuité qu'elle pensait touchante ses aspirations de jeune femme. Elle avait espéré que l'entichement excessif qui accompagne toujours le début d'une relation passionnelle le déciderait, sur un coup de tête, de l'emmener à Hollywood et d'user de son argent et de son influence pour lui obtenir des rôles.

Mais dès le début de leur passion, Byers lui avait fait comprendre que c'était impossible, invoquant le fait qu'il ne pouvait s'éloigner de Pittsburgh et de New York à cause de ses affaires. Alors, Mary-Lou avait joué d'arguments nouveaux, et lorsque Byers avait commencé à défaillir dans sa virilité, elle lui avait parlé de la froideur du manoir, du climat délétère de Pittsburgh, elle avait expliqué à son amant que le surmenage et la tension nerveuse ruinaient les dispositions à l'amour. Elle avait pensé que de cette manière, un homme séducteur et très porté sur les relations charnelles se laisserait convaincre, au moins quelque temps, de changer de vie et de partir pour la douce et chaude Californie. Byers était resté inflexible. Aussi, Mary-Lou s'interrogeait sur la manière de le décider, et elle avait arrêté que si avant la fin de l'année, rien n'avait changé, elle partirait d'elle-même, troquant tout ce qu'elle avait reçu de lui contre un billet de train pour Los Angeles. Elle était prête à abandonner sa vie de luxe pour tenter seule sa chance à Hollywood, car elle avait conscience que sa jeunesse et sa beauté ne l'autorisaient pas à repousser son rêve indéfiniment.
Byers comprenait cette aspiration, mais refusait de lui donner corps. Il refusait tout engagement sérieux avec une femme, même si sa relation avec Mary-Lou lui plaisait et durait depuis un temps inhabituellement long. Byers avait singé l'étonnement lorsque son frère lui en avait fait la remarque, mais il l'avait lui-même constaté. Il restait rarement avec la même femme plus de trois mois. Ordinairement, c'était à cette limite qu'il se lassait et réfléchissait au moment opportun d'annoncer, en douceur, la rupture. Cette fois, il en allait autrement, car des questionnements personnels lui faisaient repousser cette échéance. Une part de lui refusait de le reconnaître, mais depuis quelque temps, il ne se

sentait plus l'homme qu'il avait été. C'était arrivé brutalement. Ça avait commencé un matin, par un simple regard dans le miroir. Alors qu'il s'était toujours trouvé beau et jeune, frais de peau et fier dans la mine, qu'il se souriait à lui-même dans la glace pour éprouver son air charmeur, ce matin-là, il s'était trouvé vieux et déliquescent. Il avait vu sa peau ravinée, ses traits fatigués par les excès, la grisaille de ses cheveux qui tendaient à se raréfier sur le sommet du crâne, son menton avachi qui lui donnait plutôt l'aspect d'un notaire trop gras que celui d'un fringant joueur de golf. Ce constat lui était venu ce matin-là comme une révélation. Tout à coup, sans savoir pourquoi ni comment, il s'était vu vieux. Par une inévitable réaction en chaîne, il avait commencé à éprouver des douleurs rhumatismales, des courbatures qui le quittaient de plus en plus difficilement, et il peinait à suivre la vie qu'il avait toujours menée, composée de fêtes, de sexe et de sport. Par obligation, il lui avait fallu ralentir chacun de ces plaisirs, sans que cela suffît à entretenir son feu intérieur qui s'amenuisait inexorablement. Ce ralentissement dans sa vie frénétique lui avait révélé la superficialité et le vide de son existence, mais plutôt que de le combler de choses durables ainsi que son frère lui conseillait, il s'accrochait comme un forcené aux plaisirs futiles que la vieillesse lui retirait. Il avait d'abord voulu nier son état, avant de s'en accommoder, contraint et forcé, et maintenant, il cherchait un moyen de le freiner ou de l'arrêter. Il était presque certain que les progrès de la médecine et sa fortune lui permettraient de le trouver, mais à force d'échecs et de désillusions, un doute s'était insinué en lui, une peur grandissait dans son esprit, et cette peur le retenait de quitter Mary-Lou. Parce qu'il se sentait en situation de faiblesse, parce qu'il n'était plus aussi insouciant des lendemains que par le passé, il chérissait davantage la jeune femme qui vivait à ses côtés. Il éprouvait la crainte nouvelle d'être abandonné, de se retrouver seul et de ne plus pouvoir ni même oser séduire. Il fanfaronnait devant les avertissements de son frère, il plaisantait lorsqu'on le surnommait « Foxy Grandpa » et qu'on le traitait en vieux séducteur, mais il masquait ainsi les tourments et les doutes qui l'affectaient.

Il n'y avait qu'une personne à laquelle il confiait ses états d'âme. Elle s'appelait Mary F. Hill et était la veuve d'un riche industriel de Pittsburgh. Déjà, du vivant de son mari, un inverti notoire, le nombre de ses amants lui avait acquis une certaine réputation. À l'apogée de sa gloire, elle s'amusait à dire qu'elle en voyait plusieurs à la fois pour avoir le temps de donner satisfaction à tous. C'était avant la Grande Guerre, à une époque où les mœurs étaient moins libres, et cela lui avait parfois créé des inimitiés. Byers, au contraire, avait toujours vu en elle une amie, et même, parce qu'elle avait à peu près son âge, une sœur. Il l'avait connue dans quelques fêtes dantesques qui se tenaient à Pittsburgh avant la guerre, puis il avait tissé avec elle une amitié qu'il avait longtemps cru impossible avec une femme par superstition ridicule. Ils étaient devenus les confidents l'un de l'autre, et chez des individus aussi réservés sur leurs véritables sentiments, ce mot prenait tout son sens. Le sujet dominant de leurs conversations était leurs relations amoureuses éphémères. Ils parlaient sérieusement de ce qui, pour leur paraître important, aurait semblé futile à la plupart des gens. Ça parlait d'amour pour une amourette, de passion pour une aventure, de tendresse pour une gâterie. Ils avaient leur propre conception des sentiments amoureux et s'entendaient à merveille sur ce sujet. Il était rare que la morosité s'installât dans la conversation de ces deux amis qui ne vivaient que pour le plaisir, mais il arriva un jour où Byers la convoqua par

une courte phrase de trois mots : « J'ai un problème ».
Sur le moment, stupéfaite d'entendre Byers se plaindre d'un problème, Mary Hill ne sut quoi répondre, mais comme elle sentait que ce n'était pas très honorable en tant qu'amie de ne rien trouver à dire, elle répliqua finalement ce qui lui vint en premier à l'esprit :
— Toi qui n'en as jamais ! Cela doit être très grave.
— Ça l'est, oui.
— Et tu veux mes conseils ?
— Juste une oreille, car je ne peux en parler à nul autre qu'à toi et ne pas en parler me ronge.
— Alors, je t'accorde mes deux oreilles. Parle ! s'exclama Mary Hill en tapotant l'ambre vert de son fume-cigarette sur le grès flammé d'un cendrier qui reposait sur un guéridon tout près d'elle.
Byers lui exposa sa situation sans fard, sans euphémisme, la manière dont il se sentait vieux, défraîchi, l'appréhension avec laquelle il abordait le demi-siècle de vie :
— Je crois, dit-il, que je suis sur le déclin ! Je deviens un grand-père, et même si je n'ai pas de petits-enfants pour me le rappeler, mes rides, mes douleurs s'en chargent à leur place.
— C'est en effet ce qu'il peut nous arriver de pire. J'ai toujours espéré que le jour où je ne pourrais plus vivre cette vie comme je l'aime, je partirai brutalement plutôt que d'entrer dans le mouroir. Cela dit, tu es encore fringant. Je te le dis avec toute la franchise de notre amitié. L'âge convient mieux aux hommes qu'aux femmes, sois-en sûr !
— Crois-tu ?
— Je traverse en ce moment même une période de turbulences, mon cher ! D'après le médecin, je vais enfler comme une baudruche, suer comme un cochon, mes seins vont s'avachir, c'est

inévitable selon lui, car je sors de l'âge fécond !
— Tu n'en es pas déprimée ?
— Tant que je peux encore lever la jambe et voir mon reflet dans l'œil d'un jeune homme sans y lire la gêne ou la honte au moment de faire l'amour, je m'estime heureuse ! C'est le jour où je ne pourrai plus danser et faire l'amour qu'il faudra que je songe au cyanure !
— Les rides, les cheveux gris, la fraîcheur d'un décolleté, il y a des artifices pour ça…
— N'est-ce pas ce dont tu me parles ?
— Il n'y aurait que ça, je m'en accommoderai, je crois…
— Tu sais que tu peux tout me dire et que ce ne sera pas répété.
Byers acquiesça d'un hochement de tête. Il quitta son fauteuil et fit quelques pas comme pour se donner du courage et de la contenance :
— Je suis fatigué, confessa-t-il.
— Dans ce cas, prends du repos.
— J'ai pris du repos, cela n'a pas suffi. J'ai l'impression que mon corps rouille, mes muscles… Les rayons violets n'y font plus, et j'ai de plus en plus de mal à… enfin, avec les femmes. J'ai peur de devenir complètement impotent.
— Oh ! s'exclama gravement Mary Hill. Cela dit, la fatigue cause souvent…
— Ce n'est pas ce genre de fatigue. Moyar a essayé toute sorte de stimulants, d'excitants, rien n'y fait pour le moment. Il ne comprend pas. J'ai peur que ce soit l'usure. C'est ça, l'usure plutôt que la fatigue. Je me sens usé.
— On dit que seul s'use ce que l'on n'utilise pas…
— Ou trop. Tu vois que ce n'est pas si malheureux d'être une femme de ton âge par rapport à ma condition…

— Peut-être devrais-tu laisser s'envoler ton petit oiseau du moment et en adopter un autre...
— Si seulement Mary-Lou en était la responsable ! Je ne t'en ai pas parlé plus tôt, mais mes problèmes ont commencé avant ma relation avec elle. Ils étaient aléatoires d'abord, puis la fréquence a augmenté... J'ai pensé à une maladie vénérienne, mais mon médecin est formel, rien de cela, ni aucune pathologie semblable. Si ce n'est pas la fatigue et la nervosité, alors il m'a dit que c'est probablement psychique et que je devrais consulter un psychiatre. Évidemment, je lui ai répondu que je n'étais pas fou et que c'était hors de question !
— Tu devrais peut-être voir un autre médecin. J'en connais un, il a appris des techniques chinoises, il soigne toutes les maladies avec des aiguilles. Je suis sûre qu'il serait en mesure de te rendre ce que tu as perdu.
— Peut-être...
— Allons, tout à une solution, mais le plus difficile est de la trouver ! Il faut être curieux, expérimenter... Tu n'es pas si vieux que ça. De nos jours, on est plus si vieux à cinquante ans. Moi, j'en ai quarante-cinq. Tu sais ce qu'on disait des femmes de mon âge quand j'en avais dix ? Qu'elles étaient vouées à la décrépitude découragée, à l'oubli, à l'avarice et à l'accablement. Beaucoup se sont laissées convaincre par ces persiflages et elles sont devenues ce qu'on leur prédisait. Moi, j'ai toujours refusé de me sentir vieille, j'ose les roses et le grand monde ! Je pense que tes douleurs te font sentir vieux, plus vieux que tu n'es, et parce que tu te sens vieux, tu subis ton âge. C'est une question d'état d'esprit. Sors de cette logique néfaste et je suis certaine que tu iras mieux. Avec un peu d'aide, il ne paraîtra plus rien de ta déprime dans quinze jours, et je suis sûre qu'en retrouvant le moral, tu seras aussi

fringant qu'à tes vingt ans.

Byers n'était pas loin d'accepter cette idée, cependant, il n'avait de remède ni à son état physique, ni à son état mental, et ne savait comment échapper à cette spirale autoentretenue de mélancolie dépressive. Il se posait des questions qu'il ne s'était jamais posées, souffrait à des endroits où il n'avait jamais souffert et se tourmentait d'autant plus qu'il n'arrivait pas à caractériser son mal, ce qui l'empêchait de trouver un remède. S'il avait lu Émile Zola, peut-être aurait-il pu mettre un nom sur cette maladie qu'avait traversée l'écrivain et qu'il avait baptisée « la crise de la cinquantaine ». Mais il n'avait rien lu de lui, et continuait de s'enliser dans ses doutes et ses incertitudes avec, dans sa poche, l'adresse d'un acupuncteur.

-VI-

En dépit de la tendre amitié qu'il avait pour Mary Hill, Byers préféra ne pas consulter l'acupuncteur. Il jugeait avec scepticisme les « médecines pittoresques », et sans considérer tout à fait comme du charlatanisme une pratique consistant à enfoncer des aiguilles dans le corps d'un patient pour le soigner, il l'estimait incapable de pallier un mal que la science moderne ne pouvait guérir. Il envisagea donc de rencontrer son médecin pour décider d'un nouveau protocole médical, mais avant cela, il devait se rendre à New York pour assister à une course de chevaux à l'hippodrome d'Aqueduct. Depuis qu'il avait arrêté sa carrière de golfeur, Byers avait investi dans le cheval de course. Il n'avait que très peu d'affection pour l'équitation, mais il convoitait le prestige apporté par une bonne écurie. Il avait acquis quelques étalons de haute race et recruté, parmi ses jockeys, un certain James Marsters. C'était son meilleur élément. Chétif, maigre comme un squelette, juste assez solide pour s'accrocher à sa bride, il avait le physique adéquat du champion hippique, sport qui avait alors atteint un tel niveau d'excellence qu'un succès en course tenait parfois à une différence d'une demi-livre sur la balance. Il se disait même que certains jockeys cessaient de respirer au moment de courir pour éviter de charger leurs poumons. Vérité ou anecdote spectaculaire pour « épater la galerie », il était en tout cas certain que les meilleurs jockeys ressemblaient à des momies asthmatiques aux orbites oculaires creuses, aux nez saillants, aux joues tendues comme des parchemins sur des pommettes proéminentes. Ils avaient tous l'air souffreteux, le teint jaunâtre, et à l'inverse des autres sports, plus ils se rapprochaient physiquement de malades en fin de vie, plus ils inspiraient confiance aux parieurs qui ne négligeaient pas de s'assurer également de la bonne conformation des chevaux. C'était dans ce parfait équilibre que résidait la victoire. James Marsters montait Skedaddle qui offrait de nombreux gages de confiance. Il avait une respectable ascendance, il était mince, mince mais pas squelettique, avec des jambes et un dos longs, une belle robe lustrée et une apparence élancée qui lui donnaient fière allure.

La course qui devait se tenir à l'hippodrome d'Aqueduct était le dernier steeple-chase de la saison hippique. Byers attendait beaucoup de cette ultime chance de remporter un prix. Son écurie était encore jeune et elle avait obtenu de bons résultats, mais il en espérait de meilleurs, un prix au moins, car en compétiteur avisé, il n'existait pour lui nulle autre place que la première. C'était dans ce but qu'il avait tant investi et il lui manquait un trophée pour se convaincre qu'il n'avait pas jeté son argent par la fenêtre.

Le 3 octobre, il se rendit donc en train de Pittsburgh à New York, seul, en dépit du souhait de Mary-Lou de l'accompagner. Il lui expliqua que c'était pour des affaires professionnelles, que c'était pour un jour ou deux, qu'il serait vite de retour et qu'il n'y avait rien de plus ennuyeux que le cheval :

— J'ai aimé assister au match de polo, le mois dernier, à Southampton…, argua-t-elle.

— Le steeple-chase est très différent du polo. C'est une course de quelques minutes. Le moyen le plus rapide de faire ou de défaire une petite fortune, et c'est bien là tout ce qui intéresse le public qui assiste à ce genre d'évènements.

— Et toi alors ?

— J'y vais pour savoir si j'ai bien fait d'investir dans une écurie de course plutôt que dans une usine de savon comme me le recommandait mon frère.

— Et je serai seule dans cette froide maison…, se lamenta Mary-Lou en minaudant.

— Un jour, si tu veux, je t'y conduirai pour le loisir, mais là, c'est pour les affaires.

Elle n'insista pas davantage, considérant qu'il valait mieux éviter de se montrer capricieuse pour ne pas être vexante. Le matin du 3 octobre, elle se contenta donc de l'accompagner jusqu'à la gare. En l'abandonnant sur le quai, Byers l'embrassa et lui dit en tenant son menton entre ses doigts :

— La prochaine fois, tu viendras avec moi et nous irons à Southampton.

Mary-Lou sourit pour faire bonne figure, mais elle se demandait s'il y aurait vraiment une prochaine fois.

Lorsqu'il se rendait à New York pour un court séjour, Byers avait des habitudes bien arrêtées. Il prenait le train numéro 2 qui partait de Pittsburgh à 7 heures 15 du matin, un luxueux Pullman qui offrait, outre le restaurant et une cabine-couchette, un fumoir, une bibliothèque et une voiture d'observation avec fauteuils et bar. Le train arrivait à New York le soir même, à 19 heures, et Byers rejoignait le Plaza Hotel, sur la 5ᵉ avenue. Suivant ses obligations, il restait une nuit ou deux, jamais plus. S'il lui fallait séjourner plus longtemps à New York, il préférait alors, malgré l'éloignement de la métropole, sa résidence de Southampton.

Le 4 octobre, il se rendit à l'hippodrome d'Aqueduct, dans le quartier du Queens, sur Long Island, qui vibrait d'une animation extraordinaire, ultime liesse populaire pour la dernière journée de courses de la saison. Byers n'était pas un habitué de l'hippodrome, mais il n'avait jamais vu un tel fourmillement depuis que l'acteur George Walsh avait défié à Aqueduct un cheval de course en 1922.

Les cinq épreuves de la journée s'annonçaient prestigieuses, en particulier le steeple-chase Harbor Hill doté d'une bourse de 7500 dollars. Byers avait des connaissances hippiques rudimentaires, et son manager d'écurie lui exposa dans un rapport circonstancié tout ce qu'il avait besoin de savoir sur la course. Il lui détailla la nature de l'épreuve, l'état de son équipage et lui présenta ses rivaux. Il lui murmura à l'oreille ce que le *tout*[1] lui avait rapporté à propos de Louqsor que tout le monde voyait comme le principal outsider de la course :

---

[1] Un espion vendant au plus offrant des secrets d'écuries et de centres d'entraînement.

— De ce que je sais, il y a de l'inquiétude ! Il a beaucoup plu ces derniers jours, le terrain est très arrosé et leur cheval n'a le pied fiable que sur la poussière. C'est un bon tuyau !
— Et le favori, il n'a pas le pied glissant lui aussi ?
Le manager se contenta de hausser les épaules en expliquant, gêné :
— Canterbury est monté par Williams. Rares sont les steeple-chases qui échappent à ces deux-là, mais on peut l'espérer, cette fois plus que jamais.
Byers gagna les tribunes de l'hippodrome, mis en confiance par son manager. Cependant, une fois installé dans les gradins, où certaines de ses connaissances le saluèrent et souhaitèrent bonne chance à son champion, il commença à douter en entendant revenir continuellement, au gré des conversations qu'il épiait, les noms de ses rivaux. Turkey's neck, Beowulf…, il s'en moquait, ils s'élançaient dans la première course, mais pour la deuxième, le fameux steeple-chase, l'on parlait fort de Canterbury, Louqsor et Bangle en trio de tête. Skedaddle était loin chez les parieurs et les bookmakers, à 9 contre 1, et Byers se demandait si les « bons tuyaux » d'écuries valaient l'argent qu'il dilapidait pour les obtenir.
Il laissa passer la première course sans même jeter un œil dans ses jumelles. Puis la deuxième course se prépara. Tous les concurrents se mirent au départ. Byers en profita pour faire une rapide inspection des coureurs ; le sien avait une casaque rouge et une toque verte :
— Vous avez parié sur qui ? lui demanda un de ses voisins qui tenait entre ses mains tout un tas de petits papiers sur lesquels il avait griffonné des opérations mathématiques complexes.
— Je ne suis pas turfiste. Un des équipages est à moi.

— Oh, fort bien cher monsieur, répondit l'individu avec déférence. Et quel est votre représentant ?
— Skedaddle, monté par Marsters.
— Ah, alors vous êtes... Byers, Ebenezer Byers, Marsters sur Skedaddle... Oui, c'est ça ! dit-il après avoir tiré une liste de sa paperasse qui manqua de s'envoler. Vous êtes à 9 contre 1. Les mathématiques vous donnent troisième.
— Vous avez parié combien sur ce résultat ?
— Je suis mathématicien. Je ne parie pas, mais je me passionne pour les statistiques. J'essaye de trouver une formule mathématique permettant de déterminer à coup sûr les résultats hippiques.
— C'est impossible, il y a toujours des impondérables.
— Tout peut être mis en équation cher monsieur, même les impondérables, et lorsque j'aurai achevé mon œuvre, on ne parlera plus que de John Comstock, soyez-en sûr. Attention, le départ va être donné !
Le starter baissa son drapeau, et telle une charge de cavalerie de l'ancien temps, presque tous les chevaux s'élancèrent bride abattue. Presque tous, car l'un d'eux resta au poteau, boitillant quelques pas avant de retourner à l'écurie sous la conduite de son jockey, dépité. Cependant, tous les principaux compétiteurs partirent en tête. C'était un steeple-chase de deux mille, une course de quelques minutes à peine et un bon départ était l'une des clés du succès. À mi-parcours, Skedaddle se trouvait troisième. Derrière lui, Bangle revenait fort, devant lui Canterbury et Louqsor se disputaient farouchement la première place qui se jouait à chaque obstacle. Byers grimaça, se demandant si les mathématiques n'allaient pas avoir raison. En voyant la remontada de Bangle, il craignit même un instant que

Skedaddle glissât à la quatrième place après un contrebas délicat, mais au moment fatidique, ce fut Louqsor qui perdit pied. Alors qu'il n'y avait aucun obstacle, il chuta, non pas gravement, mais assez pour ruiner ses chances de finir parmi les cinq premiers. Un vent de panique s'empara de la tribune des spectateurs, des mines dépitées s'affichèrent sur les faciès des parieurs malheureux qui songeaient aux sommes rondelettes qu'ils venaient de perdre. Sans effort supplémentaire, Skedaddle hérita donc de la deuxième place, toujours talonné par Bangle derrière lequel venait l'inattendu War Fain monté par Cheyne. C'était un vieux lutteur, sa cote était à 12 contre 1, seul un fou ou un ignorant avait pu l'imaginer dans le trio de tête, mais contre toute attente, à quelques mètres du poteau d'arrivée, il passa devant Bangle qui, après avoir décroché sérieusement sur l'ultime talus, se trouva finalement relégué à la quatrième place. Le résultat de Skedaddle ne satisfaisait pas complètement Byers, mais il paraissait presque content par rapport à son voisin statisticien qui avait déjà abandonné ses jumelles pour se plonger dans ses calculs, ne comprenant pas ce qu'il avait oublié :
— Vos mathématiques, lui dit Byers, n'ont pas su prévoir la chute de Louqsor et la forme inhabituelle de War Fain.
— Un jour, cher monsieur, un jour, j'y arriverai, vous verrez… Et le monde entier retiendra le nom de John Comstock !
Byers le salua et s'éloigna en soupirant de dépit et de soulagement mêlés. La deuxième place n'était pas celle qu'il préférait, mais c'était inespéré, et dans la foule, il n'était pas de ceux qui s'en sortaient le plus mal. Le steeple-chase Harbor Hill avait eu son lot de surprises, et la chute de Louqsor joint au rush inattendu de War Fain dans la ligne droite avait chamboulé l'humeur des tribunes de l'hippodrome d'Aqueduct. Les plus gros perdants

pestaient, déchiraient du papier, certains essuyaient une larme ; il y avait toujours des suicides au lendemain des courses majeures de l'année. Les plus optimistes, l'air grave, digne et impassible, escomptaient se refaire sur la troisième course, tandis que les rares mais heureux gagnants du gros lot, une fois leur dû en poche, commençaient à s'éclipser avec la discrétion convenant à leur statut de nouveaux riches.

-VII-

Byers quitta New York le soir même, montant dans le train de 18 heures en partance pour Pittsburgh. Il soupa avant d'arriver à Philadelphie, puis après une brève revue de presse, il alla s'allonger dans sa cabine couchette. Il s'y trouvait seul, car chaque fois qu'il prenait un train à sleeping, il payait les billets pour les deux couchettes de son compartiment par souci de tranquillité. Une heure plus tard, à cause d'un sommeil agité qui l'empêchait de s'endormir malgré son état de fatigue général, il se leva dans le but de faire quelques pas dans le couloir et rejoindre l'*observation car*, mais à peine avait-il quitté sa couchette, qu'une secousse violente ébranla tout le convoi. Byers, surpris par ce séisme soudain, manqua de chuter. Au lieu de cela, il alla heurter la paroi de sa cabine de l'épaule et du coude. Sur l'instant, il ne ressentit aucune douleur notable, et après avoir attendu assez longtemps pour s'assurer que le train était bien immobilisé et qu'il n'y avait plus de danger, comme d'autres passagers, il jeta un œil dans le couloir. Tous voulaient savoir l'origine de cet arrêt impromptu qui avait fait quelques blessés, certains assez sérieusement. Un médecin qui se trouvait parmi les passagers fut appelé auprès d'une femme qui s'était fendue le front en heurtant son lavabo. Après d'interminables minutes d'interrogations et de perplexité, le chef de bord annonça que deux voitures engagées sur un passage à niveau demeuré ouvert malgré les coups de sifflet avaient forcé le mécanicien à actionner le frein Westinghouse. Le pauvre homme était confus de la situation, mais dans leur majorité, les passagers comprirent qu'ils avaient probablement échappé à un déraillement et applaudirent ceux qui, par leur réflexe, avaient évité le drame.

Le train ne tarda pas à repartir, et par prudence, Byers décida de se recoucher. Toutefois, il se redressa bientôt sur son séant, ressentant une douleur légère mais grandissante là où il s'était cogné quelques instants plus tôt. Elle lui gagna l'ensemble du bras droit, du haut de l'épaule jusqu'aux doigts dans lesquels se manifestèrent des fourmillements et une perte de sensibilité. Puisqu'il n'avait éprouvé aucune douleur aiguë en heurtant la paroi en châtaignier de sa cabine, il pensa d'abord que ces désagréments étaient liés à une mauvaise position, qu'ils résultaient d'un nerf coincé, et supposa que quelques mouvements adéquats le soulageraient de son engourdissement. Il n'en fut rien, et si la douleur cessa de grandir avant d'atteindre un point intolérable, les fourmillements et l'hypoesthésie qui l'indisposaient persistèrent malgré ses efforts pour les faire disparaître. Inspectant son bras nu dans la glace de sa cabine, il ne distingua aucune ecchymose, et considérant qu'il n'avait rien de cassé, il conclut qu'il avait dû se faire une sorte d'entorse. Cependant, il se promit d'aller voir son médecin une fois de retour chez lui, car sous son apparence anodine, sa douleur n'avait ni régressé ni disparu au moment où il descendait à la gare de Pittsburgh à 6 heures 15 du matin.

Avant de quitter New York, il avait prévenu de son arrivée par le train numéro 9, aussi, il trouva sans surprise son chauffeur qui l'attendait sur le quai. La présence de Mary-Lou, en revanche, l'étonna. Malgré l'heure très matinale et la froideur humide de la nuit finissante, elle patientait à côté de l'automédon, emmitouflée dans un manteau de cachemire bleu bordé de fourrure d'opossum qui prenait des reflets virides sous la lumière jaune de chrome des lampadaires électriques. De la vapeur s'échappait de sa bouche à chacune de ses expirations, et ces petits nuages blancs s'engloutissaient presque aussitôt dans les boucanes sombres et épaisses des locomotives. Cette attention, imprévue de la part de Mary-Lou, émut Byers. Ils s'embrassèrent et échangèrent quelques banalités pendant que le chauffeur attrapait la valise. Comme au moment de glisser son bras sous celui de la jeune femme Byers grimaça, elle lui demanda si tout allait bien :

— Ce n'est rien ! Une petite chute dans le train. Depuis, j'ai une gêne à l'épaule. Mais ça va...

— Tes rayons violets vont te soigner...

— Je crois bien que cette fois je vais plutôt aller voir le docteur Moyar. J'irai demain, si ce n'est pas passé d'ici là.

En s'acheminant jusqu'à la voiture, Mary-Lou lui demanda comment s'était déroulée la course à Aqueduct, même si à la mine bougonnante de Byers, elle avait deviné qu'il n'avait pas eu le résultat escompté. Lorsqu'il lui dit « deuxième », elle essaya de lui montrer à quel point ce n'était pas une place indigne, et son enthousiasme juvénile, la manière avec laquelle elle tenta d'argumenter en recourant au bon sens populaire finirent par tirer Byers de la morosité qui l'avait dominé tout le voyage durant. Après s'être assis dans la voiture, il l'embrassa sur les lèvres et lui répondit en souriant :

— Tu as sans doute raison. Deuxième, ce n'est pas si mal.

Mary-Lou ne crut pas un instant à la sincérité de ses mots. Elle reprit :

— Les soucis donnent des cheveux gris. Il ne faut pas ressasser ce qui est passé, il faut se concentrer sur ses projets, ceux qui donnent envie de vivre la vie. Tu sais…, j'ai vécu dans la rue, un temps. Oh, pas longtemps, quelques semaines… Ce n'est pas long quand on n'y est plus, mais ça paraît toute une vie lorsqu'on s'y trouve. C'était pas drôle, crois-moi, j'avais pas cette allure ! Heureusement d'ailleurs, la laideur est une alliée précieuse dans la rue. Du jour au lendemain, je n'avais plus qu'une valise avec moi et nulle part où aller. Dans ces moments, si tu ne penses qu'au passé, tu désespères, tu finis par boire de l'alcool frelaté, tu perds la vue et la raison, ou tu te jettes d'un pont, sous un train ou tu finis dans un bordel. En tout cas, tu ne ressors pas du trou où tu es tombé si tu désespères de remonter. Moi, même quand je mendiais sur le trottoir, je rêvais d'être comédienne. Je mendiais devant les théâtres et les cinémas pour ne pas m'éloigner de mon rêve. C'est ainsi qu'on m'a engagée comme ouvreuse au Gayeti. Il faut toujours croire en des lendemains meilleurs si on veut qu'ils se réalisent.

Byers ne sut quoi répondre en écoutant Mary-Lou évoquer pour la première fois avec autant d'expansivité sa « vie d'avant ». Elle ne lui en avait jamais parlé de la sorte, et il se sentait à présent débiteur d'une confiance qu'il n'avait jamais placée lui-même en aucune de ses compagnes. Il n'aimait pas leur parler sérieusement de peur de « faire son âge ». Entendre les mots de Mary-Lou l'ébranlèrent dans ses certitudes, dans l'assurance qui était sienne de ne jamais parler gravement avec des femmes qui, pour beaucoup plus jeunes que lui, avaient pourtant été mûries précocement par les aléas de la vie. Un court instant, lui qui, par son argent et son aura, s'imaginait être le protecteur de celle qui partageait la banquette de sa torpédo et se blottissait tout contre lui pour chercher de la chaleur et de la tendresse, se demanda si derrière les apparences, les rôles n'étaient pas inversés. Dans la période de doutes et de faiblesse qu'il traversait, il se demandait si ce n'était pas lui, en vérité, qui se blottissait tout contre son ange bienfaiteur.

-VIII-

Le lendemain, Byers ressentait toujours une gêne au bras, des fourmillements dans les doigts, une perte de force dans la main, et ce, malgré les rayons violets, les massages de Mary-Lou et une pommade contre les coups. Comme il se l'était promis, il se rendit donc chez son médecin, le docteur Charles Clinton Moyar, un praticien qui avait pignon sur rue à Pittsburgh. Spécialisé dans l'électrothérapie et la physiothérapie, c'était également un ancien golfeur émérite qui avait remporté plusieurs tournois en Caroline du Sud et en Pennsylvanie. Naturellement, son domaine de spécialisation et sa connaissance du golf et des exigences de ce sport lui avaient amené une clientèle de s*portsmen*, dont Ebenezer Byers.
Moyar avait fait ses études médicales à New York, puis avait été interne à l'hôpital général d'Allegheny avant d'établir son propre cabinet dans le South Side, où tout en pratiquant la médecine comme généraliste, il avait cultivé son intérêt pour la physiothérapie, dont il cherchait à obtenir la reconnaissance

médicale. Depuis quelques années, le succès aidant, succès qu'il devait peut-être moins à son acuité de médecin qu'à son aisance proverbiale en matière de relations sociales, il s'était installé dans le centre-ville de Pittsburgh, ouvrant un cabinet au 203 du Diamond Bank Building. Il consultait de neuf heures du matin à quatre heures de l'après-midi, ce qui était davantage que tous les médecins de la ville et témoignait de son dévouement à sa patientèle, même si quelques rumeurs disaient aussi qu'il ne pouvait faire autrement pour financer son train de vie fastueux. Il ne se contentait pas de soigner la bourgeoisie pittsbourgeoise, il voulait, tout comme sa femme, en être au plus haut niveau, et le couple était réputé pour les réceptions nombreuses et raffinées qu'il organisait dans sa maison de Crafton, en proche banlieue de Pittsburgh.

Moyar et Byers étaient, pour ainsi dire, des amis, et avant d'entretenir une relation de médecin et patient, ils avaient eu l'occasion de s'affronter sur des terrains de golf. Lors de leurs entrevues, il leur arrivait fréquemment d'évoquer quelques souvenirs communs. Les Moyar étaient régulièrement invités aux fêtes organisées au manoir Byers, et Byers était de même un invité habituel des fêtes qui se tenaient chez les Moyar. Du reste, Moyar apparaissait presque à tous les évènements mondains de Pittsburgh, non seulement parce qu'il affectionnait cette vie, mais en plus, sa cordialité et son affabilité, ses manières élégantes et son charme faisaient apprécier sa compagnie. Lorsqu'il recevait ses patients, il inspirait confiance, car il avait une douceur rassurante dans la voix, dans le regard, dans le geste calme et précis, jointe à une énergie qui se devinait dans l'ensemble de son tempérament. Elle exprimait une détermination sans faille, qualité nécessaire à tout bon médecin.

Son cabinet était un appartement élégamment meublé, « cosy » ainsi que disent les Anglo-saxons, qui n'avait pas le caractère inquiétant des cabinets médicaux aux ustensiles nombreux et bizarres. Un paravent chinois dissimulait le lit de consultation, des tapis orientaux couvraient le sol, des plantes vertes contrastaient avec les teintes sombres du mobilier Arts and Crafts. En entrant dans le cabinet du docteur Moyar, on avait l'impression de rentrer chez un ami, et ce fut en ami qu'il accueillit Eben Byers. Il supposa d'abord qu'il venait pour les problèmes qu'il lui connaissait. Aussi, tout en l'invitant à s'asseoir, il s'enquit de sa situation :
— Tes vitamines n'ont rien fait, expliqua Byers. Au contraire, je crois que mon cas s'aggrave, mais ce n'est pas pour ça que je suis venu, cette fois.
Il entreprit d'exposer la nature du mal dont il souffrait. Moyar se trouva rassuré, certain de pouvoir soulager son patient par quelques manipulations appropriées. Il lui proposa d'ôter sa chemise et de s'installer sur le lit de consultation. Le traitement dura une dizaine de minutes, et à la fin, Byers sentit une douce chaleur irradier son bras, même s'il subsistait des picotements dans les doigts et un manque de force dans les muscles :
— Il faudra une ou deux séances de plus pour que tu retrouves le plein usage de ton bras. Reviens dans deux jours.
Byers hésita à demander un traitement plus rapide, car il lui devenait pénible de supporter l'engourdissement permanent de son bras et il n'avait pas le sentiment de se trouver très soulagé par les manipulations du docteur Moyar. Mais ce dernier était déjà à son bureau, rédigeant une lettre « pour le docteur Meyer » :
— J'attendais de savoir ce que le traitement à base de vitamines

allait donner avant de lui écrire, et comme tu me dis que ton cas s'aggrave… Je pense qu'il pourra mieux t'aider que moi. Il est psychiatre…

En entendant ce dernier mot, Byers s'exclama :

— Hors de question, je ne suis pas fou !

— Les psychiatres ne soignent pas que les fous. La folie, d'ailleurs, n'a plus de sens médical. Allons, ta fatigue, et ton impuissance en particulier, n'ont pas d'origine musculo-squelettique, sinon, je suis certain que la physiothérapie et les vitamines que je t'ai prescrites auraient eu un effet bénéfique. Ton impuissance n'est ni d'origine paralytique ni organique. Tu n'as pas l'air malade et ton cœur se porte très bien. Je pourrais te prescrire des lavages, des suppositoires, des traitements à l'eau chaude et à l'eau froide, mais ton état ne me semble pas justifier ces soins fastidieux qui sont le dernier recours de la médecine et ne sont recommandés que pour des hommes jeunes. À ton âge, ils auraient plus de désagréments que d'avantages, crois-moi. En vérité, tu es en parfaite santé, et tu es même beaucoup plus jeune à ton âge que des hommes de quarante ans. Tu m'as déjà dit ne pas avoir reçu de commotions à la tête ni de chocs émotionnels qui sont souvent cause d'une impuissance brutale. Alors, je ne vois plus qu'une explication possible à tes problèmes de santé. Il est fréquent qu'à l'approche des cinquante ans on se sente moins en forme, qu'on se remette plus difficilement d'une soirée de fête, d'un long voyage, d'une nuit d'amour. En général, cela ne prend des proportions handicapantes que plus tard, à l'âge sénile, mais chez certaines personnes acceptant particulièrement mal ces désagréments minimes, il arrive qu'apparaisse une forme d'hypocondrie qui rend le malade anxieux et le conforte dans l'idée qu'il va beaucoup plus mal qu'en réalité. De là, le patient éprouve des maux physiques dont il n'avait aucune raison de souffrir à l'origine.

— Veux-tu dire que je me suis convaincu d'être impuissant ?

— Je pense que tu es convaincu d'être vieux, d'être déclinant, que tu as du mal à accepter ton âge et que cela te cause une angoisse profonde qui altère tes conditions physiques bien plus qu'elles ne le sont en vérité. C'est ce cercle pervers qu'il faut briser, et seul un psychiatre aura les moyens de le rompre, par les mots et avec une médication appropriée.

— C'est ridicule !

— Tu serais surpris du nombre de cas semblables aux tiens. Le psychique joue un grand rôle dans ce domaine, c'est le cerveau qui commande, et si son signal fait l'objet d'un parasitage, même infime, eh bien rien ne se produit.

— Je verrai... Je verrai plus tard, répliqua Byers, sèchement. Pour l'heure, je tiens à soigner mon bras...

— Plus tu remets à plus tard, plus le mal risque d'être difficile à guérir...

— Je ne suis pas prêt à rencontrer un psychiatre.

— C'est un médecin comme un autre...

— Si seulement j'étais un homme comme un autre plutôt que le président du conglomérat Byers... J'imagine ce que l'on dirait de moi si l'on apprenait que je consulte un psychiatre. Je serais « le fou », on penserait que je suis atteint de démence... Avoir une déficience physique attise la pitié, mais une déficience psychique vous rend dangereux, infréquentable. On me rejetterait comme un lépreux sans chercher à entendre que le psychiatre ne soigne pas uniquement la folie comme tu me le dis. Certains essayeraient de tirer profit de cette situation. Et si encore j'étais

assuré de ma guérison...
— Je pourrais t'orienter vers un spécialiste des organes de la reproduction si je savais seulement vers qui ? C'est une science dans laquelle il y a surtout des charlatans.
— Charles, je reviendrai dans deux jours, pour le reste, je dois réfléchir.
Moyar se rendit à l'avis de son patient et le laissa aller sans finir sa lettre au docteur Meyer qu'il rangea néanmoins dans un tiroir plutôt que de la déchirer. Le docteur Moyar se trouvait confronté à un problème qu'il ne savait comment régler. Pour lui, l'origine purement psychique des troubles de Byers ne faisait aucun doute, et s'il avait procédé à tous les examens de rigueur en les jugeant inutiles, ce n'était que dans l'espoir de persuader son patient de sa bonne santé physique et de l'absence de pathologie grave. Byers n'avait aucun souci médical sérieux et Moyar avait cherché à l'en convaincre sans y parvenir. À présent, il ne savait plus quel examen entreprendre et la solution psychiatrique en laquelle il avait placé ses derniers espoirs ferait long feu. Pourtant, l'hypocondrie de son patient était bien installée, profondément ancrée et il ignorait comment remédier autrement au mal.
Deux jours plus tard, Byers se représenta à son cabinet pour une nouvelle séance de physiothérapie à laquelle il se prêta avec scepticisme. Entretemps, il n'avait constaté aucune amélioration notable de son état. Pire, après la deuxième séance, il eut l'impression de se trouver encore plus handicapé. En définitive, au moment de revenir au cabinet du docteur Moyar pour une troisième séance, il la refusa et exigea un autre traitement :
— Charles, je suis dans le même état qu'au premier jour, je me demande si ce n'est pas pire. Tes manipulations sont sans effet.

J'ai essayé de jouer au golf hier, je n'avais aucune sensation et l'épaule engourdie. Il me faut un traitement plus efficace, car je ne peux plus rester ainsi. Même en conduisant, j'éprouve une gêne.

Le docteur Moyar pensait sincèrement qu'une troisième séance ferait aboutir les bénéfices de la physiothérapie et voulut défendre sa solution thérapeutique, toutefois, confronté à l'agacement de son patient dont le ton n'invitait pas au compromis, il n'eut pas assez de détermination. Il se résigna et lui prescrivit un remède adéquat :

— Je le prescris dans les cas de douleurs et de rhumatismes musculaires récalcitrants, précisa Moyar. Il est vendu par caisse de trente flacons. Tu en prends un par jour jusqu'à ton parfait rétablissement.

— Tu as écrit « Radithor » ?

— Oui, c'est une eau au radium.

— Tu es sûr que ce sera efficace pour mon bras ?

— Le radium est tout indiqué pour les soucis de cet ordre, et les eaux radioactives en flacons sont révolutionnaires. Imagine-donc, il y a cinq ans, il fallait encore aller en Europe, en France ou en Allemagne pour prendre des bains de radon dans les rares sources thermales à les proposer. Aujourd'hui, on le trouve dans nos pharmacies pour quelques dollars. C'est une chance, crois-moi. En 1924, j'écrivais un article sur les bienfaits du radium sur les tissus lymphoïdes, et je ne pensais pas que l'on arriverait à le rendre accessible si vite au plus grand nombre par les progrès de la science. Tu sais que je n'affectionne pas la chimie, mais le radium c'est différent, c'est comme l'électromagnétisme, c'est la puissance naturelle de la Terre au service de la santé de l'humanité. Les Romains l'avaient déjà compris sans même en avoir conscience.

Byers accepta l'ordonnance. Au moment où il s'apprêtait à partir, Moyar l'interpella :

— Pour le docteur Meyer...

— Je n'ai pas eu le temps de réfléchir à ça... Quand mon bras ne me fera plus souffrir.

— Soit, soit... Tu devrais constater les premiers effets bénéfiques très rapidement. Et pour le docteur Meyer, reviens me voir quand tu t'estimeras prêt...

Les deux hommes se serrèrent la main, et aussitôt après avoir quitté le cabinet du médecin, Byers, qui sentait déjà son épaule le faire moins souffrir, se mit en quête du Radithor.

-IX-

Les recherches de Byers furent brèves et couronnées de succès dès la première officine. Il éprouva un soulagement immédiat lorsque le pharmacien déposa sur son comptoir une caisse de Radithor :

— Trente bouteilles, trente dollars, précisa-t-il, laconiquement.

Byers ne se laissa pas déconcerter par l'attitude nonchalante du pharmacien et aplatit trente dollars devant lui.

Il s'empressa de rentrer chez lui et d'ouvrir la caisse de Radithor qui contenait, outre un prospectus publicitaire pour d'autres produits des Bailey Radium Laboratories, un bon de commande et une notice d'usage. La posologie était expliquée en quelques lignes et précédait une liste interminable de maladies et de pathologies traitées par le Radithor. Byers lut distraitement les noms de celles qui venaient en premier. L'anémie voisinait avec l'arthrite, les troubles digestifs avec les affections cardiaques et les désagréments de la ménopause. Il n'eut pas la détermination d'aller plus loin dans la lecture de cet inventaire qui devait recenser, peu ou prou, toutes les maladies humaines.

Trottinant à petits pas dans un négligé de soie gris d'argent à liseré rouge, Mary-Lou le rejoignit. Le bruit des grilles de la propriété et le ronflement caractéristique du moteur de la Cadillac l'avaient prévenue de son retour. Elle était pressée d'entendre Byers lui rapporter ce que le médecin lui avait dit, mais lorsqu'elle vit la caisse et toutes les petites fioles en verre ambré qu'elle contenait, sa première question fut pour savoir de quoi il s'agissait :

— Un médicament que Charles…, le docteur Moyar, m'a recommandé.

La jeune femme s'approcha, fit glisser sensuellement ses mains sur l'épaule valide de son amant, et tandis qu'il portait une fiole à hauteur de ses yeux, elle lut l'étiquette, lentement :

— Radithor… Eau radioactive, radium et méso… mésothorium ! Il faut être médecin pour savoir ce que ça veut dire ce charabia !

— C'est comme de l'eau thermale, mais en plus concentrée et en bouteilles. C'est la force naturelle de la Terre au profit de la santé humaine. C'est ce que j'ai compris.

— Il y en a beaucoup ! Pourquoi ne pas avoir fait une seule grande bouteille ? demanda-t-elle en attrapant machinalement la notice d'utilisation posée sur la table.

— Ce sont des doses quotidiennes.

— Et ton bras ira mieux ?

— Si ce médicament soigne vraiment tout ce qu'il prétend soigner, peut-être pas que mon bras ne sera pas le seul à aller mieux.

Mary-Lou examina la liste des pathologies emplie de mots complexes qu'elle ne comprenait pas :

— Tu crois qu'un médicament peut soigner tout ça ?

— Je laisse ces questionnements aux médecins.

Byers retira le bouchon de liège de l'une des fioles, produisant un petit bruit caractéristique. Il passa son nez au-dessus de l'ouverture pour tenter d'identifier une odeur particulière, mais le contenu était aussi inodore que de l'eau. Il tourna le regard vers Mary-Lou, lui adressa un sourire complice et s'exclama « Cheers ! ». Puis, il but d'un trait le breuvage insipide. Il posa la fiole et patienta, immobile, comme s'il escomptait un effet immédiat sur sa santé. Il avait lu le slogan des Bailey Radium Laboratories sur le bon de commande, « L'incroyable puissance de la Terre développe la puissance de l'Homme », et il s'attendait presque à être gagné aussitôt par une force et une vitalité herculéennes. Il n'en fut rien, et balayant l'air d'un geste de la main, il marmonna en levant les yeux au ciel :

— C'est idiot !

Mary-Lou tenta de le rassurer sur l'efficacité du médicament, lui expliqua qu'il fallait patienter, qu'une seule fiole, sans doute, ne pouvait pas avoir d'effet. Elle essaya de calmer l'empressement de Byers qui ne supportait plus son bras débilitant. Il avait de plus en plus de mal à dissimuler son humeur massacrante, à la cacher à Mary-Lou, à son personnel de maison et à ses visiteurs. Même son frère avait pu en être témoin. Chaque semaine, il venait l'entretenir des actualités des entreprises familiales dont il assurait l'essentiel de la supervision. Il lui parlait du marché de l'acier, du cours du dollar, d'inflation, de déflation, de chiffres d'affaires, de taux brut, de taux net, du prix du coke, de grève, des syndicats... D'ordinaire, ces mots l'ennuyaient, mais à la dernière visite de son frère, Eben Byers s'était montré plus qu'agacé par ces interminables exposés, par les schémas qui lui avaient été présentés, les listes de chiffres qu'il avait jugé écrites trop petites pour être lues alors qu'il souffrait d'un début de presbytie qu'il refusait sciemment de corriger avec des lunettes. Comme John Byers ne prenait aucune décision importante sans l'aval de son frère, il lui avait demandé son avis à propos d'un futur contrat avec l'entreprise de fils de fer et de clôtures Dwiggins Wire Fence C^o de Cleveland, ce à quoi il s'était vu rétorquer : « Débrouille-toi, je n'ai pas la tête à ça ! »

Eben Byers se sentait mal, et lui qui affectionnait la vie uniquement dans le monde, dans le bruit, l'animation et les grandes foules, se refermait graduellement sur lui-même, s'isolait, allant parfois jusqu'à trouver trop étouffante la simple compagnie de Mary-Lou. Il souffrait, et cela le rendait grincheux et apathique ; la vie ne lui souriait plus et il la répudiait. À cause de cette détresse profonde, il avait placé des espoirs fantastiques dans le Radithor, et ne pas éprouver immédiatement un changement dans son état après en avoir bu une fiole le replongea dans le doute et l'amertume. Il avait essayé de rire de son impatience devant Mary-Lou, mais son visage, plus que l'âge, exprimait la neurasthénie dans laquelle l'entraînait constamment son sentiment de sénescence.

Le soir même, Mary-Lou jugea l'occasion parfaite pour convaincre Byers de partir sur la côte ouest, alors que l'hiver prenait sérieusement ses quartiers à Pittsburgh où tout se drapait de tristesse :

— Tu es morose ! lui dit-elle en se rapprochant de lui avec des gestes caressants. C'est ce climat, cette ambiance... Moi-même, je me sens triste. Je suis certaine que plus que tous tes médicaments, il te faudrait du soleil, de la chaleur, un endroit où il ne pleut pas tout le temps comme ici ! On pourrait passer l'hiver à Los Angeles, tu ne crois pas ? Je suis sûre qu'elle te rendrait ta santé, ton humeur, et moi, j'y accomplirai mes rêves à tes côtés !

Byers resta mutique. Le travail de sape insidieux de Mary-Lou touchait au tunnel de ses doutes et de ses difficultés et il commençait à s'interroger vraiment sur la nécessité d'un changement d'air radical. Bien sûr, il savait que Mary-Lou prêchait d'abord pour sa paroisse et qu'elle essayait, astucieusement, de trouver un axe pour l'entraîner avec elle dans son aventure personnelle. Il ne lui en voulait pas de s'attacher à ses ambitions, à ses rêves, même en profitant des faiblesses des autres. Il fallait être capable de saisir les occasions, d'exploiter les failles, de mettre de côté ses scrupules pour s'élever au-dessus de la masse, et Byers le savait mieux que tous avec un père qui avait commencé sa carrière à seize ans comme surintendant d'un haut-fourneau pour finir capitaine d'industrie. Il était affaibli, elle en profitait, et non seulement il ne lui en voulait pas, mais plus que cela, il considérait qu'elle avait raison d'agir ainsi, de le piquer de son bec pour le faire réagir. Peut-être qu'il lui fallait s'éloigner un temps de ses affaires qui l'agaçaient, de ce climat froid et humide qui s'appesantissait inexorablement sur Pittsburgh, peut-être qu'il lui fallait le charme de la nouveauté, l'ambiance d'une autre ville, d'un autre pays. Peut-être que pour rester jeune, il fallait rompre avec l'usure de l'habitude, l'ennui du déjà vu, abandonner une stabilité ronronnante pour partager les rêves d'une nymphette ambitieuse à l'autre bout du continent. En se remémorant les moments déraisonnables de sa jeunesse, il s'interrogeait. Est-ce que la vieillesse ne tenait pas uniquement à perdre cette capacité de la jeunesse à commettre des folies ? Il aimait sa vie de conquêtes éphémères, de fêtes interminables, de sport intense, mais au fond, tout cela n'était-il pas devenu un ronron lassant, une confortable monotonie lorsque dans sa jeunesse, il traduisait la fièvre et l'appétit ? Il commençait à se demander si ce que lui proposait Mary-Lou n'était pas la solution à son rajeunissement.

Avant de donner sa réponse à la jeune femme, il prit ce soir-là le temps de la réflexion, ce qui, pour elle, était déjà une petite victoire. Il la prenait au sérieux, et il ne lui répondit pas d'une façon superficielle ni par un baiser pour renvoyer le sujet à un autre moment. Pour la première fois, tout en caressant les cheveux de sa tête posée sur sa poitrine, il lui murmura sur un ton songeur : « Peut-être, peut-être que tu as raison ! ».

Il se restreignit à ces mots, mais en les entendant, Mary-Lou gloussa de contentement, car elle sentait poindre pour elle, une lueur d'espoir.

-X-

Le lendemain matin, au réveil, Byers constata que son bras se portait mieux ; il avait retrouvé un peu plus de sensation dans les doigts et pouvait lever l'épaule sans gêne particulière. Ce n'était pas la rémission parfaite qu'il souhaitait, mais il y avait une amélioration assez nette pour le presser de prendre, en même temps que le petit-déjeuner, une deuxième fiole de Radithor. Son bras allait mieux, mais il se sentait également plus frais, plus boute-en-train comme s'il avait avalé un tonique efficace ou passé une meilleure nuit.

Le même soir, preuve de cette vitalité retrouvée, Byers décida d'emmener Mary-Lou à une projection cinématographique au Loew's Penn Theatre. L'établissement avait ouvert deux mois plus tôt sur la 6e avenue de Pittsburgh sous l'impulsion de l'entrepreneur Marcus Loew qui était décédé la veille de son inauguration. Envisagé comme le « palais du cinéma », sa construction avait coûté près de cinq millions de dollars. De l'entrée à la salle de projection, le pas du visiteur se posait sur des dalles de marbre, tous les lustres étaient en cristal de Baccarat, et les fauteuils, tapissés de soie, dessinaient une fleur de coquelicot au milieu d'un écrin de colonnes cyclopéennes. Le Loew's Penn Theatre était un temple pour adorer de nouveaux dieux qui s'appelaient Jimmy Durante, Clara Bow, Buster Keaton et Pola Negri. Chaque soir, un orchestre symphonique accompagnait le rite divin, et après la projection, le beau monde qui était venu se divertir remontait dans ses automobiles qui filaient dans la nuit pour gagner une fête qui se tenait chez untel ou untel. Une partie seulement se dispersait dans les restaurants alentour, chez Connelly's, chez Rosenbaum, au White Palace, pour prendre un café, une glace, s'effleurer la cuisse et se murmurer des mots doux étouffés à demi par la musique lancinante d'un pianiste de jazz.

Adam & Evil était à l'affiche. Petite farce romantique pleine de quiproquos autour de deux jumeaux joués par Lew Cody, Byers avait pris ses renseignements et jugé le film très adéquat pour Mary-Lou. En quittant la salle après soixante-dix minutes de projection, elle riait encore de bon cœur, et tandis que Byers commandait deux coupes de glace à la pistache recouvertes de crème fouettée au White Palace, elle continuait à lui parler du film sur un ton émerveillé. Comme elle s'exprimait un peu fort, il lui signifia de manifester un enthousiasme moins bruyant alors que quelques regards courroucés commençaient à se diriger vers leur table :

— Quand je serai la nouvelle Gwen Lee, dit-elle, tous ces grincheux se retourneront pour m'aduler !

— Ils te trouveront bien bavarde pour une actrice muette ! répliqua Byers en allumant une cigarette.

Sans qu'il se fût douté des conséquences de son bon mot, Mary-Lou partit d'un rire nerveux et sonore qu'elle essaya d'étouffer maladroitement dans la manche de sa robe. Le couple installé à la table la plus proche redoubla d'agacement devant cette agitation. Byers tenta d'apaiser son mécontentement en expliquant spontanément :

— Pardonnez-la, elle est très émotive. Elle est enceinte, vous comprenez !

En entendant cela, le couple passa presque aussitôt de l'irritation à l'indulgence, en particulier le mari qui adressa ses félicitations à la future mère.

Byers essaya de ne pas rire aux éclats en constatant l'effet de son mensonge improvisé. Pour la première fois depuis longtemps, il avait envie de rire, franchement, sans retenue, il voulait renouer avec cette euphorie juvénile qui paraît toujours si incongrue à ceux qui l'ont perdue. Il ne s'expliquait pas vraiment le pourquoi de cette bonne humeur inhabituelle. Une convergence de facteurs qui se rejoignaient à cet instant précis le mettait dans l'allégresse : un film drôle, une glace consolatrice, un rire féminin contagieux, un mensonge enfantin, mais plus que cela, il se sentait en forme. C'était la fin de la journée, presque le lendemain déjà, et il n'avait plus mal à l'épaule, plus de picotements dans les doigts, une vitalité retrouvée qu'il avait fini par oublier irriguait ses muscles,

ses nerfs ; son corps et son esprit irradiaient une énergie nouvelle. En rentrant tard chez lui, il ne se sentait pas fatigué, il n'avait pas envie de dormir, au contraire, il était dans un état d'excitation exceptionnel. Pour fêter cela, il déboucha son meilleur bourbon, et il lui revint en tête, à ce moment précis, le slogan publicitaire du Radithor : « L'incroyable puissance de la Terre développe la puissance de l'Homme ». À chaque fois qu'il le répétait dans sa tête, il se sentait mieux, plus fort, plus sûr de lui. Il serra son poing droit et il lui trouva une fermeté oubliée, égarée au tournant des quarante ans. En roulant des épaules, il se surprit de ne pas souffrir de l'ankylose qui le saisissait généralement à chaque fin de journée, surtout lorsqu'il avait joué au golf ou conduit sa voiture. Pour lui, ce bien-être retrouvé ne pouvait relever de la coïncidence, et il l'attribua naturellement au Radithor.
Comme il était minuit passé, Byers estima qu'il pouvait se permettre de prendre une nouvelle fiole du produit miracle. Il en avala le contenu, et alors qu'il n'avait pas ressenti d'effets immédiats après les deux premières fois, après cette troisième bouteille, il eut aussitôt l'impression de gagner en vigueur, en clairvoyance, et une image se dessina dans sa tête. Il voyait Mary-Lou se déshabiller dans sa chambre pour se coucher seule dans son grand lit froid. Il imaginait sa robe en velours de soie glisser sur sa peau nue, il suivait la chute lente du vêtement sur tous les reliefs de son corps, de la pointe de ses seins à la rondeur de ses fesses, et comme elle se tenait de dos, juste devant lui, il se voyait poser ses mains sur ses hanches et baiser cette nuque où dansaient sur l'albâtre de l'épiderme quelques frisons bruns. Mû par un désir grandissant, il se prit à rêver ; une si belle soirée ne pouvait se conclure tristement. Il lâcha la fiole vide du Radithor qui tomba sur le tapis sans se briser et entreprit de rejoindre

Mary-Lou. Elle ne s'attendait pas à l'entendre frapper à sa porte. Il était tard, elle le croyait déjà couché, mais elle l'invita à entrer. Elle était assise sur le lit, encore en sous-vêtements ; elle s'affairait à retirer ses bas. Elle en avait enlevé un seul qu'elle tenait roulé en boule dans le creux de sa main posée sur sa cuisse. Si elle ne s'attendait pas à entendre Byers frapper à sa porte ce soir-là, avant même de lui ouvrir, elle savait pourquoi il se manifestait. Son regard lascif, la couperose érubescente du désir charnel sur son visage ordinairement d'un blanc pâle confirmèrent ses déductions. Elle esquissa un sourire en relevant un seul coin de ses lèvres, ce qui creusa une fossette unique dans sa joue droite, puis regagna le lit en dodelinant des fesses dans sa culotte de dentelle noire. Elle s'affaissa sur le dos, se retenant de s'allonger complètement en appuyant ses avant-bras dans le moelleux du matelas. Elle leva sa jambe encore couverte de son bas, et en même temps qu'un regard provocateur emprunté à quelques vamps de cinéma, elle lança à Byers :
— Puisque tu es là, viens donc m'aider à le retirer !
Byers ne se le fit pas répéter deux fois, et s'agenouillant près de la jeune femme, il fit avancer ses doigts le long de sa jambe gainée de soie, jusqu'à l'endroit de la cuisse où la jarretière retenait le bas. Un certain empressement mêlé de nervosité lui rendit la manipulation laborieuse, mais il arriva finalement à son but et ne tarda pas à tenir, roulé dans la paume de la main, le bas encore chaud de la jambe qu'il couvrait. Il en huma le parfum sous le regard langoureux de Mary-Lou dont le sourire en coin s'était assez accentué pour dévoiler désormais les deux rangées de ses dents serrées et brillantes comme des perles. Elle pinça sa lèvre inférieure, et aussitôt, comme s'il s'agissait d'un signal attendu, Byers la recouvrit de son corps et déposa un long et fauve baiser

sur sa bouche. Le rouge cerise qui bordait les lèvres de Mary-Lou ne tarda pas à se confondre avec le rose qui maquillait ses joues, et l'ensemble à teindre le visage de Byers sur lequel s'intensifiait, de seconde en seconde, un rubicond luisant. Un peu de sueur perlait de son front, et relâchant légèrement son étreinte vigoureuse, il alla défaire d'une main la boucle de son pantalon.

-XI-

Byers n'avait plus mal à l'épaule, mais il continua de prendre chaque jour une bouteille de Radithor pour voir jusqu'à quel degré le médicament améliorerait son état général. Il attribuait à l'eau radioactive, non seulement la disparition de ses douleurs au bras, mais aussi son entrain de jeune homme et sa virilité régénérée. Sa curiosité pour ce remède miraculeux grandit soudainement, et malgré sa longueur interminable, il entreprit de lire la liste des pathologies pour lesquelles son usage était recommandé. Il s'arrêta tour à tour sur « déclin sexuel », « impuissance » et « neurasthénie sexuelle ». Pour lui, c'était trois façons différentes d'exprimer la même chose, mais la notice disait vrai. Le Radithor avait corrigé si parfaitement ses difficultés qu'il n'estimait pas devoir renoncer à ses bienfaits. Il continua donc de prendre une fiole par jour, et après deux semaines de ce traitement quotidien, il se sentait un autre homme. Non seulement il n'avait jamais faibli en faisant l'amour à Mary-Lou, mais il n'avait plus annulé une fête à cause de la fatigue comme il en avait adopté trop régulièrement l'habitude depuis un an. En l'espace de quinze jours, on l'avait vu chez les

Chantler, chez les Thorn, au soixante-dixième anniversaire de Velma Mackey, à l'inauguration de l'Hôtel Schenley, et tout cela, sans qu'il perdît l'éclat de son teint. Il pouvait boire jusqu'à minuit, danser jusqu'à trois heures du matin, faire l'amour jusqu'au lever du jour et malgré tout réussir un birdie à dix heures au golf d'Allegheny. Il dissimulait à peine le manque de sommeil en maquillant un peu les cernes de ses yeux, et comme il trouvait que les traits de son visage s'avachissaient trop au lendemain de ces nuits épuisantes, il prit l'habitude de les remodeler à la crème radioactive Eler.

La fascination d'Eben Byers pour le radium grandissait concomitamment aux effets bénéfiques du Radithor. C'était de lui qu'il tirait toute sa force. Il ne pouvait plus se contenter de le boire, il le voulait aussi dans ses cosmétiques, dans son bain, et comme il lui en fallait des quantités croissantes, il entreprit de passer commande directement aux Bailey Radium Laboratories. La première fois qu'il prit un bain au radium, il versa l'équivalent de dix fioles dans l'eau, puis constatant que c'était trop peu, il en ajouta dix de plus la seconde fois, et en s'observant dans la glace de son miroir, il trouva sa peau rajeunie, raffermie, son teint plus lumineux. Il avait lu que le radium brillait dans le noir, que pour cette raison, il donnait à la peau ou aux cheveux un éclat incomparable, qu'il réveillait les teints gris, ternes et desséchés. En contemplant son corps nu, il avait l'impression de scintiller tel le dieu Apollon. Après chaque bain radioactif, il traquait les imperfections pour identifier celles qui subsistaient, et à ses yeux, elles disparaissaient les unes après les autres. Sa peau était retendue là où deux semaines plus tôt des rides la creusaient comme un parchemin. Il se voyait beau ; son reflet lui rappelait ses fringantes années à Yale. Cette assurance quant aux effets positifs du radium, il ne se la forgea pas seul. Autour de lui, on lui disait fréquemment qu'il paraissait plus jeune, plus beau, plus énergique ; souvent, on lui demandait sa « recette ». Mary-Lou fut l'une des premières à lui tenir ce genre de discours, tout comme John Byers qui nota le radical changement d'attitude de son frère. Pour la première fois depuis longtemps, il le retrouvait avec son tempérament vif, sa faconde, sa légèreté, ses manières vibrionnantes jusqu'à l'excès. C'était surtout dans cette évolution de caractère qu'il percevait un rajeunissement et il s'en félicitait. Pour lui, le Radithor avait sûrement l'effet d'un décontractant ou d'une drogue exaltante, ce qu'il estimait être comme une bonne chose pour son frère dont il regrettait l'aboulie chronique. Même s'il l'avait toujours jugé excessif dans sa superficialité et son dilettantisme, il éprouvait un réel soulagement de le voir renouer avec son humeur naturelle. Son frère était ainsi, et si John Byers espérait qu'il agît un jour en homme responsable, à défaut, il préférait le voir heureux dans la vie futile qu'il avait choisie, que malheureux.

Le docteur Moyar pensait à peu près la même chose. Lorsqu'Eben Byers évoqua avec lui les bienfaits inattendus du Radithor à l'occasion d'une partie de golf, tout en jugeant positifs les effets secondaires du médicament, il les considéra avec circonspection. Moyar avait étudié l'efficacité du radium sur la santé, notamment sur les problèmes de peau, de rhumatisme, sur certains cancers, il avait lu des articles sur ce sujet. Il acceptait de croire que son patient se portât mieux en prenant du radium, que l'eau radioactive fît disparaître les petites douleurs de l'âge, mais les bénéfices que lui exposa Byers étaient d'une ampleur inhabituelle. Pour lui, c'était d'abord la confirmation de son diagnostic. Byers souffrait d'hypocondrie, et il s'en était trouvé indirectement soigné par un médicament prétendument capable de traiter un nombre exhaustif de maladies. Une fois remis de son hypocondrie liée à l'âge, Byers avait naturellement guéri de tous les maux physiques et psychiques qui en découlaient. Moyar doutait de l'efficacité du radium contre l'impuissance ; il n'avait jamais rien lu de scientifique sur le sujet. En revanche, il savait que l'impuissance était devenue un argumentaire de vente pour de nombreux médicaments, même lorsqu'ils étaient destinés à traiter la gingivite ou les hémorroïdes.

À la mi-novembre, Byers devait se rendre à Boston pour assister à la traditionnelle rivalité entre Harvard et Yale au Harvard Stadium. En tant qu'ancien de Yale, Byers ne manquait jamais cette confrontation de football universitaire qui voyait s'opposer depuis plusieurs décennies les Crimson de Harvard aux Bulldogs de Yale qui, depuis quelques années, dominaient nettement leurs adversaires. Le match entre les deux universités clôturait la saison et faisait figure de rendez-vous incontournable pour tous les amateurs de sport. Byers était particulièrement soucieux d'y assister en 1927, parce que depuis sa première rencontre face aux Bowdoin, le 1er octobre, remportée 41 à 0, l'équipe de Yale n'avait essuyé qu'une seule défaite et enregistré trois victoires sans laisser un point aux perdants. Un ultime succès pouvait valoir à Yale le titre de championne nationale. Cette dernière rencontre de la saison avait donc pour Byers une signification historique, le genre de signification qui échappait à Mary-Lou. Elle qui n'avait jamais étudié voyait d'un œil curieux et intrigué cette manière dont la classe bourgeoise se définissait d'après ses universités, même après les avoir quittées depuis longtemps. Les amitiés, les relations professionnelles, l'adhésion à un club,

l'intérêt pour une équipe sportive, tout cela découlait souvent du passé universitaire. Mary-Lou ne comprenait pas ces notions de fraternité, de rivalité, l'attrait que suscitaient Harvard, Yale ou Georgia Tech dans la bourgeoisie pittsbourgeoise. Aussi, lorsque Byers lui proposa de rester à Pittsburgh, cette fois, elle ne protesta pas, et d'autant plus qu'elle ne connaissait rien au football. Puis, elle avait sérieusement avancé dans ses réflexions, et l'idée d'une séparation prenait forme concrète. Byers avait recouvré le moral et la santé, alors elle ne s'illusionnait plus sur les chances qu'il l'emmenât avec lui à Los Angeles. Elle le regrettait, car en dépit de leur grande différence d'âge, elle avait de l'affection pour cet homme. Il avait été le premier à lui en témoigner dans sa vie d'errance et de misère. Malgré la froideur du château, elle en aimait le seigneur et savait qu'elle aurait du chagrin à partir. Elle aurait voulu qu'il en allât autrement et elle avait été tout près de conjurer cette triste issue, mais une caisse d'eau radioactive avait balayé ses espérances. Elle réfléchissait maintenant à la manière d'annoncer son départ, et le petit voyage de Byers allait lui donner du temps pour cela.
Eben Byers quitta Pittsburgh le 17 pour arriver à Boston le 18 et être sûr d'assister au match Harvard-Yale, le 19 novembre. Il ne doutait pas de la victoire de Yale, et ce, malgré l'absence du demi-arrière Bruce Caldwell, leader des Bulldogs, suite à sa disqualification lors du match contre Princeton la semaine précédente. En guise de victoire, ce fut un triomphe, puisqu'en 1927, Yale écrasa Harvard 14 à 0. Les Bulldogs, qui s'appuyèrent avec succès sur leur pivot, John Charlesworth, et le garde, Bill Webster, finirent la saison avec une seule défaite, blanchissant un nouvel adversaire et s'acheminant vers le titre de champion national avec une assurance que partageait pleinement Byers. Il

quitta Boston avec le sourire, et dans le train qui le ramenait à New York, il prolongea son plaisir en se plongeant dans la lecture de la presse qui encensait l'équipe de Yale, notamment le *Collier's Weekly*. Son journaliste sportif, Grantland Rice, se montrait dithyrambique à l'égard de John Charlesworth qu'il sélectionnait dans son équipe All-America de l'année. Sa plume emphatique l'élevait presque au rang de demi-dieu. En lisant l'article, Byers se demanda si les footballeurs ne prenaient pas, eux aussi, de l'eau de radium pour gagner en force et en puissance dans un sport si physique et dangereux. Il glissa une main dans sa poche pour en tirer un flacon de Radithor qu'il but aussitôt, confortablement installé dans un fauteuil de la voiture-bibliothèque. À ses côtés se tenait un vieillard qui le regardait faire avec un drôle d'air. Ses lèvres pincées, ses sourcils froncés, l'éclat d'indignation qui brillait dans ses prunelles trahissaient ses pensées, et comme il avait la physionomie du fervent militant de la Ligue américaine anti-saloon, avec son haut col amidonné, ses binocles étroits tombant sur des yeux lourds et fatigués, son haut front dégarni et son faciès rond que barrait une fine moustache horizontale sous son nez empâté, Byers comprit immédiatement pourquoi il l'observait avec cette mine soupçonneuse :

— C'est de l'eau radioactive, se défendit-il en brandissant sa fiole de Radithor.

Le vieillard resta mutique et perplexe :

— C'est un médicament, poursuivit Byers. De l'eau, du radium et du mésothorium. Ce n'est pas une flasque de bourbon ! Vous devriez en prendre, c'est très bon à la santé ! Tenez, regardez par vous-même !

L'individu accepta la bouteille. Il commença par renifler au goulot pour s'assurer que ça ne sentait pas l'alcool, puis il lut l'étiquette :

— Je ne connais pas, dit-il en ajustant ses binocles.

— Je l'emploie quotidiennement depuis un peu plus d'un mois et ça a changé ma vie ! L'alcool est comme un anesthésiant, on le boit pour oublier ses soucis, ses douleurs, sa décrépitude, mais avec ça, ces problèmes ne sont pas seulement oubliés, ils disparaissent. « L'incroyable puissance de la Terre développe la puissance de l'Homme », c'est le slogan du fabricant. Au début, j'étais sceptique, mais c'est vrai.

— Ra… dithor, marmonna l'inconnu. Je vais me renseigner à son sujet.

— Vous verrez, lorsque vous l'aurez employé, ne serait-ce que quelques jours, vous vous sentirez un autre homme. Sur ce, je vais déjeuner. À chaque fois que je prends une bouteille de Radithor, j'ai de l'appétit !

L'inconnu voulut rendre sa fiole à Byers, mais ce dernier refusa d'un geste de la main et répliqua :

— Gardez-là, toutes les indications sont dessus, ça vous sera utile. J'en ai des dizaines, à ne plus savoir qu'en faire !

L'inconnu haussa les épaules et bredouilla un merci. Après que Byers eut quitté le wagon depuis longtemps, il tenait encore la fiole entre ses doigts, ne sachant trop s'il avait eu à faire à un charlatan ou à un honnête homme, et s'il tenait vraiment un médicament ou un attrape-nigaud. Finalement, il glissa la fiole dans la poche de son costume avec la conviction qu'elle méritait tout de même d'être montrée à un pharmacien.

-XII-

Après le match, Byers n'avait pas prévu de rentrer directement à Pittsburgh. Avant son départ, il avait pris des renseignements au sujet d'une conférence que devait tenir William J. A. Bailey, fondateur et président des Bailey Radium Laboratories, au Commodore Hotel de New York dans la soirée du 20 novembre. Il voulait y assister, et après un bref répit dans sa suite du Plaza Hotel, à 20 heures, il se rendit au Commodore Hotel situé sur la 42e rue. Il ne connaissait pas la configuration de l'établissement, et une fois dans l'imposant vestibule d'entrée, il ne sut où diriger ses pas. Deux escaliers monumentaux encadraient un couloir d'où s'échappaient de la musique et une animation de fête. De grandes affiches annonçaient la conférence de Bailey. Elles montraient un homme musclé et charmeur tenant par la main une femme blonde au mollet athlétique. Tous les deux s'avançaient vers le spectateur, souriant au milieu d'un halo de lumière qui donnait l'impression d'émaner de leurs corps, vêtus seulement à hauteur de ce qu'exigeait la décence. Tout autour d'eux s'étendait une sorte de jardin d'Éden. Au-dessus de leurs têtes, dessinant une arche, se déployait le slogan des laboratoires Bailey, « L'incroyable puissance de la Terre développe la puissance de l'Homme », tandis que sous leurs pieds, l'affiche délivrait les informations pratiques : « Le Radium comme méthode moderne de rajeunissement, conférence par le Docteur William J. A. Bailey, diplômé d'Harvard. 20 novembre, 20 h. 30, salle ouest ».

Ignorant où se trouvait la salle ouest, Byers interrogea le premier groom repéré dans la foule. Ce dernier le guida jusqu'à ladite salle qui avait été spécialement aménagée pour l'évènement. Une estrade avait été dressée contre l'un des murs et de nombreuses tables pour quatre personnes installées autour en arc de cercle. Sur les nappes blanches, des couverts avaient été disposés, puisque la conférence était accompagnée d'un repas offert par l'organisateur à l'auditoire. Il y avait déjà beaucoup de monde lorsque Byers fit son entrée et il s'assit à une table occupée par un couple et un homme seul avec lesquels il fit connaissance avant le début de la conférence. L'homme seul se présenta comme étant William A. Chanler, un nom qui n'était pas inconnu à Byers. Comme ce dernier lui fit remarquer, Chanler répliqua avec un air de contentement :

— Affaires, courses de chevaux, politique, révolution à l'autre bout du monde, lutte contre les conspirateurs juifs, il y a de nombreuses manières de me connaître !

— Les courses de chevaux, très probablement, répondit Byers, amusé par l'attitude un peu fate de l'individu. Je suis moi-même propriétaire d'une écurie.

— Qui ne l'est pas de nos jours ? lança le troisième homme, un gentleman grisonnant. John Conroy, et voici mon épouse, Beatrice. Me concernant, il n'y a qu'une seule manière de me connaître, et c'est d'avoir eu besoin d'un bon avocat !

— Je n'ai pas eu cette chance ! rétorqua Byers avant de baiser la main de Beatrice Conroy.

— C'est surprenant pour un New-Yorkais !

— Je suis de Pittsburgh !

— Voilà qui explique tout ! rétorqua Conroy en souriant.

— Vous venez de Pittsburgh pour assister à cette conférence ? demanda Chanler, étonné.

— J'emploie les produits des laboratoires Bailey, et en apprenant que leur directeur tenait une conférence à New York à une date où je m'y trouvais pour d'autres affaires, j'ai jugé opportun de profiter de l'occasion.

— Oh, vous employez leurs produits ? Nous sommes ici, et si j'ai bien compris, Monsieur Chanler aussi, pour en savoir davantage. On dit beaucoup de bien sur le radium, j'ai même vu une publicité vantant les mérites de sous-vêtements au radium ! Mais cela me paraît trop, beaucoup trop, c'est à croire que le radium rendrait immortel !

— Immortel, je ne pense pas, mais je peux affirmer que depuis que je l'emploie, c'est-à-dire un peu plus d'un mois maintenant, j'ai rajeuni. Je ne peux cependant me prononcer sur l'efficacité des sous-vêtements au radium !

La réplique de Byers fut suivie d'un rire général autour de la table, puis Chanler prit la parole :

— J'ai beaucoup voyagé et j'ai cherché des soins auprès d'un mollah, d'un yogi hindou, même auprès d'un de ces adeptes du vaudou que l'on pratique dans le sud du pays. J'ai vu des techniques médicales totalement inconnues et qui pourtant sont sans équivalent moderne pour traiter nombre de pathologies. Certes, aucune n'a fait repousser ma jambe — Chanler donna trois coups sur sa jambe droite, en dessous du genou, et elle sonna comme du bois —, mais je l'ai perdue à cause de la médecine classique. Je suis prêt à croire positivement en tout, et pourquoi pas en la radioactivité ? Tant qu'elle n'est pas hébraïque ! Il y a tellement de juifs dans les sciences de nos jours ! Saviez-vous que Marie Curie est juive ?

La question de Chanler provoqua un silence embarrassé que finit par rompre Byers :

— Je ne sais d'elle que sa visite à Pittsburgh en 1921.

— Malheureusement ! C'est trop peu connu.
— Est-ce si grave ? demanda Conroy sur un ton hésitant.
— Tout ce qui vise à étendre sur le sol américain l'hégémonie judéo-bolchevique devrait nous inquiéter, repartit Chanler.
— Eh bien...
Conroy n'eut pas le temps de finir sa phrase. Une vague d'applaudissements le coupa soudainement, tandis qu'un homme rejoignait le pupitre disposé sur l'estrade. Dans un même temps, un peloton de serveurs se présenta pour apporter aux convives un soda au citron. En voyant le liquide versé dans son verre, Chanler ne put réprimer un ricanement sardonique :
— Du sucre et du citron... Vous savez que c'est moi qui ai importé le daïquiri de Cuba ? Au début de ce siècle, on en servait dans tous les établissements new-yorkais à la mode. Et maintenant, il faut boire du citron dans du sucre, même dans un hôtel de prestige !
À la table, nul ne prêta attention à sa remarque, car l'homme qui venait de monter sur l'estrade était William Bailey. Presque tous les yeux du public se trouvaient dirigés sur lui. Il organisait les feuillets de sa conférence, pendant que sur une table voisine, des assistants disposaient des piles de livres à la couverture verte. Quand ce ballet fut terminé, Bailey se tapota la poitrine comme pour libérer son souffle et, en préambule de son discours, prononça des remerciements nourris. Après un « bon appétit », il attendit que les serveurs apportassent le potage, une soupe Camélia à la crème de pois et au tapioca, avant de passer au propos de sa conférence :
— Mesdames, messieurs, dit-il avec emphase dans une salle qui bruissait des couverts d'argent glissant dans les assiettes de porcelaine, j'aimerais commencer mon allocution en citant un

médecin, un authentique docteur en médecine, le docteur Charles Evans Morris, dont je me suis permis d'apporter le dernier livre, *Modern Rejuvenation Methods*, qui, j'en suis certain, vous intéressera. Il vous sera possible de l'acheter pour dix dollars à la fin de ma conférence. Ainsi, voici ce que disait le docteur Morris : « Il y a quelques années, j'ai été attiré par les travaux d'un jeune physicien dans le domaine de la radioactivité et de l'endocrinologie. Dans une large mesure, ses travaux semblaient alors visionnaires, mais il m'a impressionné par la sincérité de ses intentions. Dans le bref espace de ces cinq dernières années, il a fait plus pour rendre le rajeunissement possible que n'importe quel autre homme dans toute l'histoire. » C'est non sans fierté que je vous le dis, ces paroles m'étaient adressées. Je suis..., plus exactement, j'étais ce jeune physicien dont parle le docteur Morris. J'ai commencé à m'intéresser au potentiel médical du radium en 1918. À cette époque, le radium n'était employé qu'en usage externe et on prenait des bains dans des eaux naturellement irradiées dans les cures d'Europe. On soignait des maux articulaires, l'arthrite, des affections de la peau, des cancers avec un succès qui ne se discute plus. Étonnamment, malgré ce succès, la médecine ne s'est guère penchée sur d'autres applications du radium, notamment aux maladies du sang, respiratoires ou psychiques. De mon point de vue, l'explication à ce désintérêt est que l'eau naturellement irradiée l'est trop faiblement pour avoir des effets bénéfiques visibles sur des organes plus profondément enfouis dans l'enveloppe corporelle. Pour espérer des effets, il faudrait en boire de très grandes quantités ou sur des durées très longues. Tenter de soigner des pathologies internes de cette manière serait comme tenter de s'enivrer avec des bonbons à la liqueur. Le mal de ventre frapperait avant l'ivresse. Cependant, à cette époque, j'étais déjà certain que si le radium avait autant de propriétés curatives contre ce que je nommerai les pathologies de surface, celles concernant la peau, les muscles, les os, il pouvait agir bénéfiquement sur toutes les autres pathologies. Le diabète, l'anémie, l'asthme, les dérangements mentaux, j'imaginais le radium comme un remède miraculeux si tant est que l'on trouve la bonne manière de l'administrer. Ce n'est qu'en 1922 que j'ai pu créer ma première entreprise de médecine radioactive appelée Associated Radium Chemists Inc. à New York. Je suis alors passé de la théorie à la pratique en commercialisant l'Arium, du radium sous forme de comprimés, puis j'ai développé toute une gamme de produits : le Linarium, du radium en liniment pour un usage cutané, le Dentarium, un dentifrice au radium pour traiter les problèmes de dents et de gencive, le Kaparium pour prévenir la chute des cheveux. J'ai investi beaucoup d'argent dans la création de cette gamme de produits, j'ai hypothéqué tout ce que j'avais, mais je croyais fermement en l'idée que le Tout-Puissant, dans son extrême bonté, avait donné à l'homme le remède à tous les maux qu'il leur destinait. J'étais certain qu'il nous avait fait ce don, non pas en nous l'offrant comme à des paresseux, mais en comptant sur notre intelligence, notre développement, notre civilisation pour que nous le trouvions un jour par nous-mêmes. Aujourd'hui, je vous l'annonce, ce remède miraculeux que le Seigneur nous a accordé est la radioactivité. Qu'est-ce qui me permet de l'affirmer avec autant de présomption me demanderez-vous ? Eh bien, je vous répondrai l'expérience, l'empirisme qui, ces dernières années, m'a conduit à soigner des dizaines de milliers de malades à travers le monde, à les guérir définitivement de presque toutes les maladies connues, et ce, parce que des médecins visionnaires leur ont prescrit les médicaments radioactifs conçus dans mes laboratoires. Le radium soigne, il guérit, et à l'aune des rapports que me font les pharmaciens et les médecins de toute l'Amérique et d'Europe, je peux affirmer que le radium est efficace dans le traitement de plus de cent-cinquante pathologies, dont certaines n'avaient jusqu'alors aucun traitement ou bien des traitements avec de graves effets secondaires. Le radium, lui, est non seulement efficace, mais de surcroît, inoffensif, même chez le plus jeune enfant. À terme, le radium a la capacité de remplacer toute la lourde pharmacopée dont les mauvais laboratoires nous ont encombrée. Cependant, il peut mener l'humanité vers des ambitions plus grandes encore. En effet, avec l'expérience, j'ai compris l'intérêt curatif du radium, mais j'ai aussi découvert, alors que je ne l'imaginais pas envisageable, qu'il pouvait guérir ce que l'on croyait incurable : le vieillissement, ce que l'on nomme, en médecine, la sénescence. Je ne parle pas de le freiner, je parle de le stopper, et dans certains cas, d'inverser le phénomène en produisant un rajeunissement des organes. Certains d'entre vous sont probablement sceptiques. Je le conçois, nous avons grandi dans un monde où l'impossibilité du rajeunissement était entendue comme une vérité sans contradiction possible. Soutenir le contraire revenait à passer pour un fou, un charlatan, et cela va de soi, à être exclu du monde scientifique. Pourtant, combien de vérités sans contradiction possible se sont révélées fausses à travers les âges ? Sir Isaac Newton, ce grand scientifique, ne soutenait-il pas, voici seulement deux siècles, qu'il était impossible à un bateau à vapeur de traverser l'océan Atlantique, car le poids de charbon nécessaire pour le propulser sur une telle distance serait trop conséquent pour lui permettre de flotter ? Aujourd'hui, des paquebots plus grands que nos plus grands buildings nous assurent la traversée transatlantique en moins de cinq jours. Je suis d'accord avec l'éminent professeur Jacques Loeb qui déclarait qu'un vrai scientifique ne doit rien considérer comme impossible, même le rajeunissement. Certes, ce domaine a vu émerger nombre d'initiatives frauduleuses, de charlatanisme de toute sorte, ce qui a renforcé l'idée que rajeunir était une utopie, mais maintenant, grâce au radium, la science a prouvé que c'était envisageable. Comment, me demanderez-vous ? Par quel processus l'action du radium peut rajeunir l'homme ? Pour le comprendre, il faut parler des glandes endocrines. Celles-ci sont, pour les plus importantes, l'hypothalamus, la thyroïde, le thymus, la glande surrénale, le pancréas et, suivant le sexe, les ovaires et les testicules. Ces glandes ont une action sur la croissance, la reproduction, le métabolisme, l'homéostasie… En vérité, ces glandes méconnues ont un rôle essentiel dans notre équilibre mental et corporel. Le vieillissement n'est qu'une usure lente et progressive des capacités fonctionnelles de ces glandes, ce qui produit des déséquilibres, des blocages, et à terme, l'usure et la défaillance de certains organes. L'exemple le plus évident tient aux glandes sexuelles dont l'usure conduit la femme à la ménopause, et l'homme, fréquemment, à l'impuissance. Mais ce n'est là qu'un exemple, et l'usure d'autres glandes génère des soucis artériels, cardiaques, respiratoires, mentaux, nerveux. Toutes ont un rôle essentiel dans l'équilibre mental et physique de l'homme, et le rajeunissement, si souvent limité dans la presse mesquine à un renouvellement des fonctions sexuelles, consiste en réalité à un rééquilibrage général du corps et de l'esprit. Quiconque se trouve en parfaite santé à soixante ans paraîtra beaucoup plus jeune qu'une personne malade de quarante ans. Une personne ayant un poids équilibré à quatre-vingts ans sera beaucoup plus vive et dynamique qu'une personne obèse de vingt ans. Rajeunir, c'est donc faire en sorte que l'homme trouve ou retrouve un équilibre perdu, et le moyen approprié est de redonner aux glandes endocrines toute la vitalité de leur fonctionnement normal. Puisque j'évoque l'obésité, permettez-moi de l'employer comme exemple. Cette maladie est d'origine endocrine et se soigne généralement par un traitement thyroïdien. L'obésité est une cause bien établie de l'insomnie, aussi, si nous soignons la glande responsable de l'obésité, nous soignons indirectement chez ce patient l'insomnie, mais encore, des maux articulaires, des essoufflements, l'asthme que l'on retrouve si fréquemment chez les patients obèses et les conduit prématurément vers l'impotence et la mort. Savez-vous ce que disait le docteur Banting, notre célèbre prix Nobel, lors d'une conférence devant la Société américaine de chimie en 1924 ? Je vais vous citer son propos : « Il faut espérer qu'une connaissance plus complète des glandes endocrines nous permettra de lutter contre la vieillesse, car la vieillesse est marquée par une série de changements anatomiques qui peuvent résulter de la défaillance des hormones stimulantes et de soutien de ces glandes ». Les maladies sont l'expression aiguë du déséquilibre du système endocrinien, mais le vieillissement en est l'expression chronique. Parce que nos glandes endocrines fonctionnent moins bien, notre corps et notre esprit s'usent avec le temps. Il est donc important de les maintenir dans leur pleine vitalité, et c'est précisément là qu'opère le radium. Lorsqu'il est ingéré, il agit comme un stimulant sur l'ensemble du système endocrinien, ce qui le rend supérieur à tous les autres médicaments qui ont une action ciblée et ponctuelle. En circulant dans le sang, dans la lymphe, dans toutes les humeurs du corps, il leur redonne de la force, de l'énergie, une vitalité globale qui seule peut empêcher le vieillissement. Avec les autres traitements, si vous agissez sur le pancréas, vous n'agissez pas sur la thyroïde ; or, la thyroïde peut être défaillante et fatiguer le pancréas qui, en dépit du traitement que vous lui administrerez, ne retrouvera jamais son fonctionnement normal. Le médecin soignera le mal aigu dont vous souffrez, mais pas le vieillissement chronique insidieux. Le radium a une action générale, et c'est seulement de cette manière que l'on peut obtenir le rajeunissement du patient : en rendant à l'entièreté des composants usés de notre corps et de notre esprit un fonctionnement idéal. En 1924, le docteur Fritz Haber expliquait devant l'Institut Franklin de Philadelphie que la connaissance de la chimie du corps produirait un jour une génération d'hommes capables de vivre 1000 ans. Allant plus loin encore, le docteur Serguei Voronov disait qu'un homme peut vivre éternellement si les cellules qui le composent sont traitées correctement. Or, ce traitement ne peut pas être ponctuel ni ciblé, car un être vivant, comme une machine en perpétuel mouvement, se dégrade continuellement dans son ensemble. Le radium établit donc une révolution médicale en agissant sur tous les organes. Pour que cet effet soit, le radium doit être consommé. Une action extérieure ne suffit pas. La peau, les muscles, les os forment une cuirasse difficilement pénétrable, et un bain ou un cataplasme n'aura qu'un effet temporaire, alors que dans l'organisme, le radium y séjourne plusieurs mois, produisant en continu, durant cette période, des rayons alpha qui stimulent toutes les cellules du corps. La première étape pour exploiter ces bienfaits a été, comme j'ai déjà eu l'occasion de le dire, la mise au point des comprimés Arium. Puis, à la fin de l'année 1925, j'ai inventé le Radithor, constitué d'eau radioactive garantie à un microcurie de radium et de mésothorium dans une bouteille adaptée à un usage quotidien et délivré par caisse de trente doses. Un dollar la bouteille, trois cent soixante-cinq dollars par an, voilà le prix de la jeunesse éternelle ! Reconnaissez que c'est plus facile, pratique et bon marché que de partir à la recherche de la fontaine de Jouvence ! Grâce à son rôle stimulant sur les glandes endocrines, le radium est en mesure de rajeunir les corps et les esprits, mais encore de permettre à tous d'avoir des capacités athlétiques et intellectuelles équivalentes. Pourquoi Billy n'a pas les excellents résultats scolaires de Willy ? Pourquoi comprend-il plus lentement l'exercice ? L'explication est la plupart du temps médicale. Billy, même s'il semble jeune et en parfaite santé, a une glande thyroïde paresseuse fonctionnant en dessous de son potentiel. En faisant boire tous les jours du Radithor à Billy, ses parents verront ses capacités intellectuelles fonctionner ainsi qu'elle devrait et il aura les mêmes résultats que Willy. Imaginez le profit pour le pays si demain nous fonctionnions tous au mieux des capacités que le Seigneur nous a données ! Allons plus loin. Lorsqu'on sait que le corps humain, tel qu'il se présente dans la longueur des membres, la forme du visage, du nez, des oreilles, dans la composition des ongles, dépend des glandes endocrines, nous pourrions corriger tous les défauts physiques en faisant prendre du radium aux nourrissons. Ils grandiraient dans la perfection humaine. Un jour, nous n'aurons plus de laids ni d'idiots, nous effacerons également de ce monde les bas instincts, le crime, les déviances intellectuelles comme le darwinisme. Toute cette lie relève de glandes endocrines déficientes. À l'inverse, le génie, si rare aujourd'hui, deviendra la norme, la beauté, si précieuse, sera un bien acquis dès le plus jeune âge et ne se perdra plus dans la vieillesse. Le mot même de vieillesse sera oublié. Voici le monde que je propose, que je vous propose, celui d'un progrès inégalé, d'une jeunesse éternelle, d'une santé inviolable, la plus grande avancée humaine depuis que notre race est venue sur la Terre. Grâce au radium, nous retrouverons le statut que nous avions au jardin d'Éden. C'est par la radioactivité que le Seigneur nous a offert la rédemption, j'ose le croire ! J'espère que beaucoup d'entre vous le croient ou le croiront avec moi à l'issue de cette conférence, car, et vous vous en doutez, cette découverte remarquable suscite l'ire des méchants, des incroyants, de tous ceux qui ont des intérêts à nier la puissance de la radioactivité. Les médecins qui préfèrent gagner de l'argent plutôt que de soigner leurs prochains refusent naturellement de voir disparaître les maladies qui président à leur train de vie. C'est pour cette raison que certains d'entre eux, parfois considérés, à tort, comme les plus éminents spécialistes de ce pays, s'opposent à la médecine radioactive, parce qu'à terme, elle les privera de leur fonds de commerce qui repose sur la douleur et le malheur des gens. Certains ont toutefois le doute honnête. Oui, il y a beaucoup de charlatanisme au radium. Des eaux faussement radioactives, des machines à émanations de radium très coûteuses et qui produisent des quantités infinitésimales de radioactivité, je ne saurais citer toutes les escroqueries qui existent en la matière, mais ces produits sont inefficaces car ils ne contiennent pas le radium promis ! En revanche, lorsque le produit contient en effet du radium, et j'offre une somme de mille dollars à qui prouvera que le

Radithor ne contient pas la quantité de radium et de mésothorium indiquée, les effets bénéfiques sont immédiats et le doute n'est plus permis ! Chaque bouteille de Radithor en renferme une quantité assez grande et assez pure pour maintenir le corps et l'esprit humains dans un état de jeunesse quasi-permanent. Si ce que je crois est vrai, et mon expérience me confirme que je ne me trompe pas, nous pourrons vivre 3000 ans, et je n'en doute pas, ceux qui parmi vous le croiront aussi seront à mes côtés pour le constater en l'an de grâce 4927 ! Finissant sur ces mots, Bailey tira une bouteille de Radithor de sa poche, en but le contenu, la brandit devant lui et s'exclama en souriant :

— À la vôtre !

Des applaudissements nourris accueillirent sa réplique, des verres s'élevèrent au-dessus des têtes, l'auditoire répondait très favorablement à l'orateur qui affichait un large sourire, satisfait de sa prestation du soir. Il continua :

— Merci, merci, messieurs, mesdames. Maintenant, si vous le voulez bien, je prendrai vos questions.

Dans toute la salle planait une odeur de viande grillée, car les serveurs avaient apporté le plat de résistance, une assiette de poitrine de poulet rôti accompagnée de jambon de Virginie et de pommes de terre. Tandis que certains plongeaient avec appétit dans leur plat, quelques mains se levèrent, et la première fut celle de Chanler :

— Je voudrais poser une question qui, me semble-t-il, intéressera beaucoup de monde ici. Vous admettrez avec moi qu'il y a trop de juifs dans nos sciences modernes. Vous avez parlé de la radioactivité comme d'un cadeau de Dieu, mais pouvez-vous nous assurer qu'aucun juif n'a pris part à la conception de votre…

Radithor ?

— Monsieur, je m'appelle Samuel Mandelbaum, je suis juif, comment dois-je interpréter vos paroles ?! s'exclama, indigné, un homme qui venait de se lever à une table à l'autre bout de la salle.

— Il faut donc qu'il s'en trouve partout ! répliqua Chanler, sarcastique.

La situation s'envenimant et Bailey comprenant que ce n'était pas bon pour ses affaires, il intervint dans le but de calmer les esprits :

— Messieurs, messieurs, restons gentlemen, je vous prie ! Je vais apporter une réponse qui, je pense, satisfera toutes les parties. À ma connaissance, aucun de mes compatriotes de confession juive n'a œuvré à la création du Radithor. Mais le Radithor est pour tous, c'est un cadeau de Dieu à l'humanité, quelles que soient ses croyances.

Aux tables des deux protagonistes de la dispute, les autres convives essayaient de ramener le calme, et finalement, Chanler répliqua à Bailey un « Merci pour votre réponse claire » avant de se rasseoir, bientôt imité par le dénommé Mandelbaum. D'autres questions se succédèrent, notamment celle d'un journaliste qui, pour les besoins de son canard, était venu assister à la conférence :

— Raymond Blair, du *New York Herald Tribune*. Ne pensez-vous pas, Monsieur Bailey, que nous manquons de recul sur l'usage du radium ? J'en veux pour preuve les rapports inquiétants provenant des usines de l'United States Radium Corporation qui se trouve à Orange, dans le comté d'Essex, où se situent également vos laboratoires...

— Je vois de quoi vous me parlez, mais cette affaire ne me

concerne pas. Aucun de mes employés n'est malade, et je ne doute pas que si l'USRC est amenée à se défendre devant un tribunal, elle sera blanchie de toutes accusations, car les symptômes de ces ouvrières sont étrangers au radium. Elles souffrent de la syphilis à un stade avancé. Vous me demandez si nous ne manquons pas de recul sur l'usage du radium ? Je vous répondrai au contraire que l'Amérique à dix ans de retard sur l'Europe en la matière, et je ne connais pas un scientifique européen qui soutienne l'hypothèse d'un danger du radium sur l'homme. Il faut avoir vu un patient alité, réduit à l'état de squelette avec les muscles atrophiés, les articulations raidies au point de rendre tout mouvement impossible, remarcher et même courir grâce au radium pour comprendre que nous n'avons déjà que trop tardé à l'intégrer à notre pharmacopée.
Les dernières questions arrivèrent au moment où se finissait le dessert, des bombes Aboukir à la glace de pistache qui n'eurent pas le temps de fondre dans les assiettes. Après s'être fait apporter un verre d'eau, Bailey entreprit sa conclusion :
— Je vous remercie encore une fois de m'avoir écouté, d'avoir manifesté à travers vos questions, toutes si pertinentes, votre intérêt pour les produits de mes laboratoires, et je reste à votre disposition si vous désirez acquérir l'ouvrage du docteur Charles Evans Morris, qui n'a pas pu être présent ici avec nous. Pour seulement dix dollars, vous trouverez dans son livre, *Modern Rejuvenation Methods*, toutes les réponses à ce qui pourrait encore vous faire douter des miracles du radium. Vous pourrez aussi vous procurer des bons de commande pour tous les produits des Bailey Radium Laboratories. Bien entendu, après la fin de votre souper qui, je l'espère, vous a été agréable.
Des applaudissements renouvelés accompagnèrent les ultimes

paroles de William Bailey. Ce dernier salua en souriant, et s'éloignant de son pupitre, il s'installa à la table voisine où reposaient les piles de livres du docteur Morris. À la fin du repas, les serveurs vinrent proposer un cigare ou une cigarette aux convives, et bientôt, des tourbillons de fumée odorante en enveloppèrent la moitié. Byers accepta l'offre, prenant une cigarette, mais seulement pour patienter. Il désirait parler avec le docteur Bailey, mais sans avoir à se presser, et comme il se formait déjà un attroupement près de lui, il jugea bon d'attendre sa dispersion avant de le rejoindre à son tour. Le couple Conroy et William Chanler se retirèrent tour à tour en lui adressant leurs salutations après avoir récupéré un exemplaire du livre du docteur Morris. Quand la salle fut presque entièrement vide, que les derniers spectateurs eurent disparu, que le docteur Bailey ne se trouva plus entouré que de ses assistants, Byers alla s'entretenir avec lui :

— Votre conférence, dit-il, m'a éclairé sur bien des points. Merci pour les bienfaits que vous apportez à l'humanité.

Bailey leva sur lui des yeux aux paupières tombantes :

— Il faut bien que la science soit au service de l'humanité, n'est-ce pas ?

— C'est probablement préférable ainsi. Je voulais vous dire que je suis un utilisateur convaincu du Radithor. Mon médecin me l'a prescrit, voici un peu plus d'un mois, pour une douleur incurable à l'épaule, et non seulement elle a guéri, mais tout mon être a changé en mieux. C'est très efficace.

— J'en suis heureux pour vous, monsieur...

— Byers, Ebenezer Byers, de Pittsburgh.

— Monsieur Byers de Pittsburgh. Oui, c'est ce que j'expliquais. Le Radithor agit globalement et durablement sur tout le corps, ce qui produit un bienfait général et rapide chez son consommateur.

— En effet, grâce à vos explications j'ai mieux compris le processus et les raisons de cette amélioration soudaine. Je ne ressens plus la même fatigue qu'avant, j'ai l'esprit plus clair, je me sens plus fort, plus vigoureux. J'ai l'impression d'avoir à nouveau trente ans !

— Votre état est celui des milliers d'autres consommateurs de ce produit révolutionnaire.

— Oui, je m'emploie d'ailleurs à le faire connaître. Mais à présent, grâce à vos précisions sur les glandes endocrines, je pourrais le recommander avec plus de conviction. Un médicament qui prétend soigner autant de maladies rend soupçonneux, aussi, il est bon de pouvoir donner les explications adéquates aux sceptiques.

— C'est tout à fait cela. C'est la raison de mes conférences, et les consommateurs de mes produits sont mes ambassadeurs les plus convaincants. Si vous le désirez, vous pouvez être orateur à l'une de mes prochaines conférences. Le partage de votre expérience personnelle serait une plus-value indéniable. Vous voyez, j'essaye de donner des explications claires, limpides, de persuader les gens des bienfaits du radium, mais je suis aussi celui qui le vend. Je l'utilise moi-même, je le bois devant tout le monde, mais comme je le vends, certains pensent que mes conférences ne sont pas objectives. Avec vous, ce serait différent, vous n'avez aucun intérêt personnel à promouvoir mes produits. À moins que vous ne soyez dans le radium…

— Pas encore ! Cependant, après vous avoir entendu, je devrais investir dans cette industrie !

— C'est l'avenir ! Aujourd'hui, le seul placement sûr est dans l'économie de la mort. Demain, ce sera l'économie de la jeunesse éternelle !

— J'accepte volontiers votre proposition. Je viendrai témoigner à l'une de vos prochaines conférences.

— À la bonne heure monsieur Byers ! La science comme les religions a besoin de prédicateurs zélés. Plus vite le monde sera convaincu du miracle de la radioactivité, plus vite ce dernier s'opérera. Grâce à lui, nous vaincrons les maladies, et la mort lorsque nous aurons atteint un stade assez avancé de la connaissance de la machinerie humaine. Tenez, voici ma carte de visite, et pour votre engagement, je vous offre gracieusement un exemplaire de *Modern Rejuvenation Methods*.

— C'est très aimable, mais je peux payer…

— Allons, vous m'offenseriez. Considérez-le comme votre Bible. Comment un prêtre porterait-il la bonne parole sans sa Bible ? Il est normal que je vous l'offre. Vous trouverez dans ces pages tout ce qu'il convient de savoir sur la médecine radioactive, et en particulier sur les avantages du Radithor comparativement aux autres remèdes prétendument semblables. Ma conférence n'en était qu'une version très abrégée.

— Il est dommage que le docteur Morris n'ait pas pu être présent.

— C'est un homme discret qui préfère la quiétude des laboratoires et l'ascèse de l'écriture. L'exercice auquel je me prête n'est pas pour tout le monde. L'église a ses prêtres et ses moines, et la science fonctionne de manière semblable !

Byers approuva d'un hochement de tête, jugeant l'analogie pertinente. Il glissa le livre sous son bras et dit :

— Il est déjà tard, je ne vais pas vous retenir plus longuement. Tenez, voici ma carte si vous désirez me contacter. Soyez assuré

que je serai votre ambassadeur zélé. Sur ce, au plaisir d'une prochaine rencontre !
— Le plaisir sera partagé, répliqua Bailey en saisissant la carte qu'il plongea aussitôt dans sa poche.
Les deux hommes se serrèrent la main et se quittèrent sur ces mots chaleureux et sincères. Byers n'était nullement déçu de son entrevue avec Bailey et repartait avec le sentiment d'avoir rencontré un authentique bienfaiteur de l'humanité ; Bailey se félicitait de l'appui d'un homme important et probablement influent pour faire reconnaître le bénéfice de ses produits. Il jeta un regard sur la table ; il ne restait plus que deux exemplaires de *Modern Rejuvenation Methods*. Il se tourna vers ses assistants avec un sourire de contentement et s'exclama tout en tirant de sa poche la carte de Byers :
— Eh bien, c'était une bonne soirée !
Ses assistants approuvèrent en retirant de la table les deux ouvrages invendus, tandis que Bailey lut silencieusement le petit carton qu'il tenait entre les mains :

BYERS A. M. C°.
E. M. Byers, Chairman
235 Water Street
Pittsburgh (Pennsylvanie)
Tel. Court 5561

-XIII-

« Je pars. » Quelques jours après la conférence de Bailey, ce fut par ces mots que Mary-Lou informa Byers de son désir de

le quitter. L'expérience était nouvelle pour lui car, en général, il avait la primeur de cette annonce. Les mots de Mary-Lou lui furent moins durs que s'il les avait entendus deux mois plus tôt, lorsqu'il se trouvait au fond de l'abîme. Il avait regagné en force morale et physique, assez pour supporter le coup, et il se montra même compréhensif avec la jeune femme :
— Pourquoi ? lui demanda-t-il simplement.
Il savait déjà la réponse, mais ne voulait pas avoir l'air d'accepter son départ avec indifférence :
— Pourquoi ? Tu l'ignores donc ? J'aime cette vie que tu m'as offerte, ce luxe et ce confort, je n'aurais jamais espéré avoir tout cela un soir en rentrant sous la pluie dans mon appartement sordide. Un moment, j'ai pensé que c'était ce que je désirais, ce dont j'avais toujours rêvé, mais non. Ce que je veux, c'est avoir des rôles, jouer dans des films, être admirée et adulée. Je veux que l'on me remarque, que l'on me reconnaisse. À tes côtés, on me considérera toujours comme une catin. Dans ta société, on me voit ainsi et l'on se méfie de moi, dans la mienne, on me voit ainsi et l'on me jalouse. Quant à notre amour, je sais bien que c'est une passion. Il n'est pas voué à durer, il aura une fin, un jour. Seulement, j'ai vingt ans et le temps me manque déjà. C'est maintenant que je suis la plus jeune, la plus belle, que l'on pourrait me confier les premiers rôles. Si j'attends d'en avoir vingt-deux ou vingt-cinq, on me trouvera trop vieille. J'ai tenté de te convaincre de m'emmener à Los Angeles, j'ai cru y arriver, mais depuis que tu as retrouvé le moral et la santé, j'ai accepté mon échec. Plutôt que de changer de vie avec moi, tu tiens à ton ancienne existence, c'est ton choix, mais je dois partir. La mienne n'est pas ici, je ne suis pas à ma place. Ici, c'est comme une belle chambre d'hôtel, mais ce n'est pas chez moi, ce n'est

pas là où je veux faire ma vie. Tu comprends ?

Byers opina du chef :

— Je le savais, car je savais que tu avais remarqué cela aussi, reprit Mary-Lou.

— Si tu ne m'avais pas précédé, je t'aurais tenu un discours similaire, peut-être dans une semaine, peut-être dans un mois. C'est ainsi. Je n'aime pas m'attacher durablement, et tu as raison de te détacher de moi pour accomplir ta destinée. Si nous nous étions rencontrés dans d'autres circonstances, notre histoire n'aurait peut-être même pas duré aussi longtemps…

— Non… En effet, soupira Mary-Lou.

— Quand pars-tu ? Sais-tu où aller ?

— Peut-être demain. Autant que ce soit rapide. J'ai assez d'argent pour aller jusqu'à Columbus. Ce n'est pas Los Angeles, mais je me débrouillerai là-bas pour trouver ce qui me manquera, comme je l'ai fait pour venir d'Ashfield à Pittsburgh. Il y aura peut-être une autre bonne âme à Columbus pour s'occuper de moi !

— Non, non, prends les cadeaux que je t'ai faits. Emporte tes habits, tes bijoux, ils te seront plus utiles qu'à moi. Il te faudra de belles robes à Hollywood pour qu'on te remarque. Je te donnerai l'argent pour prendre le train jusqu'à Los Angeles.

— Je ne peux…

— Ce n'est rien pour moi. J'ai de quoi faire dix mille fois un voyage que je ne ferai probablement jamais. Autant qu'il serve une cause utile. Ce n'est pas parce que nous ne sommes plus amants que nous ne devons plus être des amis et oublier les bons moments. Je ne suis pas un ingrat.

Mary-Lou ne savait quoi répondre, et sous le coup de l'émotion, elle se contenta de bredouiller un timide merci :

— Pas de merci, si je t'ai fait ces cadeaux, ce n'était pas pour t'obliger à rester avec moi, mais parce qu'il me plaisait de te les offrir. Ils sont à toi. Et pour le billet de train, si tu veux, lorsque tu seras la nouvelle Louise Brooks, tu me le rembourseras.

Cette marque de confiance émut Mary-Lou qui, un court instant, se demanda si elle ne se trompait pas en actant sa décision. Elle promit de rembourser son billet de train dès que le succès le lui permettrait, et comme une larme coula sur sa joue, elle prétexta la nécessité d'aller préparer ses affaires pour ne rien montrer de son émotion à Byers. C'était elle qui voulait partir, et elle ne tenait pas à faire peser sur lui la culpabilité de ses choix difficiles. Difficiles, en effet, car il lui en coûtait de reprendre la route. Elle ne quittait pas Pittsburgh de la même manière qu'elle avait quitté sa petite communauté rurale d'Ashfield. Elle avait beau se répéter que cette vie de luxe et de plaisir était vouée à l'éphémère, elle avait, quelques mois durant, trouvé un toit accueillant, une chaleur humaine, oublié les restrictions et l'angoisse des lendemains faits d'inconnus. Elle avait vécu dans une tranquillité et une aisance rassurantes et douillettes, et même si elle reprenait la route avec un pécule confortable, elle irait seule dans une aventure à l'issue incertaine. Elle prépara ses valises sans se défaire d'une mine sombre, et les mascarons effrayants de son vieux lit grinçant prenaient tout à coup, au moment de les quitter, des airs de vieux amis qu'il lui était impossible d'abandonner sans une pointe de mélancolie au cœur.

Le lendemain, Byers l'emmena à la gare de Pittsburgh. Son train était le 12 heures 20 pour Columbus. Avant de monter dans la Cadillac et pendant qu'un domestique chargeait les valises, elle s'en alla une dernière fois longer la haie de rosiers qui avait très vite été son endroit favori du manoir. Malgré la saison avancée, il subsistait quelques fleurs au bout des tiges piquantes. Elle en huma le parfum exquis, elle passa ses doigts sur le velours des pétales, puis elle se détourna d'un geste déterminé de ce qui appartenait déjà aux souvenirs et rejoignit la voiture. Byers se tenait près de la portière conducteur. Il avait insisté pour emmener lui-même Mary-Lou à la gare. Comme elle n'était pas très distante de Ridge Avenue, ils arrivèrent en avance, et après qu'elle eut pris son billet et fait monter ses bagages, ils patientèrent tous les deux dans la salle d'attente :

— C'est dommage, déplora Mary-Lou au milieu du vacarme métallique d'un train de fret qui partait.
— Quoi donc ? lui demanda Byers.
— J'aurais bien aimé que tu m'emmènes une dernière fois à Southampton.
— Viens quand tu le voudras ! Ce n'est pas à côté de Los Angeles, j'en conviens, mais lorsque tu seras une vedette, il te sera permis de faire comme tous ces producteurs de grands studios qui travaillent la moitié du temps sur la côte ouest et vivent l'autre moitié sur la côte est !
— Ça me paraît si loin !
— Ce soir, tu seras déjà à Columbus. Si tout se passe bien, dans deux jours tu seras dans le Missouri. En quelques jours on peut traverser le pays. Ce n'est plus le Far West de nos aïeux ! Par contre, sois prudente et garde bien tes bijoux et ton argent sur toi, là où une main experte ne pourra pas se glisser avec discrétion. Même en première classe, et j'ai envie de dire, surtout en première classe, on est jamais à l'abri d'un pickpocket.
— Si tu étais venu avec moi, j'aurais été plus rassurée d'avoir tout cet argent sur moi.

Byers sourit et cette expression creusa les rides qui lui bordaient les yeux :

— Sois confiante, mais méfie-toi des autres. Quand tu n'as rien, on cherche à t'exploiter, quand tu as quelque chose, on cherche à tirer profit de toi. Je pense que c'est une leçon qui te servira à Hollywood, sinon tu te brûleras les ailes.

— Tu parles comme si tu connaissais Hollywood !

— C'est une industrie comme les autres.

Au fil de la conversation, la salle d'attente se remplit. C'était un défilé d'hommes élégants, plutôt des hommes d'affaires et des représentants. Les femmes seules, les couples, les familles se faisaient rares et composaient majoritairement la foule des accompagnants. L'heure du départ approchait. Byers regarda sa montre et dit :

— 12 heures 10. Il est temps.

Ils quittèrent le banc de la salle d'attente et rejoignirent le quai. Le fond de l'air était froid et un brouhaha de grincements de roues, de sifflets aigus, de gémissements de vapeur donnait à cette gare une agitation nerveuse ; il n'y a guère que dans celles des petits villages où les amants peuvent se dire adieu dans le calme. Ils remontèrent le quai en direction de la voiture de 1re classe dans laquelle Mary-Lou devait prendre place :

— Ainsi, il est temps de nous dire au revoir, soupira Byers.

— Au revoir... Oui, peut-être, répliqua Mary-Lou, timidement.

— Ne sois pas triste, tu es sur le point d'exaucer tes rêves.

— C'est que ça me fait bizarre ! marmonna la jeune femme, les yeux un peu rouges.

— Ça passera dans le train. Allons, nous nous quittons bons amis, mais tu dois poursuivre ton chemin.

Mary-Lou opina silencieusement de la tête, puis ils échangèrent une bise sur la joue. Un agent qui fermait les portes leur enjoignit de prendre place, car le départ était imminent. Constatant que Mary-Lou montait seule, il lui tendit la main pour l'aider à grimper les quelques marches de la voiture avant de lui souhaiter la bienvenue à bord. Il lui demanda si elle avait besoin d'aide pour s'installer, et comme il reçut une réponse négative, il ferma la porte. Byers recula de quelques pas pour s'éloigner du train qui s'apprêtait à partir. Le coup de sifflet donna le signal et le convoi ferroviaire s'ébranla dans un craquement de fer assourdissant au milieu des odeurs d'huile et de graisse. Byers salua de la main celle qui partait, laquelle, depuis la fenêtre de son compartiment, lui rendit son salut. Ce ne fut l'affaire que de quelques secondes ; les premières voitures du train disparurent rapidement dans un épais nuage de fumée blanche. Cette brume humide refroidit davantage encore l'air sur le quai et Byers resserra le col de son manteau. Il détourna son regard du train avant même le passage des voitures de deuxième classe. Il avait l'habitude des adieux et des au revoir, mais cette fois, il éprouvait un pincement singulier à l'intérieur de lui. Mary-Lou avait été la passion d'un moment particulier de sa vie et il se promettait, au milieu de toutes les autres, de lui conserver une place à part dans ses souvenirs.

-XIV-

Le départ de Mary-Lou n'empêcha pas Byers de continuer à vivre en hédoniste. Au contraire, il se sentit plus libre de renouer avec la vie ébouriffante et superficielle que lui permettaient les bienfaits du Radithor. Un soir, après quelques jours de célibat, il s'en alla à nouveau filer dans les rues de Pittsburgh au volant de sa Cadillac en quête d'une remplaçante. Il procédait toujours de la même façon. Il guettait la fermeture des théâtres, des cinémas, des boutiques, patientait devant les *diners* et suivait les jeunes femmes qui rentraient seules et à pied malgré le froid de la mauvaise saison et la bruine qui, sous les lumières aux néons, irisait l'asphalte des rues. Il les suivait, les dépassait et jetait un premier coup d'œil pour voir si elles étaient « son genre ». Dans la nuit, sous les manteaux et les parapluies, ce premier coup d'œil s'avérait généralement peu concluant, alors, après les avoir dépassées, il s'arrêtait quelques mètres plus loin pour les aborder et leur proposer de les raccompagner dans sa voiture. Sa technique restait immuable, et en général, le luxe de ses habits, ses belles manières et sa Cadillac éveillaient l'intérêt et inspiraient confiance aux petites employées qu'il interpellait. Rares étaient celles qui déclinaient la proposition ; même les meurtres sauvages d'ouvrières qui endeuillaient régulièrement le borough des McKees Rocks ne les dissuadaient pas de monter avec un inconnu. La plupart de ces jeunes femmes ne lisaient pas le journal, et presque toutes avaient le profil de Mary-Lou. Elles venaient de communautés rurales où la violence et le meurtre avaient le visage d'un alcoolique ou d'un rustre illettré ; elles ne concevaient pas qu'en ville il pût en aller autrement. Voir un homme les aborder dans de beaux habits, avec sa propre voiture et des mots suaves suffisaient à les rassurer, et même, à les subjuguer. Byers prenait leur parapluie, leur ouvrait la porte de son véhicule et les aidait à quitter leur manteau mouillé avant de les inviter à prendre place. Leurs mains effleuraient le cuir du siège, elles posaient leur regard sur le long capot luisant, la nymphe volante qui en dessinait la proue tout au bout et le

chevalier servant qui la contournait au petit trot pour venir s'asseoir à côté d'elles. Alors, elles se sentaient comme des princesses. Maintenant qu'elles se trouvaient près de lui, débarrassées de leur manteau et de leur parapluie, Byers pouvait mieux les observer, voir si elles répondaient à ses critères d'appréciation. Dans tous les cas, il n'avait pas l'impudence de les chasser, et s'il s'était mépris, il se contentait de leur demander leur adresse et de les ramener chez elles ainsi qu'il l'avait promis. En revanche, si elles suscitaient son intérêt, alors, à mi-chemin, il évoquait son manoir sur Ridge Avenue et leur proposait plutôt de les amener chez lui. Il connaissait toutes leurs préventions, il avait pris l'habitude d'affûter ses arguments, et il avait très rarement essuyé un refus définitif. Son discours était invariable, car il savait ce qui fonctionnait auprès de ces femmes seules, à l'existence rudimentaire, plus ou moins égarées dans une grande ville inconnue. Il essayait d'incarner la sécurité et le confort, ce que lui facilitait son âge. Dans un même temps, il avait des mots et une attitude caressante que ces femmes n'avaient pour la plupart jamais connus chez un homme, et elles le trouvaient séduisant malgré son âge. C'était ainsi que tout commençait. Parfois, il rentrait seul, faute d'avoir abordé celle qu'il cherchait dans ses investigations noctambules, mais souvent, privilège de l'argent, des belles manières et de son entrain contagieux, il rencontrait le succès. C'était surtout cet entrain qu'il craignait de perdre avec l'âge, mais le Radithor lui avait redonné confiance en lui.
Quelques jours après le départ de Mary-Lou, dans la même chambre qu'elle occupait, il installait une certaine Jenny Lowe. Elle travaillait dans une boutique de lingerie, et le lendemain de leur première nuit, alors qu'elle croyait la parenthèse close et

s'apprêtait à reprendre son poste, Byers la retint. Il lui demanda l'adresse de la boutique et promit d'envoyer son chauffeur pour informer la directrice de l'indisposition de son employée :
— Je te veux tout à moi ! lui dit-il amoureusement. Je veux que nous ayons du temps pour nous. Tu n'as plus besoin de travailler là-bas maintenant que tu es avec moi !
Elle se laissa convaincre sans difficulté, puisqu'elle était payée une misère pour un métier qui n'était pas ce à quoi elle aspirait. Jenny Lowe fut aussi la première à se laisser convaincre de consommer du Radithor dans l'entourage proche de Byers. Depuis sa rencontre avec Bailey, Byers n'avait cessé de consommer sa dose quotidienne de radium, tout en en ajoutant à son bain au moins deux fois par semaine en suivant les recommandations de l'ouvrage du docteur Charles Evans Morris. Il en buvait également avant certains efforts, comme les soirs de fête, les exercices sportifs intenses et les nuits d'amour. Il se sentait alors plus endurant, et parfois, pour aider son organisme à récupérer plus rapidement, il buvait encore une bouteille de Radithor après l'effort. Dans ces conditions, il utilisait généralement une caisse de trente bouteilles de Radithor par semaine, et comme Jenny Lowe le voyait continuellement boire ses petites fioles, elle lui demanda de quoi il s'agissait. Elle croyait que c'était de l'alcool ou de l'opium qu'elle associait un peu naïvement aux habitudes des hommes fortunés. Byers lui expliqua qu'il s'agissait d'eau radioactive et qu'avec elle, il trompait la vieillesse. Intéressée, elle n'osa cependant pas lui en réclamer pour elle-même, mais un soir, avant de faire l'amour, Byers lui offrit de partager un verre de Radithor avec lui :
— Regarde, lui dit-il, je vais te montrer une expérience !

Prenant une coupe en cristal transparent, il versa à l'intérieur le contenu de deux bouteilles de Radithor :
— Tiens ce verre pendant que je vais éteindre la lumière !
Jenny Lowe obéit, et Byers, à moitié nu, alla appuyer sur l'interrupteur. L'obscurité envahit la chambre sauf à l'endroit du verre que tenait la jeune femme et qui brillait d'une légère luminescence bleu-vert :
— C'est... c'est de la magie ! dit-elle alors que la lumière fluorescente du Radithor laissait entrapercevoir l'expression extasiée de son visage.
— Les magiciens l'emploient en effet ! répliqua Byers en la rejoignant. Le radium et le mésothorium n'ont aucun goût, aucune odeur, aucune couleur, on pourrait croire de l'eau. Seulement, dans le noir, ils sont luminescents. J'ai testé avec d'autres eaux radioactives. Elles ne sont jamais luminescentes. Il n'y a que le Radithor qui brille de la sorte. Mais il faut le mettre dans un verre transparent. Le verre ambré de ses fioles est trop opaque pour qu'on puisse faire l'expérience.
— Et tu dis que l'on rajeunit en buvant ça ?
— Fais l'essai ! Bois-en la moitié et laisse-moi l'autre.
— Si je rajeunis à mon âge, tu vas te retrouver avec une fillette !
— Petite idiote, répliqua Byers sur un ton affectueux. Le Radithor influe sur les glandes endocrines. Il participe à leur équilibre et leur permet d'atteindre un fonctionnement parfait. C'est ainsi que l'on rajeunit. Certaines de ces glandes endocrines ont une incidence sur la puissance sexuelle de l'homme, mais cela va sans dire, de la femme aussi. Je suis certain que si tu en bois, tu ressentiras comme moi une sensation d'épanouissement sexuel incomparable avec tout ce que tu as pu connaître.
— Tu es sûr que je peux boire ? demanda Jenny qui, malgré sa

fascination pour le liquide luminescent, éprouvait un doute quant à ses effets.
— Je commence, tu verras, c'est sans danger !
Byers attrapa le verre, avala à peu près la moitié du contenu et invita Jenny à le terminer :
— Va, c'est comme de l'eau.
Haussant les épaules, elle se laissa convaincre, et toute la chambre fut aussitôt plongée dans l'obscurité totale :
— Tu vois, c'est insipide et indolore ! lui murmura Byers en cherchant dans le noir pour lui reprendre le verre. Après l'avoir trouvé, il le posa sur la table de chevet en tâtonnant, et quelques secondes plus tard, des rires féminins et des bruits de draps froissés se répandaient au milieu des ténèbres de la chambre.

-XV-

Si Jenny fut la première à se laisser convaincre de boire du Radithor dans l'entourage de Byers, elle n'en trouva pas les bénéfices annoncés. Elle le fit croire à son amant pour ne pas l'offusquer et elle continua d'en prendre lorsqu'il lui proposait, mais pour le principe. Elle supposa que cette absence d'effet découlait de son jeune âge et de sa bonne santé. Le Radithor avait toutefois le mérite de l'amuser par sa luminescence. Il lui plaisait d'en verser plusieurs bouteilles dans l'eau mousseuse de son bain et d'éteindre la lumière, juste pour avoir le plaisir d'admirer la fluorescence du radium à travers les bulles de savon. Elle trouvait cela joli, mais elle n'avait jamais constaté après un tel bain, une différence notable sur la santé de sa peau en dépit de ce que lui avait dit Byers. Après Jenny, ce dernier entreprit de se faire le zélote du Radithor au sein de la bonne société qu'il fréquentait. Il en parlait à la moindre occasion, lors d'une fête, durant une partie de golf ou de tennis, au club de tir ou à une *tea party*. Il ne laissait jamais passer une occasion d'évoquer le Radithor quand une de ses relations se plaignait d'un mal de tête, d'une douleur rhumatismale, éternuait ou toussait. Il expliquait comment ce médicament avait changé sa vie et pouvait également changer la leur. Lorsqu'il sentait que ses mots avaient éveillé la curiosité de ses interlocuteurs, que ces derniers lui demandaient comment s'en procurer, il promettait de leur en offrir des caisses, et le lendemain, son chauffeur les portait effectivement à leur domicile. Il voulut aussi en offrir à son entourage le plus proche, si bien qu'un jour son frère vint le trouver chez lui avec une caisse de vingt-huit bouteilles de Radithor sous le bras :

— C'est très aimable de m'avoir fait livrer ceci, dit-il, un peu froidement, mais je n'en ai pas usage. J'ai bu une bouteille avec ma femme et nous avons eu tous les deux la nausée. Ce médicament est probablement efficace, mais pour les gens qui en ont besoin. Je ne crois pas que ce soit notre cas !

— Allons Fritz[2], tout le monde en a besoin, répondit Byers avec assurance. Conserver la jeunesse ou la retrouver, c'est notre combat à tous ! Essaye à nouveau. Le docteur Morris en parle dans son livre. Parfois, les premières prises de Radithor provoquent ces symptômes désagréables, mais ils passent avec le temps.

— Désolé mon frère, mais je prends des médicaments lorsque je

---

[2] Surnom de John Byers.

suis malade, et pour ma part, vieillir n'est pas une maladie, mais la finalité de la vie. Par ailleurs, je tiens à te mettre en garde. Consommer excessivement un médicament peut avoir des effets néfastes. Le docteur Moyar sait-il que tu bois chaque semaine l'équivalent d'un trimestre de traitement ?

— Il le saurait si depuis que je prends du Radithor j'avais eu besoin de ses services ! Mais je suis en parfaite santé !

— Soit, mais tu devrais diminuer ta consommation ! J'ai l'impression que tu sombres dans une forme d'addiction, et je ne connais pas une addiction qui soit sans conséquence.

— La seule conséquence est que je me porte mieux que jamais ! Ose m'affirmer que je ne suis pas en pleine santé, que tu m'as vu plus heureux et allant ?

— Je ne dis pas, mais parfois, le prix se paye plus tard !

— Sans Radithor, je payerai déjà un prix autrement plus sérieux, et ce serait celui de la sénilité.

— Fais ce que tu veux, mais reprends ta boîte !

L'accueil froid que John Byers réserva à sa caisse de Radithor eut pour exact contraire celui de Mary Hill. Cette dernière savait mieux que quiconque à quel point son ami était tombé bas, moralement et physiquement, aussi, après avoir assisté à sa résurrection, elle ne doutait pas des bénéfices du Radithor. Intéressée, elle avait posé des questions à Byers et lui avait demandé comment s'en procurer. Il lui avait promis de lui en porter une caisse, et le jour venu, en dévoilant ses petites fioles, Mary Hill se trouva immédiatement rajeunie ; son visage affichait le même sourire joyeux que celui d'un enfant au moment de déballer un cadeau. Mary Hill était une femme coquette, très maquillée, très apprêtée. Pour lutter contre l'âge, elle avait à son service tout ce qui convenait de manucure, de

pédicure, de coiffeur, de masseur et de médecin chinois. Elle savait admirablement se vêtir. En prenant de faux airs de poupées de porcelaine grâce à tous ces artifices, elle avait réussi à conserver une trentaine bien mûre. Cependant, comme bien des femmes de son âge, elle était en quête d'un véritable remède contre la sénescence. Elle en avait essayé de nombreux, sans jamais obtenir de résultats concluants, si bien qu'elle avait cessé de céder aux promesses trop alléchantes. Elle n'aurait probablement pas davantage cru au Radithor si elle n'avait eu l'exemple de Byers et ne s'était trouvée dans une situation critique. Elle entrait dans la délicate période de l'infertilité féminine et avait repris le corset pour cacher trois kilogrammes de trop qui, selon ses mots, la faisaient « grosse vache ». En l'entendant, Byers répliqua en gentleman :
— Ils ne se voient pas.
— Flatteur ! Crois-moi que Billy… Tu connais Billy, mon amant du vendredi, crois bien qu'il s'en est rendu compte. Il dit qu'il apprécie, tant mieux, mais je suis sûr qu'il ment.
— Les hommes aiment plus souvent les rondeurs que les femmes…
— S'il n'y avait que ça ! Je préfère ne rien te dire d'autre, tu penserais que j'affabule ! Vraiment, il était temps que ce Radithor arrive avant que ma décrépitude ne soit totale ! Il y a des limites à ce que des hommes, même entretenus, tolèrent chez les femmes avec lesquelles ils couchent !
— Je suis certain qu'avec le Radithor tes problèmes vont prendre fin comme les miens.
— Une bouteille par jour, c'est cela ?
— Une, deux ou trois, ça dépend des exigences de ta journée. Fais comme tu l'entends. Je ne crois pas qu'il y ait de dosage précis.

Mary Hill déboucha la fiole qu'elle tenait entre ses doigts, et se tournant vers Byers, elle lança :
— Eh bien, allons-y ! Cheers !
Après avoir bu, elle jeta la bouteille vide qui alla se briser dans un coin de la pièce :
— Tradition chinoise, reprit-elle en souriant. Le verre brisé porte chance !
— La véritable chance est dans le flacon ! fit remarquer Byers avec un air faussement sérieux.
— J'en jugerai quand je commencerai à constater un effet bénéfique.
Cet effet bénéfique, Mary Hill ne tarda pas à la ressentir, et après quelques jours à consommer du Radithor, elle se trouva soulagée de la plupart des maux qui l'accablaient, hormis la prise de poids, car chaque dose de Radithor lui provoquait presque aussitôt une fringale. Cet effet secondaire était dûment rapporté dans l'ouvrage *Modern Rejuvenation Methods* dont Mary Hill fit rapidement l'acquisition pour tout savoir sur le Radithor et les manières de l'employer. Elle pallia ce souci en buvant le Radithor avant chaque repas, et pour le reste, elle sentait sa féminité renaître de jour en jour. Elle faillit pleurer de bonheur le matin où, en quittant son lit, elle se surprit à ne pas empester l'horrible odeur de hareng dont elle s'estimait couverte lorsqu'elle transpirait fort. Ce souci, et d'autres encore, s'envolèrent avec le Radithor. Après une petite semaine de traitement, elle aimait son reflet dans le miroir, et avec ses amants, elle se trouvait plus assurée et plus femme, osant à nouveau se montrer entreprenante et audacieuse avec eux. Elle confia à Byers qu'elle ne se doutait pas de tout ce qu'elle avait perdu en matière de satisfaction érotique avant de le retrouver

grâce au Radithor. Son enthousiasme était trop grand pour qu'elle le gardât pour elle seule, et à son tour, elle se fit le chantre du médicament miracle auprès de ses amis. Ainsi, au début de l'année 1928, via le bouche-à-oreille toujours très efficace dans un monde de promiscuité sociale, la bourgeoisie pittsbourgeoise vibrait d'intérêt et de curiosité pour l'eau radioactive. Certains estimaient ses effets anodins, d'autres au contraire, portaient aux nues ses bénéfices incroyables, mais rares étaient ceux qui n'avaient pas d'avis sur ce sujet du moment.

En février 1928, à une soirée chez les Ewart d'Edgeworth, Byers vint saluer la maîtresse de maison, Mrs. Mary Kirkpatrick Ewart, qu'il connaissait bien puisqu'elle appartenait à la section féminine du Allegheny Country Club. Cette dernière vouait une adulation sans borne aux pékinois, et s'il en courait librement une quinzaine dans toute la maison, elle en gardait presque toujours un dans les bras. Au moment où Byers l'aborda, elle tenait justement contre sa poitrine un pékinois noir aux yeux exorbités et au front olympien qui portait autour du cou un collier de soie rose et une médaille en vermeil. Byers complimenta l'animal pour faire plaisir à sa maîtresse :

— Il a un poil vraiment luisant, il est magnifique ! dit-il en caressant la tête du pékinois qui le regardait d'un air placide en tirant sa petite langue couleur d'églantine.

— N'est-ce pas ? C'est Goldy, une de mes femelles pékinoises. Elle a gagné le premier prix à un concours d'élégance, la semaine dernière, et voici sa jolie médaille !

Mrs. Ewart secoua légèrement la médaille en vermeil qui se démarquait comme un soleil sur le pelage ténébreux de l'animal :

— Cela prouve que sa maîtresse est aux petits soins, déclara Byers avec un soupçon d'obséquiosité.

— Figurez-vous que j'ai eu l'idée de lui donner de cette eau radiative... Comment s'appelle-t-elle déjà... Je perds la tête...
— Radithor ?
— Oui, voilà, Radithor ! Je lui en verse un peu dans son eau et un peu dans sa pâtée chaque jour. On en dit tellement de bien ! J'ai essayé sur elle, car elle avait le poil terne et était un peu chétive, et voyez, après deux semaines de traitement, elle gagne un prix et elle est plus belle que les autres !
— Ça marche donc aussi sur les animaux..., conclut Byers, songeur.
— Goldy en est la preuve !

De cet échange avec Mrs. Ewart, Byers tira la conviction que le Radithor pouvait profiter à tous les êtres vivants, et il ordonna à son maître d'écurie d'en ajouter au traitement ordinaire de ses chevaux, en particulier de Skedaddle, dans l'espoir d'améliorer ses performances avant la reprise de la saison hippique. Certains expérimentateurs en versèrent dans l'eau de leurs plantes vertes, d'autres dans le bocal de leurs poissons, obtenant des succès divers. Rares étaient ceux qui voyaient un danger potentiel dans l'usage insouciant et ludique d'une substance méconnue. Par plaisanterie et parce qu'ils donnaient l'impression de douter de tout, ces derniers étaient surnommés les « pyrrhoniens », une confrérie informelle à laquelle appartenait John Byers.

-XVI-

John Byers ne remettait pas en cause l'efficacité du Radithor pour traiter certaines maladies, car il savait le radium employé en médecine, mais il s'inquiétait de la manière dilettante dont son frère et d'autres de ses relations le consommaient. Il était bu comme un quelconque tonique au quinquina, même par des individus qui n'en avaient pas besoin.

John Byers voyait cette pratique avec perplexité et s'interrogeait d'autant plus que les médecins de ses connaissances ne semblaient pas partager ses doutes. Le docteur Moyar restait impassible face à cet engouement immodéré pour l'eau radioactive. Byers eut l'occasion de lui en parler, de lui exprimer ses réserves quant à une consommation quotidienne excessive de radium sans raison médicale, mais il se heurta à un homme confiant et serein :

— Allons, John, vous avez déjà vu des victimes d'addictions aux opiacés. D'abord on les croirait saouls, et ensuite ce ne sont plus que des morts qui marchent. Elles maigrissent, elles souffrent d'une fatigue chronique, elles ont du mal à sortir de leur lit à cause des vertiges. Vous n'allez pas me dire que votre frère vous donne une impression semblable ? Non seulement il se porte très bien, mais en plus de cela, si demain il cesse de consommer du radium, il n'aura aucun effet de manque. Je n'ai lu nulle part que le radium était addictif, et pourtant, j'ai beaucoup lu sur le radium dans ma jeunesse. J'ai même écrit sur le sujet. Allons, je ne parierai pas que le radium soigne la moitié des maladies pour lesquelles les laboratoires Bailey en recommandent l'emploi, mais il semble que chez une proportion notable de ses consommateurs quelque chose d'assez positif se passe pour les pousser à continuer d'en prendre comme tonique. Tant mieux pour eux, et vous devriez vous réjouir pour votre frère. Le Radithor lui a grandement profité, croyez-moi ! Moi-même je n'envisageais pas de tels effets lorsque je lui ai prescrit pour une simple douleur à l'épaule.

Malgré le ton optimiste du médecin, John Byers n'arrivait pas à se rassurer et moins encore à se réjouir, convaincu que la meilleure substance pour le corps humain est d'abord celle dont on n'abuse pas. En tout, il était un homme de la modération, une différence notable avec son frère qui affectionnait les excès. Néanmoins, il en resta là, considérant que si même la médecine ne le suivait pas, il était voué à prêcher ses mises en garde dans le néant comme Cassandre. Les semaines passant, il finit même par ignorer complètement le sujet et par ne plus se tracasser à cause de lui. Tout semblait aller dans le sens du docteur Moyar, les buveurs de Radithor se portaient pour le mieux, aussi, il se disait qu'il avait peut-être fait preuve de trop de prévention contre une substance qui, après tout, était le fruit des recherches d'éminents scientifiques. Il commençait seulement à devenir indifférent au mot « radium », lorsqu'il le recroisa par hasard dans un gros titre du journal *The Nation* qu'il lisait chaque semaine au milieu de sa revue de presse du lundi. Comme l'article se trouvait dans la rubrique judiciaire, il eut la curiosité d'en examiner le contenu qui s'accompagnait d'un sous-titre choc : « Cinq femmes du New Jersey sont vouées à la mort ».
L'article rapportait les résultats de l'audience au tribunal, en avril 1928, des employées de l'United States Radium Corporation impliquées dans un procès contre leur employeur. John Byers n'avait jamais entendu parler de cette affaire, pourtant elle n'était pas récente, car l'article indiquait que la Cour Suprême du New Jersey s'était déjà prononcée le 18 mai 1927 en ajournant la tenue du procès au 24 septembre 1928. L'article donnait tous les détails de l'affaire, et notamment les raisons du procès, ce qui intéressa particulièrement John Byers. Les jeunes femmes accusaient leur employeur de les avoir sciemment empoisonnées en leur faisant

peindre, au mépris de leur sécurité, des cadrans de montres avec une peinture luminescente à base de radium. L'article indiquait que six médecins avaient examiné les cinq plaignantes et s'étaient accordés pour dire qu'il leur restait très peu de temps à vivre. Le journaliste de *The Nation*, journal très à gauche, concluait que le report du procès à septembre 1928 avait été décidé en faveur de l'USRC dans l'espoir que la plupart des plaignantes fussent décédées entretemps.

La lecture de l'article assombrit brutalement l'esprit de John Byers. Ce dernier connaissait l'orientation idéologique et politique de *The Nation* qui dénonçait régulièrement le traitement des ouvriers, les conditions de travail, se faisait le relai des grèves et des revendications syndicales. Lui, le capitaine d'industrie, le lisait pour cette raison, convaincu de la nécessité de prendre le vent depuis toutes les directions pour s'assurer de ne jamais être surpris par le mauvais temps. Il le lisait par conscience professionnelle, mais cette fois, après avoir terminé l'article et s'être enfoncé dans son fauteuil, des réflexions désagréables et toutes personnelles l'assaillirent. Ses sombres pressentiments ressurgirent de la cache où il les avait fait refluer. Il ne buvait pas souvent, mais sortit d'un tiroir de son bureau un verre à whisky et une bouteille de bourbon. Il vida dans le premier un quart de la seconde et but d'un trait pour calmer ses nerfs. Il relut l'article comme pour s'assurer qu'il avait bien lu l'expression « empoisonnement au radium ». Ses yeux ne l'avaient pas trompé, c'était écrit noir sur blanc. John Byers se posait une multitude de questions. Comment cet empoisonnement, avec quelle quantité, était-ce seulement possible ? L'article entretenait l'ambiguïté à ce sujet, et si le journaliste laissait entendre un lien évident entre la maladie incurable des plaignantes et un empoisonnement au radium, il se contentait de l'évoquer, car il fallait attendre le verdict de la justice pour l'infirmer ou le confirmer.

La première intention de John Byers fut de porter l'article à son frère, de lui prouver que ses mises en garde n'étaient pas stupides, mais il se ravisa. En l'état, l'article n'en disait pas assez. Quelle était la défense de l'USRC ? Pourquoi seulement cinq ouvrières au sein d'une entreprise qui en comptait plusieurs centaines ? N'était-ce pas une forme d'allergie ? Une autre maladie ? John Byers anticipait déjà les questions que lui opposerait son frère, car lui-même s'interrogeait en homme de raison. *The Nation* était un journal de gauche, engagé auprès des causes ouvrières, son article ne pouvait pas être pris absolument comme une vérité, ou tout du moins, comme l'entière vérité. Ces ouvrières souffraient peut-être d'une autre maladie résultant d'une existence dissolue et débauchée et n'accusaient leur employeur que dans le but de toucher des indemnités. John Byers savait son frère trop adepte du radium pour se laisser convaincre du danger à la seule lecture d'un article publié dans la presse de gauche. Lui-même, après la surprise désagréable qu'il lui avait causée, s'apaisa, refusant de céder à une panique excessive. Enfoncé dans son fauteuil, il réfléchit en regardant par la fenêtre de son bureau. Il faisait gris, il pleuvait sur Pittsburgh, la silhouette d'acier du pont Wabash semblait se détacher au fusain sur un lavis de bistre au milieu des fumées des bateaux emplis d'acier, de coke, de produits manufacturés qui descendaient la Monongahela. John Byers aimait cette vue, allégorie de l'Amérique moderne et conquérante, industrielle et énergique. Contrairement à son frère, il se sentait à sa place à cet endroit, ayant le sentiment de prendre part, à sa hauteur, au grand mouvement du monde. Il s'avança vers la

fenêtre et put distinguer, en contrebas, sur les quais, les grues qui ne cessaient jamais de charger et de décharger, les ouvriers qui levaient des caisses, poussaient des tonneaux, huchaient leurs chevaux qui chaque année se raréfiaient davantage parmi les camions qui les supplantaient. Regarder ce spectacle lui faisait du bien ; il s'en nourrissait et cela lui donnait l'envie de mener à bien de grands projets, d'embrasser l'avenir. Il resta dans sa contemplation pendant de longues minutes, puis sonna sa secrétaire. Lorsqu'elle entra dans son bureau, elle n'eut pas à lui demander pourquoi il requérait ses services, il lui dit aussitôt :
— Frances, veillez à réserver pour demain un billet de train en première classe pour Orange, New Jersey. Prévenez Leslie que je m'absente deux ou trois jours pour raisons personnelles. Il n'aura qu'à s'occuper de mes rendez-vous.
— Même celui de mercredi avec votre frère ?
— Oui, Leslie saura lui faire son rapport hebdomadaire aussi bien que moi.
— Bien, monsieur !
Frances disparut, John Byers reprit sa place sur son siège, et écartant *The Nation* d'un geste agacé, il passa à la lecture du *Time*.

-XVII-

Le lendemain, John Byers prit le train pour se rendre à Orange. La surprise de ses collaborateurs, en particulier celle de Leslie M. Johnston, vice-président d'A. M. Byers and C°, eut pour écho celle de sa femme, Caroline. Elle était habituée aux voyages d'affaires de son mari, moins à un départ si précipité qu'il l'en informait seulement la veille au soir. Agacée, elle protesta en soulignant qu'ils avaient acté depuis une semaine de recevoir les White d'Oakmont. Il lui demanda pardon, lui expliqua en singeant un ton las que c'étaient les « affaires » et ajouta qu'il s'agissait d'un imprévu qui exigeait d'être réglé le plus tôt possible. Elle accepta ces justifications avec résignation, car Caroline Byers avait depuis longtemps appris à partager son époux avec le harem envahissant que constituaient « ses affaires ».

John Byers partit donc pour Orange, dans le New Jersey. En quittant la gare, sur les conseils de son chauffeur de taxi qui le lui présenta comme le meilleur de la ville, il descendit à l'hôtel Clinton. C'était en effet un bel établissement avec un restaurant à la carte raffinée et des femmes de chambre blanches. Prenant ses renseignements à l'accueil, il demanda l'adresse de l'United States Radium Corporation. « 422, Alden Street », lui répondit-on. Il donna l'adresse à un autre taxi qui l'emmena d'abord à travers des rues bordées de maisons élégantes et de grands arbres qui alternaient régulièrement avec des parcs fleuris et des pastiches d'églises médiévales, dont les hauts clochers ombrageaient de solides édifices publics en briques carmin. Orange était une petite ville riche et charmante, peuplée d'une bourgeoisie new-yorkaise en quête d'un cadre de vie semi-rural et de nombreux scientifiques qu'employaient les entreprises innovantes installées dans la région. Même le salaire ouvrier était plus élevé ici qu'ailleurs, et en dépit de l'effondrement de l'industrie du chapeau et de celle de la bière qui avaient longtemps supporté l'économie locale, Orange avait su renaître, et le radium n'était pas pour peu de choses dans cette renaissance.

Après les beaux quartiers résidentiels d'East Orange, le taxi conduisit Byers dans un faubourg d'usines et de maisons ouvrières qui léchaient les pieds des monts Watchung. Ces derniers dressaient dans le paysage leurs coteaux arborés qui laissaient parfois émerger la silhouette d'une villa cossue du Llewellyn Park, où demeuraient les plus éminentes personnalités de la ville. Cette masse de végétation luxuriante dépérissait brutalement pour céder la place au quartier ouvrier et industriel qui s'étendait en contrebas. Une voie ferrée traçait une sorte de frontière entre l'œuvre de la nature et celle de l'homme. La brique et le béton se partageaient les lieux dans une certaine harmonie, mais avec une rudesse minérale à peine adoucie par les mauvaises herbes qui flanquaient les bas des murs et les frondaisons pendantes d'arbres solitaires qui avaient miraculeusement survécu à l'urbanisation. Le taxi s'arrêta dans ce cadre anodin :
— 422, Alden Street, United States Radium Corporation. Vous êtes arrivé, monsieur.
Byers paya le prix de la course en ajoutant un dollar de pourboire :
— Merci, monsieur ! s'exclama le taxi en faisant briller la pièce d'argent devant ses yeux. Si j'étais vous, je serais prudent ! On raconte de drôles de choses sur cette boutique ces derniers temps !
Byers remercia le taxi pour son conseil et lui demanda de l'attendre. Le chauffeur accepta avec un large sourire, alors qu'il polissait encore le dollar Peace qu'il tenait dans sa paume.
L'usine ne ressemblait pas à l'image que s'en était faite John Byers, et s'il n'avait pas lu sur l'étroit fronton de la façade blanche qui s'élevait devant lui l'inscription « United States

Radium Corporation » en lettres rouillées, il aurait douté d'être au bon endroit. En effet, derrière son nom pompeux et la technologie innovante qu'elle employait pour transformer le radium en peinture luminescente, l'USRC se résumait à une sorte de hangar qui couvrait moins d'un hectare de terrain. Un bâtiment à étage s'allongeait transversalement à la rue, et les grandes fenêtres du premier étage laissaient deviner des ateliers. John Byers en déduisit que ce devait être là que les employées de l'entreprise peignaient les cadrans de montres et d'horloges. De part et d'autre de ce bâtiment principal s'accrochaient de plus petites structures aux formes si quelconques qu'il était impossible d'en déterminer la fonction d'un seul coup d'œil. Tous les murs de l'usine avaient été blanchis à la chaux, mais déjà les briques sous-jacentes reparaissaient par endroit sous le crépi réalisé avec un soin aléatoire. Beaucoup de mauvaises herbes bordaient le bas des murs et couraient entre les joints fissurés des grosses dalles de béton qui couvraient la cour.

Au moment où John Byers faisait ces observations, une fourgonnette Dodge quitta l'un des bâtiments annexes et passa juste à côté de lui. Sur la carrosserie verte du véhicule était écrit en lettres blanches : « Bailey Radium Laboratories, 336 Main Street, East Orange ».

À gauche de la façade des ateliers se dessinait une petite extension à étage, et depuis la rue, à travers les vitres poussiéreuses, Byers distinguait de lourds rayons de paperasses. Pour lui, c'était vraisemblablement le bureau du directeur ou d'un contremaître et il dirigea ses pas de ce côté de l'usine jusqu'à un portillon grillagé où il se signala. Un gardien se tenait là, assis dans sa guérite. Il lisait le journal en mâchouillant une allumette. Interrompu dans sa lecture par l'inconnu vêtu comme

un homme important qui l'interpellait, il referma prestement sa feuille de chou, jeta son allumette, rajusta sa casquette, tira sur sa ceinture, et s'approchant du portillon, posa les questions d'usages :
— John Frederic Byers, je souhaiterais rencontrer le directeur de cette usine.
Byers tendit sa carte de visite au gardien qui l'examina avec un soulagement manifeste :
— Ah, vous êtes un homme d'affaires ! J'ai craint que vous soyez un journaliste ou un avocat !
— Serait-ce si terrible ? demanda Byers, innocemment.
— Ah, vous n'êtes pas du coin, ça se voit ! Enfin, ce n'est pas à moi de vous parler de ça ! Attendez-moi ici monsieur Byers, voulez-vous ? Je vais chercher monsieur Miles.
Le gardien s'éloigna avec la carte de son visiteur dans la main et monta les marches d'un escalier extérieur en fer qui le conduisit à l'étage du bâtiment aux vitres poussiéreuses. Quelques minutes plus tard, le gardien était de retour, accompagné d'un homme en blouse de médecin, aux cheveux très bruns, courts, aussi luisants au soleil que les montures métalliques de ses fines lunettes rondes. Le gardien ouvrit prestement le portillon grillagé, et l'individu qui le suivait se présenta :
— Monsieur John Frederic Byers ? Docteur Herbert Nelson Miles, je suis le superviseur de cette usine.
Byers répondit favorablement à sa main tendue :
— Très heureux de recevoir un éminent industriel de Pittsburgh dans cette modeste usine, continua Miles. Ce n'est pas le genre de visites habituel.
— D'après votre gardien, les journalistes et les avocats sont plus attendus.

Le docteur Miles rougit sensiblement et adressa un regard bref mais sombre au gardien avant de retrouver son sourire en se tournant vers son visiteur :

— Nous avons quelques difficultés avec le prolétariat en ce moment. Enfin, vous êtes capitaine d'industrie, j'imagine que vous comprenez à quoi je fais allusion. Nous faisons battre le cœur de ce pays et nous sommes traités comme les oppresseurs de la classe ouvrière, les nouveaux esclavagistes de l'Amérique. Mais allons, je ne veux pas vous ennuyer avec ça. Suivez-moi dans mon bureau, vous me direz les raisons de votre visite et j'essayerai d'y répondre favorablement dans la mesure de mes capacités.

— Vous n'êtes pas le directeur de l'USRC ?

Le docteur Miles sourit :

— Ah, si vous êtes venu pour voir la direction, non, malheureusement.

— N'est-ce pas ici le siège de l'United States Radium Corporation ?

— Ça l'a été de 1921 à 1926, mais depuis l'année dernière, son siège est à Manhattan. La situation a évolué.

— Quelle situation ?

— Celle du radium.

— En bien, si j'en crois l'engouement qu'il suscite depuis quelques années.

— Pas exactement ! La demande civile reste modeste en comparaison des contrats militaires que nous avions durant la guerre. Puis, l'on extrait du radium au Katanga à présent. La production a augmenté et les prix ont chuté. C'est la loi du marché ! Vous voyez ce bâtiment là-bas ? Avant nous raffinions le radium sur place. La carnotite venait par le train depuis nos mines de Paradox Valley, dans le Colorado. Maintenant, on ne raffine plus nous-mêmes. Le radium vient de l'étranger, transite par New York et nous arrive déjà prêt à servir dans nos peintures. C'est moins cher ainsi et nous n'avons pas à nous encombrer des déchets. Produire une once de radium exige de déplacer des centaines de kilos de minerais inutiles. Avant, la ville d'Orange acceptait de les récupérer pour des comblements dans le cadre de ses grands travaux urbains, mais ses besoins ont diminué.

Une fois dans son bureau, Miles invita son visiteur à s'asseoir et lui proposa une cigarette que Byers déclina :

— Vous avez raison, c'est mauvais à la santé ! Je devrais arrêter, mais les évènements actuels me rendent nerveux, et lorsque je suis nerveux, je fume !

— Ainsi donc, votre direction est à New York et vous raffinez le radium à l'étranger. Que reste-t-il à cette usine ?

— Eh bien, nos ouvrières qui peignent des cadrans de montres et d'horloges. Nous continuons de préparer la peinture « undark » dans nos locaux suivant notre recette brevetée. L'activité a bien diminué depuis la guerre et plusieurs usines ont fermé dans le pays. Celle-ci survit... Mais allons, comme vous me posez beaucoup de questions, puis-je à mon tour vous en poser une et vous demander ce qui vous amène ici ? Pittsburgh n'est pas toute proche, une motivation sérieuse a dû vous conduire jusqu'à nous.

— Bien entendu. Voyez-vous, mes entreprises produisent, entre autres choses, des signalétiques. Vous comprenez que votre peinture luminescente pourrait avoir dans ce cadre un usage de premier ordre. On a tout autant besoin de lire l'heure dans le noir qu'un panneau indicateur en pleine nuit. Je suis ici pour visiter votre usine, avoir les réponses à mes questions et si elles me satisfont, pour établir un partenariat mutuellement profitable.

— Oh, c'est que je ne suis que le superviseur, il faudrait…

— J'entends bien, mais c'est votre usine, sans doute pouvez-vous répondre à mes questions de façon satisfaisante ?

— Soit ! Je peux faire cela. Souhaitez-vous que je vous fasse visiter nos ateliers ?

— J'aime autant parler en marchant.

— Parfait, suivez-moi !

Miles entraîna Byers par une porte qui, depuis son bureau, donnait directement sur les ateliers de l'usine. Ces derniers se présentaient comme une longue salle rendue très lumineuse par de larges fenêtres à guillotine qui se déployaient sur trois pans de la façade et par des puits de lumière constituaient de verrières distribuées au plafond à intervalles réguliers. Lorsqu'il faisait trop sombre, l'éclairage électrique venait pallier le manque de lumière naturelle. Le sol était joliment parqueté, et là, dans un silence religieux, environ soixante-dix femmes, pour la plupart très jeunes, alignées sur deux rangées et penchées sur leur table haute en bois de chêne, peignaient avec la délicatesse d'un horloger de minuscules chiffres sur des cadrans de montres. Elles en avaient chacune un casier plein posé près d'elles, et toutes les trois à quatre minutes elles piochaient dedans. D'une main, elles maintenaient fermement le cadran, de l'autre, elles plongeaient leur pinceau en poils de chameau dans un récipient qui contenait une peinture à la couleur indéfinissable. D'un blanc perle, elle présentait des reflets verdâtres et scintillants qui s'accentuaient ou s'estompaient suivant l'angle de vue. Elles appliquaient cette peinture sur des chiffres de trois millimètres avec l'aisance d'un geste mille fois répété, puis, pour rendre leur droiture à leurs pinceaux vite déformés, elles le portaient à leur bouche avant de le retremper dans la peinture. Entre leurs lèvres, les poils redevenaient bien fins et elles pouvaient reprendre leur tâche minutieuse avec un outil adéquat.

Alors qu'il traversait l'atelier aux côtés du docteur Miles, quelques-unes, les plus curieuses, levèrent subrepticement la tête vers Byers. Elles voulaient voir à quoi ressemblait cet inconnu qui les visitait, avant de se repencher sur leur cadran à peindre sans perdre de temps, car dans ce métier, le temps valait de l'argent :

— Vous voyez, expliqua le docteur Miles, nos ateliers sont propres, lumineux, nos ouvrières sont les plus méticuleuses du pays.

— C'est donc cela, la peinture « undark » ? déclara Byers en s'approchant d'un des pots qui contenaient le liquide à la couleur incertaine.

— Oui.

— Au radium ?

— Eh bien je n'ai pas l'autorisation de vous en donner la composition, mais oui, elle est constituée notamment du radium. Elle tire sa luminescence de la radioactivité. Cependant, la radioactivité seule ne lui permettrait pas d'avoir une luminescence satisfaisante. C'est dans le procédé pour exacerber cette luminescence que réside la grande découverte du docteur von Sochocky qui a inventé « undark ».

— C'est étonnant !

— Une nouvelle source de lumière qui ne consomme aucune énergie et peut briller pendant des siècles sans jamais perdre de sa force. C'est l'éclairage de l'avenir.

— Vous comprenez mon intérêt ?

— Je le comprends, et à terme, il est certain que l'on emploiera « undark » pour peindre des enseignes de magasins, des panneaux routiers, des livres pourront même être imprimés avec des encres semblables pour être lus dans le noir. Cependant, je dois vous dire que sa production reste coûteuse et...
— J'ai des contrats avec le gouvernement fédéral et l'État de Pennsylvanie. Le coût n'est pas un souci. Vos capacités de production, en revanche, m'interrogent. Cette usine est petite...
— Comme je vous l'ai dit, la fin des contrats militaires nous a amenés à revoir notre production à la baisse, mais nous avons toutes les installations pour l'augmenter si besoin. Nous savons que le temps viendra où l'on verra l'intérêt de payer plus cher une peinture luminescente qui ne consomme aucune énergie, que de payer un éclairage électrique ou au gaz non seulement dangereux mais également plus onéreux à long terme. Mais pour comprendre cela, il faut une vision de l'avenir que tout le monde n'a pas dans notre pays.
— Je suis bien d'accord. Toutefois, je me pose une autre question... Pouvons-nous en parler ailleurs ?
Le ton de Byers se fit plus mystérieux. Le docteur Miles accéda à sa requête, l'entraîna dans la cour et dit :
— Nous voilà à l'abri des oreilles indiscrètes. Que vouliez-vous me demander ?
— Eh bien, j'ai entendu dire... Ne croyez pas que j'y prête foi, mais j'ai entendu dire que l'USRC faisait l'objet d'un procès devant la Cour suprême du New Jersey. J'ai ouï dire que des ouvrières...
— Ex-ouvrières, coupa soudainement le docteur Miles en allumant une nouvelle cigarette. Ainsi donc, cette affaire est arrivée jusqu'à Pittsburgh...

— Vous comprenez que si je dois associer le nom de mon entreprise au vôtre, une condamnation serait plus que préjudiciable à mon image. Quelle garantie m'apportez-vous à ce sujet ?
— Je vous assure qu'il n'y aura pas de condamnation et que les plaignantes seront déboutées. Je vous l'ai dit, nous avons dû revoir nos ambitions après la guerre, licencier du personnel, comme ces cinq femmes qui n'étaient pas nos meilleures ouvrières. Certaines ne travaillent plus pour nous depuis trois ans au moins, ont quitté cette entreprise en pleine santé et viennent à présent accuser l'USRC de les avoir empoisonnées, cela parce qu'elles souffrent de la syphilis et de tuberculose osseuse. Vous pouvez interroger tous les médecins de la ville, aucun ne vous parlera d'empoisonnement au radium. Tous vous diront que le radium est au contraire un tonique de premier ordre. Nous vendons même une partie de notre radium à des laboratoires médicaux. Connaissez-vous les laboratoires Bailey ? Ils sont installés à Orange, ils produisent des médicaments radioactifs avec un radium exactement semblable que celui que nous employons dans notre peinture. Vous voyez bien que ces femmes sont folles ou malignes. Elles veulent se venger de nous en nous diffamant et en cherchant à nous voler, mais justice sera rendue et l'USRC sera lavée de toutes les accusations honteuses dont elle fait l'objet et dont la presse de gauche se fait le relai en faussaire de la vérité. Je vous le garantis. D'ailleurs, aucun avocat sérieux n'a pris leur dossier. Leur avocat est un jeune présomptueux qui a probablement accepté de les défendre uniquement dans l'espoir de voir son nom dans la presse. Sa carrière s'en trouvera brisée.
— Effectivement...

— Vous avez visité nos ateliers, vous avez vu nos ouvrières, elles respirent la santé. On ne peut pas être malade dans leur métier, sinon la main devient imprécise et la moindre imprécision gâche de la peinture et un cadran. Le moindre rhume, la moindre toux est un problème. Leur parfaite santé est notre intérêt.
— Je n'en doute pas. Soit. Eh bien, cette visite et notre échange m'ont beaucoup éclairé. Je vous remercie pour le temps que vous m'avez consacré !
— Je vous en prie. Si je peux encore vous être utile...
— Non, je ne crois pas. J'ai toutes les informations qu'il me faut. Je vais réfléchir, mais il y a de grandes chances pour que nous fassions affaire. J'apprécie votre vision de l'avenir !
— J'apprécie que des industriels comme vous la partagent !
Le docteur Miles raccompagna Byers jusqu'à la sortie, où les deux hommes échangèrent une ultime poignée de main chaleureuse avant de se séparer. Byers remonta dans son taxi qui l'attendait ; Miles resta devant le portillon jusqu'à ce que son visiteur eût disparu. Le sourire aux lèvres, il écrasa sa cigarette encore fumante sur l'asphalte de la chaussée ; soulagé par la bonne tournure de l'entrevue, il n'avait plus besoin de tabac pour calmer ses nerfs.

-XVIII-

Le taxi emporta Byers, mais après avoir tourné dans quelques rues, ce dernier ordonna au chauffeur de le ramener à Alden Street, ce qu'il fit, étonné mais sans discuter. Byers exigea qu'il se garât au bas de la rue, assez loin de l'usine de l'USRC.

Comme son client restait dans le véhicule, le chauffeur, intrigué, finit par lui demander la raison de cette attente :
— Je vous payerai, ne vous souciez pas. Nous allons attendre la sortie des ouvrières.
— C'est que ça nous amène à la fin de l'après-midi, ça !
— Dans ce cas, voici vingt dollars, je loue vos services jusqu'à la fin de l'après-midi.
— À vot' service ! répliqua le chauffeur en s'assurant de la somme mirobolante qu'il venait de recevoir.
L'attente dura trois heures, et près du taxi, au pied de la portière conducteur, un petit tas de mégots tordus disait à quel point elle avait été longue. Ce fut un soulagement pour le chauffeur lorsque des ouvrières commencèrent à s'échapper par grappes du portillon de l'United States Radium Corporation que Byers avait franchi lui-même dans la journée. La grande majorité des ouvrières se dirigeaient vers le bas de la rue pour rentrer chez elles. Byers en laissa passer quelques-unes, et finalement, après en avoir repéré deux qui marchaient ensemble, il s'extirpa du taxi et les aborda assez vivement pour les faire sursauter :
— Nous ne sommes pas intéressées ! lança l'une d'elles en pensant qu'il voulait les décider à monter dans son taxi.
— C'est le visiteur..., murmura la seconde en se penchant vers la première.
— Je suis désolé de vous avoir fait peur, déclara Byers qui avait ôté son chapeau et tenta de les rassurer sur ses intentions.
— Vous étiez à l'atelier tout à l'heure, continua l'ouvrière la plus physionomiste. Je vous reconnais.
— Oui, confirma Byers. Je ne vous retiendrai pas longtemps, mais il me faudrait l'adresse et le nom de l'une de vos consœurs... Une de ces femmes que l'on dit victimes du radium dans la presse.

Les deux ouvrières jetèrent sur Byers un regard noir auquel il ne s'attendait pas :
— Écoutez monsieur, nous n'avons rien à voir avec elles.
— Oui, elles ne travaillent plus à l'usine, elles ont un sacré culot de vouloir la faire fermer pour nous priver de notre salaire !
— Je comprends, mais c'est très important, insista Byers. Si je vous propose dix dollars à chacune, me donnerez-vous un nom et une adresse ?
Les deux ouvrières se regardèrent dans les yeux, semblant tenir un conciliabule silencieux qu'elles conclurent d'un air entendu. L'une d'elles répliqua alors :
— Pour quinze dollars, c'est d'accord.
Toutes les deux avaient remarqué l'élégance de l'homme qui les avait abordées et savaient pouvoir tirer de lui plus que dix dollars. Dans un même temps, comme elles n'étaient pas les seules ouvrières à pouvoir le renseigner, elles ne voulaient pas avoir des exigences trop élevées. Byers accéda à leur réclamation sans tergiverser. Une fois l'argent entre leurs mains, elles lui indiquèrent l'adresse d'une certaine Katherine Schaub, à Newark. Byers les remercia, et remontant dans le taxi, il donna au chauffeur ladite adresse en demandant si c'était loin :
— C'est la ville d'à-côté. Quatre milles au plus, répliqua le chauffeur.
Byers jeta un œil à sa montre. Il était déjà tard et il pensa un moment reporter au lendemain matin sa visite à Katherine Schaub, mais il faisait encore bien jour et estima qu'après tout, il aurait plus de chance de la trouver chez elle en fin de soirée que de bon matin. Cette réflexion lui vint seulement parce qu'il ignorait l'état de santé de Katherine Schaub. Il l'imaginait diminuée mais autonome, ainsi que le restent longtemps les

malades de la tuberculose ou de la syphilis. En vérité, il n'avait aucune idée précise de ce qu'il trouverait chez cette femme, et envisageait même la possibilité qu'elle fût l'escroc et la menteuse que lui avait présentée le superviseur de l'USRC et les deux ouvrières. Il voulait en avoir le cœur net et demanda à son chauffeur de le conduire à Newark.
Schaub habitait une belle maison ouvrière comme il y en avait beaucoup à cette époque à Newark et dans sa proche banlieue. Bien blanche, de grand volume, elle reflétait l'opulence relative de la main-d'œuvre qualifiée qui travaillait dans les entreprises de la région. Le revenu principal de ces familles était souvent celui d'un plombier, d'un machiniste, d'un charpentier auquel se greffaient des revenus connexes, parmi lesquels celui des jeunes filles qui voyaient comme une véritable chance le fait de recevoir un excellent salaire en peignant des cadrans pour l'USRC. Byers demanda à son chauffeur de ne pas s'en aller en allongeant un pourboire, et avec une petite appréhension, il frappa à la porte de Katherine Schaub. En attendant qu'on lui ouvrît, il jeta un œil aux deux extrémités de la rue, vide et silencieuse, et regarda le ciel, presque aussi lumineux qu'en milieu de journée. Voyant qu'on ne lui ouvrait pas, il frappa à nouveau. Il remarqua que quelqu'un l'épiait, caché derrière le rideau d'une fenêtre voisine :
— Mademoiselle Schaub, je m'appelle John Byers. Je ne suis ni journaliste ni avocat, si c'est cela qui vous inquiète. Je voudrais seulement m'entretenir avec vous, car je crois que votre combat peut sauver mon frère.
Il patienta quelques minutes dans l'espoir d'avoir décidé l'occupante des lieux à lui ouvrir, mais constatant que cela ne changeait rien, il glissa une de ses cartes de visite sous la porte :
— Je vous laisse ma carte. Je suis à l'hôtel Clinton, à Orange, si

jamais vous désirez...

Il n'eut pas le temps de terminer sa phrase, car la porte se déverrouilla et s'ouvrit finalement sur une jeune femme très pâle en robe de coton à carreaux décorée de ric-rac au collet et aux manches :

— Vous êtes Katherine Schaub ? lui demanda Byers en ôtant son chapeau.

— Non, je suis Joséphine, sa sœur.

— Demande-lui qui il est ! lança une rugueuse voix masculine depuis l'intérieur de la maison.

Avant même que la jeune femme n'eût le temps de s'exécuter, Byers se présenta et ajouta :

— Je viens de Pittsburgh. J'ai lu votre histoire dans la presse...

— Pas de curieux chez nous ! s'exclama à nouveau la voix masculine à l'intérieur.

— Papa, ne crie pas ainsi, tu vas déranger Cathy, répliqua Joséphine.

— Je ne suis pas ici par curiosité, précisa Byers. Je viens pour mon frère. Je vous demande de me faire entrer dans l'intimité de votre famille, aussi, je vous parlerai d'abord de la mienne. Mon frère est un gros consommateur d'une eau au radium que l'on présente comme un médicament miraculeux. J'ai lu par hasard dans la presse le procès que votre sœur a intenté avec d'autres ouvrières contre l'United States Radium Corporation qu'elles accusent de les avoir empoisonnées au radium. Bien entendu, lire cela m'inquiète pour mon frère. J'ai besoin de réponses, de savoir... Il y a tant d'échos contradictoires... J'ai pensé qu'en rencontrant votre sœur, j'aurais certaines de mes réponses.

La silhouette d'un homme apparut finalement dans l'embrasure de la porte, un homme de grande taille, aux épaules larges presque à l'étroit dans une chemise de gros coton. Une sueur abondante perlait sur son front et huilait des mèches de cheveux blonds qui s'échappaient de sa vieille casquette de drap vert :

— Pas de curieux chez nous ! Partez !

— Papa, objecta doucement sa fille, c'est un homme important. Il peut nous aider.

— Je m'inquiète pour mon frère comme vous vous inquiétez pour votre fille. Si vous en doutez, regardez ma carte, je n'ai rien à voir avec l'USRC. Je viens de Pittsburgh.

— Vous êtes comme ceux de l'USRC !

— Je suis allé à l'USRC, ils m'ont ouvert leurs portes, ils m'ont tenu un certain discours, mais je ne suis pas naïf pour le croire sur parole, et c'est pourquoi j'aimerais rencontrer votre fille. Ils disent qu'elle souffre de la syphilis ou de tuberculose osseuse…

— Mensonge ! Mensonge !

— Convainquez-moi, et je vous assure que je vous soutiendrai dans votre combat contre l'USRC. J'ai cru comprendre que le procès aura lieu en septembre. Sans l'aide puissante que je peux vous apporter, il y a de grandes chances pour que vous le perdiez et que votre fille, et toutes les autres ouvrières de cette entreprise, ne reçoivent jamais justice pour leurs souffrances.

L'homme, hostile, sembla s'apaiser un peu en entendant ces mots et ceux de sa fille qui allaient dans le même sens :

— Il est riche, il a des avocats, il aidera Cathy, insista-t-elle en lui tenant le bras.

— Soit ! conclut-il. Vous verrez ma fille, si elle veut bien vous rencontrer. Je vais lui demander, et si elle refuse, vous partirez ! Surveille-le Joséphine, qu'il ne tente pas d'entrer !

— Je ne forcerai pas votre porte, rétorqua Byers en acceptant de patienter le temps nécessaire.

— Veuillez le pardonner, murmura Joséphine. Comme nous tous, notre père est fatigué et triste. La tristesse le rend irritable et l'USRC nous rend la vie difficile. Ils nous intimident, essayent de nuire à la réputation de notre sœur, de notre famille. Nous avons aussi des soutiens, mais pas le pouvoir et l'argent de l'USRC. Mon père le sait, même s'il tente de se persuader que la justice ne dépend ni de l'un ni de l'autre. Mais Cathy acceptera de vous recevoir si vos intentions sont celles que vous dites.

Byers écouta Joséphine tout en apercevant par l'entrebâillement de la porte une silhouette juvénile qui l'épiait depuis le fond d'un couloir. La jeune femme se retourna, entendant que ça bruissait derrière elle :

— Oh, c'est Henri, dit-elle. Mon petit frère. Il est curieux, il espionne.

— Je comprends. Vous êtes une grande famille.

— Nous l'étions davantage encore il y a quelques années...

Joséphine prononça sa phrase avec une mélancolie si triste que Byers regretta aussitôt sa remarque :

— Ainsi vous avez un frère ? reprit-elle sur un ton moins abattu. Comment s'appelle-t-il ?

— Ebenezer.

— Il faudra que vous lui racontiez ce que vous allez voir. Il ne doit plus boire de radium. Si ce n'est pas trop tard, il doit arrêter. Ce poison a tué notre cousine, il tue ma sœur et il va continuer de tuer. C'est un poison horrible !

Joséphine termina sa phrase avec une véhémence redoublée, à tel point que la pâleur de son teint lui donnait des airs de sainte illuminée. Au même instant, le père Schaub réapparut sur le pas de la porte :

— Vous pouvez entrer. Je vais vous conduire à Cathy. Elle accepte de vous rencontrer, dit-il, d'une voix apaisée.

Byers voulut remercier le père Schaub, mais ce dernier lui tournait déjà le dos, s'enfonçant dans un couloir qui distribuait les pièces de la maison. Joséphine referma la porte, et rapidement escortée par deux jeunes garçons d'une douzaine d'années, dont le dénommé Henri, elle accompagna Byers et son père jusqu'à la pièce qui servait de chambre à la malade. Avant d'ouvrir la porte, Schaub jugea bon de prévenir son visiteur qu'il resterait présent toute la conversation durant, et qu'à la moindre question suspecte, il y mettrait fin aussitôt. Byers accepta les conditions :

— Joséphine, reprit alors le père, va préparer le café. Si notre visiteur est l'honnête homme qu'il prétend être, nous le boirons ensemble et nous parlerons.

Il se tourna à nouveau vers Byers :

— Ma fille Cathy est très fatiguée et parler l'épuise plus que tout. Posez-lui des questions simples exigeant des réponses simples. Avec Joséphine, nous vous dirons tout ce qu'elle ne pourra pas vous dire.

— Je comprends, monsieur Schaub.

— Venez, entrons.

Schaub entrouvrit la porte, attendant un peu avant de l'ouvrir plus largement. L'intérieur de la chambre était plongé dans une semi-obscurité et le silence ; seul un sifflement aigu se faisait entendre à intervalles réguliers, sifflement aigu caractéristique d'une respiration de poitrinaire. Au milieu de la pièce était installé un lit en fer sur lequel tombait un rayon de jour qui perçait à travers les rideaux tirés. Une femme était allongée. Comme il faisait particulièrement chaud dans cette pièce aux fenêtres closes, elle reposait sur le matelas, sans drap ni couverture et habillée d'une robe à rayures bleu-gris. Ses cheveux blonds avaient été peignés avec soin et une petite mèche frisotait sur son front. On lui avait mis du rouge aux joues, du fard aux paupières et une poudre bon marché donnait à son visage un aspect cireux. Même dans la semi-obscurité de la pièce, ce maquillage excessif frappa Byers, car il donnait à la malade l'air d'une morte. En s'approchant davantage, il remarqua que sa mâchoire était violemment déformée. Elle s'affaissait sur le côté droit et se tordait au point de laisser constamment entrouverte une partie de la bouche. Katherine Schaub souffrait également d'une extrême maigreur, largement dissimulée par l'ampleur de sa robe, mais qui se devinait dans son visage osseux. Son genou gauche, en revanche, semblait énorme et dessinait une masse proéminente sous la robe. Alors que ses yeux s'étaient habitués à la pénombre, en s'asseyant sur une chaise à côté de la malade, Byers porta son attention sur ses doigts, particulièrement sur leurs extrémités. Il remarqua que les ongles dégageaient une discrète luisance, semblable à celle du Radithor, mais en plus atténuée. Sentant une présence près d'elle, Katherine Schaub tourna légèrement la tête et expira entre deux sifflements douloureux :

— Papa…

— Je suis là Cathy, je suis là. J'ai à côté de moi monsieur Byers qui souhaite te parler.

Katherine Schaub avait parlé sans articuler la mâchoire et en bougeant à peine les lèvres ; Byers constata qu'elle n'avait plus de dents. Il se racla la gorge pour dénouer le nœud qui s'y était formé à cause de l'horrible spectacle de décrépitude humaine auquel il faisait face, et prononça quelques mots, lentement :

— Je… Je voulais vous rencontrer, madame. Je voulais comprendre. J'ai un frère qui consomme du radium. Je voulais savoir… Si vraiment cela était dangereux…

— Je... Je suis... votre réponse, marmonna la malade.

Son regard dirigé sur Byers donnait pourtant l'impression de se perdre dans le vague :

— C'est le radium qui vous a fait cela ?

— Oui... Il m'a empoisonné... comme ma cousine et mes amies... Je vais mourir comme elles. Mais pas...

Katherine Schaub fit une longue pause, si bien que son père manqua de mettre fin à l'entretien :

— Je ne crains pas... de mourir. Mais il faut que ma mort... en empêche d'autres. Le radium est un poison... Un poison lent qui détruit la vie. Votre frère... est en danger.

— Oui, je m'en rends compte..., murmura Byers, trop ému pour parler plus fort.

— Montre-lui ! ordonna la jeune femme à son père.

Sans qu'elle eût besoin de lui en dire plus, Schaub comprit de quoi elle parlait, et se penchant au-dessus de sa fille, il releva sa robe jusqu'à la hauteur des genoux. Byers, sans pouvoir retenir son émotion, grimaça de dégoût et porta sa main à sa bouche pour ne pas vomir en découvrant la monstrueuse excroissance tumorale qui avait pris la place du genou gauche de la malade. En grossissant démesurément, la tumeur avait rompu la peau et formait une boule squirrheuse de tissus osseux très durs et de tissus cancéreux amollis aux contours ulcérés. Byers n'avait jamais rien vu de semblable et crut qu'il s'agissait d'une forme de gangrène :

— Vous voyez ? demanda Katherine Schaub.

— Oui... Je vois, marmotta Byers qui avait violemment pâli et s'essuyait le front et les joues avec son mouchoir.

— C'est le radium.

— C'est horrible !

— Prévenez... Prévenez votre frère... Prévenez le monde, dites ce

que vous avez vu…
— Je le ferai. Je ferai mon possible…
Katherine Schaub répondit en expirant un râle long et profond qui, cette fois, décida son père à mettre fin à l'échange. Byers ne protesta pas, car il se sentait près de défaillir. En quittant la chambre, pour stimuler ses sens, il imbiba son mouchoir d'un peu de parfum qu'il gardait toujours dans sa poche. Schaub avait constaté l'état de son visiteur, et lorsqu'il l'invita à boire un café, ce dernier lui proposa d'y ajouter une goutte de bourbon :
— Cela vous fera du bien ! Ce n'est pas très légal, mais au Diable la légalité ! Il n'y a qu'avec ça que je supporte encore de voir ma fille dans cet état.
Schaub versa dans sa tasse de café plus qu'une goutte de son bourbon de contrebande, et versa une quantité à peu près semblable dans celle de Byers :
— Est-ce vraiment le radium qui a fait cela ?
— Pour sûr que c'est le radium. Des médecins l'ont examinée, ils l'ont dit. Empoisonnement au radium. Vous avez vu ses doigts ? Ils brillent. Tous ses os brillent du radium qu'ils contiennent. C'est parce que ses doigts sont très fins qu'on voit les os briller sous la peau, mais tout son squelette est comme ça, pourri par le radium. Ses os tombent en poussière ou grossissent à cause des tumeurs et déforment son corps. Elle a un corset. Si elle ne le portait pas, les médecins ont dit que sa colonne se briserait car elle est rongée par le radium.
— Elle a parlé… Elle a parlé de sa cousine…
— Irène. Oui. C'était il y a cinq ans. Irène a vécu avec nous après avoir perdu ses parents. Elle était comme ma troisième fille. Elle travaillait pour l'USRC. Puis, elle a attrapé le même mal que Katherine et elle est morte. À l'époque, les médecins ont parlé de

tuberculose osseuse. On les a crus, mais maintenant, je sais que c'est faux et qu'elle est morte à cause du radium. L'USRC achète les médecins de la ville, elle leur donne de l'argent pour qu'ils disent syphilis, tuberculose osseuse, gangrène, goutte et je ne sais quoi d'autre ! Les médecins utilisent des mots complexes, ils écrivent des maladies scientifiques sur les avis de décès et nous, les ignorants, on les croit parce qu'on ne peut pas savoir. Mais des médecins de New York sont venus pour examiner ma fille, des médecins envoyés par la New Jersey Consumers' League, et eux, ils l'ont dit, c'est le radium qui la tue. Le radium la ronge lentement. Elle ne marche plus, sa vue baisse, elle a du mal à distinguer les formes, la lumière lui fait mal aux yeux, elle a perdu presque toutes ses dents et elle ne peut presque plus parler à cause des tumeurs qui ont déformé sa mâchoire. Elle maigrit et maigrit encore. Les médecins ont dit que c'était lié à son sang, il est pourri lui aussi. Tout ça, nous l'avons déjà vécu avec Irène. Nous savons ce qui va arriver et il n'y a aucun remède…
— Votre fille n'est pas la seule victime, pourtant les ouvrières de l'USRC ne semblent pas inquiètes de subir le même sort.
— Évidemment, ce sont les femmes les mieux payées du New Jersey. Elles veulent croire celui qui les paye si bien. Toute la ville voit d'un mauvais œil le procès contre l'USRC. Si la justice la condamne, ce sera sa fermeture et l'effondrement de toute l'industrie du radium a Orange. Oui, il y aura du chômage, de la misère peut-être, mais vous avez vu vous-même, mieux vaut le chômage et la misère que ce qui arrive à ma fille et à toutes les autres qui dans ce comté souffrent du même mal. Dans l'horreur que je traverse, je n'ai eu jusqu'à maintenant qu'une seule consolation, celle d'apprendre que le président et fondateur de cette usine qui sème la mort est lui-même en train de mourir à

cause de sa création. C'est un Allemand ou un Polonais, je ne saurais vous dire son nom, mais il est dans l'état de ma fille, complètement intoxiqué par son radium. Il passait dans les ateliers avec un masque et un tablier en plomb en croyant être immunisé. Ses protections n'auront pas suffi. Il va mourir dans les mêmes souffrances que celles à qui il disait que le radium était inoffensif, et je peux vous garantir, monsieur Byers, que si je suis chrétien, oh, pas très, mais chrétien quand même, c'est exactement ce que je souhaite.

Byers acquiesça d'un hochement de tête. Schaub reprit :

— La justice me donnera une deuxième consolation en septembre, et j'espère que ma fille vivra jusque-là pour savoir que sa mort n'aura pas été vaine.

— J'espère que vous aurez satisfaction, répliqua Byers en terminant sa tasse de café au bourbon. Bien. Je vous remercie de m'avoir ouvert votre porte et d'avoir répondu à mes questions, même si j'aurais aimé avoir des réponses plus rassurantes...

— Votre frère boit vraiment du radium ?

— Malheureusement, oui. En tonique. Il n'est pas le seul...

— Radithor, n'est-ce pas ?

— Vous connaissez donc ?

— Bailey Radium Laboratories... Ils sont à Orange. L'USRC les alimente en radium. Dites à votre frère que s'il n'arrête pas d'en boire, d'ici quelques mois ou quelques années, il sera un cadavre vivant, comme ma fille. Le radium est traître. Au début, il donne un sentiment étrange de plénitude et on s'amuse de sa luminescence. Mais c'est un poison lent et il n'y a aucun remède. Les médecins le recommandent, mais c'est parce qu'ils sont payés par les laboratoires. C'est la directrice de la New Jersey Consumers' League qui nous l'a dit. En vérité, ils vendent du poison.

— C'est sans doute vrai… Je vous remercie encore. Sincèrement. Mon frère est entêté, mais si je lui rapporte ce que j'ai vu ici, j'ai bon espoir de le ramener à la raison.

— Je vous raccompagne !

Sur le pas de la porte, Schaub serra la main de Byers en lui confiant sur un ton presque fraternel :

— William, je m'appelle William.

— Merci William ! À défaut de pouvoir souhaiter un prompt rétablissement à votre fille, je souhaite que justice lui soit rendue. Si jamais vous avez besoin d'une aide quelconque, n'hésitez pas à me le faire savoir. Vous avez ma carte. J'ai des avocats, de l'argent, des relations, ce n'est pas à négliger dans ce genre d'affaires.

— Je fais confiance en la justice. Elle nous donnera raison car les preuves sont là.

— L'argent peut corrompre les juges autant que les médecins, je vous l'assure, et le sens du devoir n'a plus cours dans beaucoup de professions de nos jours. Au revoir et bon courage !

Byers regagna son taxi. Son chauffeur l'attendait en fumant une cigarette appuyé contre la portière du véhicule :

— Ça y est ? lança-t-il. Alors, je vous emmène où maintenant ?

En prenant place, Byers lui répondit : « À l'hôtel Clinton ».

— Va pour l'hôtel Clinton ! s'exclama le chauffeur en allumant le moteur et les phares de son taxi.

La conversation chez les Schaub avait duré, et le jour se faisait désormais ténu, ramené à une fine bande étriquée d'orange et de jaune rasant la marge occidentale du ciel. La nuit s'installait, et dans la voiture, Byers restait silencieux, l'esprit débordé par les images et les mots dont il avait été abreuvé. Bientôt une fragrance parfumée envahit l'habitacle du véhicule ; jetant un œil dans son rétroviseur, le chauffeur du taxi constata qu'elle venait de son passager qui s'en tamponnait les joues et le cou.

-XIX-

Le lendemain, John Byers prenait le train pour Pittsburgh, et aussi confortable que fût la voiture Pullman de première classe dans laquelle il s'installa, il se sentait mal à l'aise. Il quittait sans aucun regret cette ville d'Orange qui, sous les charmes apparents d'une petite bourgade provinciale cachait beaucoup de laideur et d'intrigues. Il avait entendu les arguments de l'USRC, ceux de William Schaub, et il en concluait que le radium n'était pas le médicament miraculeux censé révolutionner la médecine. Pour lui, la luminescence caractéristique dans les doigts de Katherine Schaub ne laissait aucun doute sur la raison de son état. Était-ce la seule, il ne pouvait le dire, il n'avait pas les connaissances pour l'affirmer, mais Katherine Schaub avait consommé du radium, il avait contaminé son corps, et elle était maintenant à l'agonie. Byers avait entendu parler des destructions terribles causées par la syphilis à son stade le plus avancé, il savait également que la tuberculose osseuse pouvait déformer les os, les articulations, mais après ce qu'il avait vu chez les Schaub, il ne croyait ni à l'une ni à l'autre ni même à une conjonction des deux.
De retour à Pittsburgh, il voulut porter à son frère le fruit de ses investigations à Orange. Il alla chez lui et le trouva dans les préparatifs de son départ imminent pour Southampton où il comptait passer l'été et une partie de l'automne :
— Alors Fritz, où étais-tu ? Ton départ si précipité m'a un instant

fait croire que tu voulais imiter Dallas ! Je te propose un cigare, une cigarette, une fiole de Radithor ?

Le ton goguenard d'Eben Byers contrastait avec la mine sombre de son frère qui répliqua gravement :

— J'étais à Orange.

— Je veux bien l'entendre, mais tu n'as pas répondu à ma question ?

— Rien, rien. Tu sais bien que je ne fume que très peu et que je ne bois pas de ton Radithor. J'étais à Orange. Tu devines sans doute pourquoi ?

— Orange... C'est près de New York... Thomas Edison... Oui, c'est la ville de Thomas Edison, notre prestigieux inventeur !

— C'est également la ville des Bailey Radium Laboratories et de l'United States Radium Corporation. C'est là que l'on produit ton Radithor.

— J'avais oublié, mais c'est bien vrai ! Que diable es-tu allé faire là-bas ? Je ne t'imaginais pas faire un tel pèlerinage !

— Eben, j'y suis allé à cause de ça !

John Byers tira de sa poche l'article de *The Nation* qu'il avait découpé. Il le déplia et le tendit à son frère qui, en le lisant, se mit à rire :

— Dans quelle feuille de chou as-tu pris ça ?

— *The Nation*.

— Un journal de gauche. Tu sais ce que nous sommes pour ces gens-là ? Des monstres capitalistes !

— Justement, j'ai voulu me faire mon propre avis. Je suis allé à Orange et j'ai rencontré quelques personnes des deux partis. Le discours de l'USRC m'a paru affûté, très travaillé, il aurait pu me convaincre si je n'avais pas vu ce que j'ai vu après. J'ai rendu visite à l'une des plaignantes, une ouvrière du nom de Katherine

Schaub. Anémique, le visage difforme, elle n'a plus de dents, elle a des tumeurs osseuses et... ses os brillent dans le noir. Ils brillent comme ton Radithor.

— Je suis peiné pour cette femme, sincèrement, mais regarde-moi, est-ce que ta description me ressemble ? Je veux bien admettre une légère luminescence après un bain au Radithor, mais pour le reste, je ne me vois aucun point commun avec ton ouvrière.

— C'est un poison lent. Les premiers symptômes n'arrivent qu'après plusieurs mois, voire plusieurs années. Le radium s'accumule dans ton corps et l'empoisonne insensiblement, jusqu'au moment où ton corps ne peut plus le supporter.

Eben Byers fit une moue et alors qu'il voulait rendre son article à son frère, ce dernier, d'un geste, lui indiqua de le garder :

— Je n'en ai plus besoin, conserve-le.

— Écoute Fritz, je sais que tu es raisonnable par rapport à moi et que tu penses bien faire, mais je te trouve excessif. Tu as rencontré le médecin de cette femme ? Il t'a confirmé que sa maladie venait du radium ? Et quand bien même, parle-t-on de la même chose ? Combien de médicaments sont également des poisons mortels ? Le curare, la digitaline, tout dépend de la quantité et de la manière dont on les administre. Cette ouvrière a pris un médicament au radium ?

— Non, non... Le radium était dans une peinture pour cadrans de montres et d'horloges.

— Une peinture dont tu connais la composition ? Non, bien entendu, car c'est un secret industriel. Qui sait ce que cette peinture contient de toxique ? Même si elle ne contenait pas de radium, je ne crois pas que je ferais de vieux os en consommant de la peinture.

— Et bien sûr, si je te disais que l'inventeur de cette peinture est en train de mourir des mêmes symptômes que ses ouvrières, tu ne me prendrais pas davantage au sérieux ?

— Je te prends au sérieux, mais ce que tu m'expliques, c'est que des personnes en contact avec une peinture luminescente sont en train de mourir, et selon toute vraisemblance, à cause de cette peinture. Peinture qui contient du radium, soit, j'entends bien, mais dont tu ignores le reste de la composition. Elle contient peut-être de l'arsenic, du mercure, que sais-je encore ? Permets-moi de penser que le radium n'est pas le coupable. Il fait peut-être briller les os comme il fait briller la peau, mais crois-moi, si tu avais la composition de cette mystérieuse peinture, je suis certain qu'on découvrirait de vrais poisons à l'intérieur et l'explication à ton épidémie mortelle.

— Des médecins ont confirmé le lien.

— Des médecins... Lesquels ?

— Des médecins de New York, j'ignore lesquels, mais ça n'a pas d'importance, le doute est permis, et dans le doute, tu ne peux pas accepter de boire un poison. C'est de l'inconscience ! Cesse, au moins jusqu'au procès de l'USRC, alors on saura mieux ce qu'il en est. C'est dans trois mois.

— Écoute, je pars pour Southampton. J'y vais pour faire la fête, me détendre, profiter de la mer, du soleil. J'y vais pour vivre. Je ne vais pas me passer de mon tonique au moment où je vais en avoir le plus besoin. Je te l'ai déjà dit, grâce à lui je me sens jeune, vert, énergique, heureux. J'aviserai à mon retour, d'accord ? Si l'USRC est condamnée, je te promets de mener mon enquête. Cela te va ?

— Tu joues avec le feu, Eben.

— Les uns disent ceci, les autres cela, moi je me fie à mon

ressenti. Je me sens bien, c'est ce qui compte pour moi.
Les deux hommes se séparèrent sur ces mots, John Byers comprenant qu'il serait plus difficile qu'il ne l'imaginait d'ébranler les certitudes de son frère. Toutefois, il ne se résigna pas, et quelques jours seulement après cette entrevue, il se rendit chez Ferry and Gracie Private Investigations, une agence de détectives privés à Pittsburgh. Il y fut accueilli par Elmer Ferry, l'un des deux associés de l'agence, un petit homme moustachu au menton généreux, aux joues grasses et aux yeux bleus perçants profondément enfoncés dans un visage poupin. Byers remarqua sur son bureau une boîte de barres chocolatées « Oh Henry ». Ferry l'invita à s'asseoir en s'exprimant d'une voix nasillarde assez désagréable et lui proposa un cigare ou un café. Byers refusa les deux. Ferry le regarda d'un air scrutateur, comme si par déformation professionnelle, il cherchait à dresser le profil de son client et à deviner la raison de sa venue. Alors qu'il reprenait sa place derrière son bureau, le cuir de son siège couina sous son poids. Il attrapa un cigare, le coupa, l'alluma avec un briquet d'argent gravé de l'œil et de la devise des Pinkerton, « We never sleep », et demanda, entre deux bouffées de tabac :
— Que puis-je pour vous, cher monsieur ?
— Je recherche un détective privé compétent, votre agence m'a été recommandée par certaines de mes relations. Vous êtes un Pinkerton ?
— Un ancien... Je suis indépendant depuis 1920. Et pourquoi recherchez-vous un détective privé ?
— Pour une affaire sérieuse. Croyez bien que vos honoraires ne seront pas un problème, néanmoins, j'attends des résultats rapides. Je veux que vous enquêtiez sur un certain William J. A.

Bailey, propriétaire des Bailey Radium Laboratories à Orange, New Jersey. Je veux connaître son passé, ses études, d'où il vient, comment il a fondé son laboratoire, les articles ou les ouvrages qu'il a publiés, tout ce que vous pourrez trouver à son sujet.

Ferry s'empara d'un crayon, chercha un bout de papier sur son bureau et nota tout en épelant à haute voix, « William J. A. Bailey, Orange, New Jersey » :

— Ce n'est pas tout, continua Byers. Je veux également que vous retrouviez un docteur, probablement un médecin du nom de Charles Evans Morris. Je sais qu'il a écrit un ouvrage intitulé *Modern Rejuvenation Methods*. Je ne sais pas où il vit. Je veux que vous le retrouviez et que vous me donniez à son sujet les mêmes indications que pour Bailey. Je veux savoir si c'est un vrai médecin, s'il est diplômé d'une université sérieuse, et surtout, s'il a des relations particulières avec les laboratoires Bailey.

— Des relations particulières ?

— D'ordre pécuniaire surtout. Je veux savoir s'il reçoit de l'argent des laboratoires Bailey.

— Vous pensez à de la corruption, c'est cela ?

— Oui.

— Est-ce tout ?

— Eh bien, non. Je voudrais également que votre agence enquête sur d'éventuelles affaires impliquant un empoisonnement au radium, et spécialement au Radithor.

— Ra-di-thor, nota Ferry. Qu'est-ce ?

— Un médicament radioactif produit par les laboratoires Bailey. Je veux que vous enquêtiez et déterminiez s'il a été incriminé dans des cas d'empoisonnements ces dernières années.

— Nous sommes une petite agence. Enquêter sur votre Bailey, retrouver votre Morris, ça, ce n'est pas très difficile. En revanche, votre Radithor, s'il faut chercher dans tout le pays, je ne vous promets rien !
— Faites au mieux. Je veux seulement des résultats rapides.
— Combien de temps ?
— Je vous laisse deux mois.
— Je m'attendais à moins !
— Je double vos honoraires si vous m'apportez ce que je veux en moitié moins de temps. Ma carte ! Vous pouvez me contacter quand bon vous semble, je n'exige aucune discrétion.
— John F. Byers… J'ai travaillé pour un Byers dans le temps, quand j'étais encore Pinkerton…
— Mon frère ou mon père, sans doute…
— Sans doute… Pour les honoraires…
— Voici deux cents dollars d'avance. Vous recevrez cette somme chaque semaine en sus du remboursement de vos frais.
Byers posa une petite liasse de billets de dix dollars sur le bureau de Ferry :
— C'est plus…
— Prenez-le comme une manière généreuse de vous signifier que j'attends des résultats.
— Vous les aurez, conclut Ferry sur un ton péremptoire. Vous les aurez, j'en fais une affaire personnelle. Vous ne regretterez pas d'avoir placé votre confiance en notre agence.
— Je l'espère Monsieur Ferry, je l'espère, car du fruit de vos recherches dépendent des vies, des vies humaines, sachez-le. Bonne journée à vous et inutile de me raccompagner, je sais où est la sortie.
Byers disparut, et Ferry, le cigare entre les dents, se pencha

légèrement au-dessus de son bureau pour saisir, au milieu des objets et de la paperasse qui l'encombraient, la liasse de billets que lui avait laissée son client. Les billets étaient bien neufs, bien propres, le papier craquait encore sous les doigts. Ferry attrapa son cigare de la main droite pour pouvoir sourire à pleines dents, tandis que de la gauche, il ouvrait un tiroir pour déposer, dans le voisinage d'un revolver Iver Johnson, son bénéfice du jour.

-XX-

Se rendre à Southampton revenait à remonter l'histoire de New York. En premier lieu, il fallait traverser Manhattan qui connaissait, depuis le début du XXe siècle, une frénésie immobilière sans précédent. L'île s'en était trouvée transformée, s'imposant comme le cœur battant de la ville et le symbole d'une Amérique moderne capable de s'élever au-dessus des nuages depuis l'inauguration du Woolworth Building en 1913. Ensuite, il fallait franchir l'East River sur l'un des nombreux ponts qui, en remplaçant le ferry, avaient facilité le développement de Long Island, d'abord comme refuge estival de personnalités fortunées, puis comme déversoir des masses laborieuses ne pouvant plus se loger dans une ville de New York surpeuplée et aux loyers exorbitants. Ainsi, les années 1900-1920 avaient vu grandir démesurément les quartiers du Queens et de Brooklyn, au point que l'ouest de Long Island, jadis ville à part entière, n'était plus que la marge orientale de l'agglomération new-yorkaise et se confondait avec elle. Chaque jour, de nouvelles avenues se creusaient, de nouveaux immeubles de briques s'élevaient ; le bruit et la fumée des activités portuaires répondaient à ceux des chantiers de construction et des aménagements publics indispensables pour accompagner la croissance incontrôlable de la population.

Après les quartiers de Brooklyn et du Queens venait le comté de Nassau qui avait également changé de visage en quelques décennies. Essentiellement agricole jusqu'aux années 1900, après avoir été chassés de l'ouest de Long Island par le prolétariat, les riches New-Yorkais s'étaient établis dans cette partie de l'île et des villas avaient poussé partout, de Glen Cove, au nord, à Freeport, au sud. Les vieilles routes carrossables avaient été remplacées en 1908 par la Long Island Motor Parkway sur laquelle pouvaient filer à vive allure les puissantes torpédos des milliardaires pressés. Le paysage alternait entre de vastes plaines et des parcs arborés piquetés de manoirs aux styles hétéroclites mais souvent dans le goût des châteaux d'Europe, et l'on se trouvait assez à la campagne pour pouvoir apprécier la beauté d'un coucher de soleil sans l'obstacle d'un mur de brique ou de béton.

À la limite orientale du comté de Nassau commençait le comté de Suffolk. Les opulents manoirs se raréfiaient, tandis qu'augmentaient sensiblement le nombre de vieilles fermes et les surfaces maraîchères qui profitaient de l'extrême richesse de la terre. Des champs entiers de pommes de terre, de choux, de carottes et de concombres s'étendaient le long des routes et des chemins. Les files paysannes qui s'employaient à les récolter pour en remplir charrettes et camions composaient l'une des vues les plus récréatives pour les promeneurs à vélo qui appréciaient particulièrement cette partie de l'île.

Pour atteindre Southampton, il fallait encore traverser le comté de Suffolk et contourner par le sud la baie de Peconic qui divisait en deux branches de terre distinctes, appelées North et South Fork, l'extrémité est de Long Island. Depuis 1892, South Fork se trouvait séparée du reste de l'île par un canal dont le but était de faciliter la transition des bateaux de plaisance de leurs ports abrités de la baie de Peconic vers l'océan Atlantique. Ce canal avait de beaucoup diminué la pêche dans la baie de Peconic, puisque l'eau y était devenue salée, et le trafic des canots à moteur et des voiliers graciles avait supplanté en importance celui des navires de pêche. Désormais, les marins qui passaient le canal étaient le plus souvent en chemise blanche et canotier, presque toujours accompagnés de jolies femmes qu'ils chahutaient un peu sur les vagues pour qu'elles cherchassent le refuge de leurs bras. Des ponts à écluse permettaient de franchir ce bras d'eau pour atteindre la péninsule des Hamptons. Il serait exagéré de la caractériser de « partie sauvage » de Long Island, car de belles villas avaient poussé sur le front de mer ainsi qu'un golf au hameau de Shinnecock Hills, toutefois, le pays donnait encore l'impression de ne pas être complètement apprivoisé. Depuis l'établissement de la Prohibition, cette impression s'était même renforcée par la présence continuelle des contrebandiers de rhum. Ces derniers profitaient de l'isolement du territoire, de la collaboration des pêcheurs et de la peur qu'ils inspiraient aux riches propriétaires pour organiser leurs trafics et décharger sur les plages de la côte sud leurs cargaisons délictueuses. Des navires de la taille d'une goélette s'approchaient jusqu'à douze milles de la côte, la limite pour ne pas être inquiété par les autorités, et de là, de puissants canots tiraient avantage des nuits les plus noires pour amener la marchandise jusqu'à terre. Débarquant sur des plages privées, passant par les parcs des villas inoccupées que la police ne pouvait surveiller, ils se risquaient parfois à procéder à leurs affaires sous le nez des habitants qu'ils menaçaient de représailles en cas de dénonciation. Cependant, il n'était pas rare qu'en sus des pêcheurs, une certaine bourgeoisie participât elle aussi aux trafics, et plus d'un responsable de la pègre new-yorkaise avait sa villa à Long Island.

Le comté de Suffolk était très propice à la contrebande, et la péninsule de South Fork tout particulièrement car rurale et isolée. Byers avait déjà été témoin de ces manigances, lui qui possédait, au 8 Gin Lane, un luxueux cottage du nom de Sandymount. Il donnait directement sur la plage, et avec des jumelles et par beau temps, il était possible de voir des goélettes de contrebande stationner au large en attendant la nuit. Sandymount avait été l'une des premières villas de villégiature de Southampton et appartenait à un petit hameau surnommé « The Betts Cottages » du nom de ses fondateurs, les frères Betts. Il consistait en un ensemble de propriétés de style Shingle, aux façades bardées de bois, aux volumes massifs et aux nombreuses fenêtres ouvrant tantôt sur l'océan, tantôt sur les étendues verdoyantes qui constituaient l'environnement du hameau. Quatre cottages, Sandymount, Wylle Ho, Goldenrod et Nighbrink, s'élevaient autour d'un cinquième, le plus ancien, baptisé The Mill, car il s'agissait d'un vieux moulin à vent reconverti en villa tout confort.

Après avoir loué pendant de longues années à Southampton, Byers avait acquis Sandymount en 1922 pour passer la saison estivale. Il aimait cet endroit, non pour sa nature sauvage et son isolement relatif, mais pour la proximité du golf de Shinnecock Hills qu'il considérait comme l'un des meilleurs links d'Amérique. Un club de tennis lui permettait également de se livrer facilement à ce sport. En revanche, malgré le voisinage de la mer, il ne se baignait que pour les propriétés curatives de l'eau salée, car il n'affectionnait pas la nage. Il avait le caractère terrien, il appréciait avoir les pieds sur un sol ferme et sûr, et même sa piscine servait surtout le plaisir de ses hôtes. Byers profitait de ses séjours à Southampton pour recevoir, beaucoup, parfois, toute la journée. Il était fréquent que du matin jusqu'au soir et du soir au matin, des invités déambulassent dans sa grande demeure comme s'ils l'habitaient. Du reste, ces mœurs faisaient partie de celles qui avaient cours dans la bonne société de Long Island, et surtout à South Fork, où le nombre restreint de résidents créait une ambiance de petit village propice à une vie sociale très libre et épanouie. Tout le monde se connaissait, la porte de chacun était ouverte aux autres, et tous les soirs, il y avait une fête chez quelqu'un où l'on retrouvait ceux avec qui l'on avait bamboché la veille et l'avant-veille. Byers aimait organiser des *parties* à son domicile, mais la saison estivale de 1928 fut particulièrement remuante, car il se sentait à nouveau l'énergie du noceur endurci. Tous les trois soirs au moins, d'élégantes voitures défilaient devant chez lui. Des hommes et des femmes, le plus souvent des couples, mais parfois des célibataires en descendaient. Ensuite, ils s'avançaient dans l'allée du 8 Gin Lane qui conduisait au cottage de Sandymount baigné par la musique d'un orchestre de jazz et illuminé du rez-de-chaussée au dernier étage par la fée électricité. C'était un rendez-vous de notabilités mondaines. Goodhue Livingston, l'architecte bien connu, venait à pied, puisqu'il habitait The Mill, tout comme Wyllys Rosseter Betts qui demeurait à Goldenrod et qui partageait avec Byers des études à Yale et une passion pour le golf. Au-delà du voisinage immédiat, parmi les réguliers figuraient Mr. et Mrs. Louis DuPont Irving qui résidaient ordinairement à Sleepy Hollow, le docteur Charlton Wallace et son épouse, Mr. et Mrs. Leonard Moorhead Thomas, célèbre banquier de Philadelphie, Walter Rupert Tuckerman, banquier, golfeur et philanthrope accompagné de son épouse, Edith. Chaque soir de fête, entre soixante-dix et quatre-vingts personnes se pressaient à Sandymount pour profiter de l'hospitalité d'Eben Byers qui savait recevoir avec goût, mais assez de mesure pour préserver l'ambiance conviviale et intime qu'il souhaitait. Le champagne coulait généreusement à côté du thé et de la limonade, les hors-d'œuvre et les serveurs étaient fournis par la Gross Catering Company de New York et les musiciens venaient généralement de Freeport où la saison musicale était très chargée lors des mois d'été. En temps normal, les invités devisaient et flirtaient en tenant entre les doigts des œufs farcis, des toasts au fromage, des tartelettes au citron, des chocolats fins et les sujets de conversation portaient sur l'actualité, la mode et la politique ; en tradition des soirées mondaines, les commérages filaient également bon train. À l'été 1928, il en alla un peu autrement. Byers avait à cœur de partager avec ses convives de Southampton ce qu'il avait déjà partagé avec ceux de Pittsburgh, et il établit comme une norme de proposer des bouteilles de Radithor entre le champagne et le jus de citron, entre les noix grillées et les cerises confites. Il en buvait toujours en public pour susciter l'attention de ses convives. Certains profitaient de l'occasion pour lui confier qu'ils en buvaient aussi. Un débat s'installait parfois avec ceux qui prenaient d'autres eaux radioactives, et alors, Byers leur rappelait que le seul fabricant à offrir mille dollars à qui prouverait l'absence de radium dans ses produits était William Bailey. Ceux qui ne connaissaient pas ou n'avaient jamais osé essayer ce genre de produits se laissèrent tenter, et comme cela avait été à Pittsburgh, certains virent des bénéfices immédiats sur leur santé, là où d'autres ne ressentirent aucun effet. Toutefois, les paroles convaincantes de Byers et le contexte festif aidant, la plupart de ceux qui expérimentaient le Radithor éprouvaient un bienfait. Le médicament devint un incontournable des fêtes de Sandymount. Souvent, à un moment de la soirée, Byers en faisait servir à tous ceux qui le voulaient bien, puis les lumières s'éteignaient, et dans un noir presque complet, les coupes luminescentes semblaient flotter en lévitation. La surprise provoquait des exclamations émerveillées, même chez ces gens fortunés qui avaient vu beaucoup de choses extraordinaires.

Dans un même temps, Byers profita de son séjour à New York pour prendre part à quelques conférences organisées par William Bailey et témoigner de son expérience de consommateur de Radithor. Il fit venir auxdites conférences un public nouveau, dont beaucoup de ses relations qui n'avaient bien souvent jamais entendu parler de William Bailey et de son eau radioactive. En quelques semaines seulement, la popularité du Radithor grandit dans la bonne société new-yorkaise, et elle crût encore plus rapidement lorsque le maire de New York en personne, James John Walker, reconnu dans la presse avoir employé, sur les conseils d'une de ses amies, une eau radioactive pour lutter contre la fatigue et les courbatures. Il expliquait, sous la plume du journaliste du *New York Times* qui rapportait ses propos, qu'il en avait été si satisfait qu'il continuait depuis d'inhaler des vapeurs de radium trois fois par jour. Sa prise de parole eut pour effet d'accentuer la popularité du radium et d'en faire l'un des sujets de conversation à la mode dans les soirées mondaines.

Inévitablement, une controverse naquit entre les partisans fervents de la radioactivité et ses détracteurs qui assimilaient l'usage quotidien du radium sans raison médicale avérée à celui d'une drogue. Naturellement, comme le nom d'Ebenezer Byers figurait parmi ceux des principaux zélotes du radium à New York, la presse l'interrogea à ce sujet, elle lui demanda s'il n'avait pas le sentiment de détourner la consommation d'un médicament à des fins récréatives, ce à quoi il répondait en invitant les journalistes à l'observer :

— Si je consommais de l'opium, de la cocaïne ou même de l'alcool en des proportions semblables à ma consommation de Radithor, me trouveriez-vous devant vous à vous parler intelligiblement ? Bien sûr que non. Je serais saisi de délire et je serais l'être pathétique que produisent immanquablement les drogues dont je réprouve l'usage avec vigueur. Même lorsque j'étais un compétiteur accompli, j'ai toujours refusé d'améliorer mes performances avec de l'héroïne, de la cocaïne et de la strychnine comme certains de mes rivaux. Je voyais les effets délétères de ces substances. Le radium, je peux vous l'assurer, n'a rien de comparable à une drogue, et d'ailleurs, je pourrais cesser d'en consommer dès demain sans ressentir aucun manque, mais alors, je peux vous garantir que je ne me tiendrais pas devant vous aussi droit et l'esprit aussi clair qu'à cet instant, car le radium m'a rajeuni et c'est là le grand pouvoir de la radioactivité.

L'été 1928 rapprocha particulièrement William Bailey et Ebenezer Byers, et en plusieurs occasions, le second invita le premier à Sandymount, toujours pour des dîners en petit comité. Pour une raison qu'il refusait d'expliquer, Bailey fuyait les réceptions mondaines et n'acceptait les invitations qu'à la condition qu'elles fussent intimistes. À table, il se montrait gourmand et bavard, il parlait avec la même aisance et la même prolixité qu'à son pupitre de conférencier, mais peu de lui. Comme il disait avoir obtenu son doctorat à Harvard, un des rares faits de sa biographie qu'il énonçait continuellement, Byers lui fit remarquer un jour qu'un ancien de Yale pouvait finalement être bon ami avec un ancien de Harvard, et alors qu'il évoquait avec gouaille ses souvenirs estudiantins, Bailey, en retour, se contenta de sourire vaguement en gardant le silence. Il n'avait pour sujet de discussion que son entreprise, le radium et les bénéfices humains et financiers qui en découlaient. Il aimait converser avec Byers de son fructueux partenariat et lui décrivait ses projets d'avenir en espérant, implicitement, l'amener à investir dans leur développement. Bailey ne manquait pas de projet et il savait les exposer de façon claire avec des mots scientifiques et techniques qui devaient en garantir le sérieux. Il confiait à Byers vouloir implanter des laboratoires sur la côte ouest des États-Unis pour favoriser la diffusion du Radithor à Los Angeles, où il était certain que l'industrie du cinéma en pleine expansion ferait un accueil excellent à son remède rajeunissant. Il lui expliquait que le thorium, qu'il présentait comme deux-cent-cinquante fois plus puissant que le radium, serait le futur de la médecine radioactive et permettrait d'atteindre le stade de la jeunesse perpétuelle, le but ultime qu'il pourchassait. Rien ne semblait inquiéter Bailey ni le faire douter de son avenir prospère, même les propos des éminents détracteurs du radium. En août 1928, le docteur Harrison Stanford Martland, médecin légiste du comté d'Essex, fit paraître dans la presse un article dans lequel il évoquait les cas d'empoisonnements mortels au radium qu'il observait régulièrement. Quand Byers lui montra l'article accusatoire, Bailey s'en amusa et répliqua entre deux rires nerveux : « Médecin légiste… C'est le médecin qui soigne les morts ! »

Lorsqu'il était confronté aux soupçons de publicité mensongère dont il faisait l'objet de la part de la Food and Drug Administration, il rappelait qu'il n'avait toujours pas distribué les mille dollars promis à celui qui prouverait une escroquerie dans la composition du Radithor. Enfin, lorsqu'on lui demandait s'il craignait pour son industrie le verdict du tribunal dans le cadre du procès de l'USRC, il répondait qu'il n'avait jamais si bien dormi. Byers était très impressionné par l'assurance qu'il affichait en public, mais également en privé. Il parlait comme s'il connaissait déjà le verdict du juge, et alors que Byers lui fit remarquer sur un ton facétieux à l'occasion d'une de leurs entrevues, Bailey lui confia qu'il n'y aurait pas de procès. Cette réplique déconcerta Byers et Bailey précisa le sens de ses mots :
— Oui, il n'y aura pas de procès ! Un juge s'est proposé de trouver un accord à l'amiable, et il l'obtiendra. Il est actionnaire de l'USRC, il emploiera des arguments convaincants. Je pense qu'avec la menace d'un nouveau report du procès si aucun accord n'est trouvé, maître Berry fera comprendre à ses clientes qu'un compromis financier est la meilleure option qu'il leur reste. Elles ont quelques semaines à vivre, quelques mois au mieux, pas assez pour assister au procès s'il ne s'ouvre pas dans les prochains jours. Avec un accord à l'amiable, contre une petite compensation financière, l'USRC s'évitera une exposition publique qui, même avec un verdict favorable, alimenterait un doute néfaste contre le radium, et moi, j'en sortirai gagnant.

Désappointé par ce qu'il venait d'entendre, Byers garda le silence. Il ne fut plus question du sujet, jusqu'à ce que quelques

jours plus tard, Bailey revint chez Byers, mais accompagné. C'était la première fois qu'il amenait quelqu'un à Sandymount. Il s'agissait d'un homme jeune au visage carré, à la mâchoire large et épaisse, aux yeux bleus perçants et aux lèvres qui, même au repos, donnaient l'impression de sourire avec malignité. Byers pensa qu'il devait avoir des origines slaves, mais elles étaient germaniques et l'inconnu se nommait Arthur Heinrich Roeder, président de l'United States Radium Corporation :
— Il était temps, mes chers amis, que je vous présente l'un à l'autre ! s'exclama Bailey, étonnamment allègre après que Byers eut servi le bourbon. Ce jour est l'occasion idéale !
— Et qu'a-t-il de particulier, ce jour ? demanda Byers, interdit.
— Le procès des « radium girls » ainsi que la presse a surnommé ces pies voleuses est mort avant de naître, répondit Roeder avec autorité.
— Un accord à l'amiable a été trouvé, je vous l'avais dit, Eben ! insista Bailey sur un ton joyeux.
— Chèrement, Clark aurait pu négocier plus serré, mais enfin, voilà une bonne chose de faite ! Trinquons à ce succès, voulez-vous bien, monsieur Byers ?
Roeder porta un toast, les verres s'entrechoquèrent, et en se rasseyant dans le sofa qu'il venait de quitter, Byers demanda :
— Ne craignez-vous pas que cela incite d'autres ouvrières à les imiter dans l'espoir d'être indemnisées à leur tour ?
— C'est une possibilité, mais qui m'inquiète moins qu'un procès perdu ! répliqua Roeder.
— Mais le procès n'était-il pas gagné d'avance ? s'étonna Byers.
Roeder laissa échapper un ricanement sournois :
— Un procès comme celui-là, c'est de l'émotion. L'émotion de la presse, l'émotion du public et l'émotion des jurés. Si l'on avait

amené ces femmes dans leur lit ou sur un brancard jusqu'au tribunal, je suis certain que la justice de l'émotion aurait pris le pas sur celle des faits. Vous savez ce qu'on dit, une femme n'est jamais vraiment coupable aux yeux de la loi, alors imaginez des infirmes étalant leur misère en public. Que peut valoir la justice dans ces conditions ?
— Enfin, voilà un obstacle dûment surmonté, conclut Bailey.
— Oh, il va y avoir une réponse de la National Consumers League. Elle va chercher d'autres manières de nous nuire, maugréa Roeder.
— La National Consumers League ?
— Ah, oui, nous parlons comme des spécialistes en présence d'un néophyte. Pardonnez-nous, monsieur Byers. Ces femmes n'ont pas porté plainte de leur propre initiative contre l'entreprise que j'ai l'honneur de diriger. Elles ne sont que des pantins entre les mains d'un marionnettiste qui se nomme la National Consumers League. C'est elle qui mène la cabale contre mon entreprise. Vous ne serez pas surpris d'apprendre que ce marionnettiste a également un visage féminin ! Persée a eu sa Méduse, Ulysse sa Circé, Jean-Baptiste sa Salomé, mais nous, nous avons tout un harem de persécutrices ! Florence Kelley, Eleanor Roosevelt, Alice Hamilton, tout un harem vous dis-je ! C'est le lot des nations où les femmes s'ennuient et ont du pouvoir. Elles mettent leur nez dans des affaires qui ne les regardent pas et conduisent d'honorables entrepreneurs comme nous à devoir se justifier de la prospérité que nous apportons à notre pays.
— Fort heureusement, nous avons aussi des alliés, comme vous, ajouta Bailey.
— Ce n'est pas peu dire que nous en avons besoin, reprit Roeder. Plus nous allons grandir, plus le monde va entrer dans l'ère de la

radioactivité, plus nous aurons des esprits passéistes, étroits, préhistoriques, pour nous barrer la route ! Les adeptes du vieux monde auront du mal à accepter sa mort et voudront le sauver à tout prix. Nous arrivons, peut-être même sommes-nous déjà arrivés au point sommital de la lutte. Il faudra la gagner pour voir les puces aller sur un autre dos !
— Je vous souhaite que cela soit bientôt ! répliqua Byers en proposant à ses visiteurs une nouvelle rasade de bourbon.
Bailey et Roeder acceptèrent avec enthousiasme et le liquide ambré coula dans les verres assez généreusement pour vider la bouteille. La conversation entre les trois hommes dura encore un peu, jusqu'à ce que Roeder, prétextant un rendez-vous avec les membres du conseil d'administration de l'USRC, jugeât qu'il était l'heure pour lui de partir. Comme Bailey était venu dans la voiture de Roeder, les deux hommes s'en allèrent ensemble :
— C'était un plaisir de vous rencontrer, monsieur Byers, ajouta Roeder en appuyant sa poignée de main chaleureuse. J'aurais bien aimé le prolonger davantage, mais vous êtes homme d'affaires, vous savez donc que chez nous le devoir passe souvent avant le plaisir. Cependant, je suis certain que nous aurons l'occasion de nous revoir une fois prochaine.
En retour, Byers lui exprima des sentiments semblables, mais sans être pleinement sincère. Il y avait chez Roeder quelque chose qui ne lui plaisait pas, même s'il ne savait pas de quoi il s'agissait. Peut-être était-ce ses manières plutôt frustes, sa façon de parler qui n'était pas tout à fait celle d'un gentleman ou encore la froideur qui émanait de lui. Peut-être n'était-ce rien de tout cela, et seulement une de ces antipathies inexplicables qui s'installent parfois entre deux individus. Il salua néanmoins Bailey et Roeder comme s'il saluait deux amis avant que leur

torpédo ne les emportât sur Gin Lane. Après leur départ, Byers resta un assez long moment sur le pas de sa porte, en proie à un trouble léger mais perturbant. Il ne parvenait pas à chasser l'impression d'avoir été le confident de manigances douteuses, ce qui l'ennuyait. En le voyant immobile sur le pas de sa porte ouverte, une domestique l'interpella à plusieurs reprises :
— Monsieur, monsieur, tout va bien ?
À la troisième itération, elle crut le tirer d'un rêve :
— Hein... Qu'y a-t-il Sarah ? balbutia-t-il.
— C'est imprudent de se tenir en bras de chemise au milieu des courants d'air, monsieur.
— Ah... Oui, vous avez raison ! Je rentre !
Joignant le geste à la parole, il s'exécuta sur le champ et referma la porte derrière lui sans réussir à se débarrasser de la sensation d'un malaise persistant.

-XXI-

L'une des premières visites que reçut Byers après son retour à Pittsburgh fut celle de son frère qui constata, à ses côtés, la présence d'une nouvelle élue, une brune piquante avec beaucoup de rouge sur des lèvres sensuelles. En entrant dans le salon, il la trouva lovée dans un fauteuil. Les jambes repliées sous elle, sa jupe lui remontait à mi-cuisse et elle tenait dans la main un verre de citronnade. Loin de s'émouvoir de sa position aguicheuse en présence d'un inconnu, elle resta alanguie de la sorte en jetant sur celui qui venait d'entrer le regard explicite d'une panthère lascive et affamée :

— Fritz, ravi de te revoir ! s'exclama Byers en embrassant son frère. J'espère que les affaires se sont bien portées en mon absence. Je te présente Gina. Elle est Italienne. Je…
— Eben, je suis content que tu aies trouvé une nouvelle amie, elle a l'air tout à fait délicieuse, mais j'ai à t'entretenir de choses sérieuses.
— Comme de coutume, mon frère ! Tu es toujours si sérieux ! Parle donc !
— En privé, je préfèrerais.
— Gina, ma chérie… Les affaires !
La jeune femme comprit qu'elle devait s'éclipser. Elle déplia ses jambes qu'elle avait particulièrement développées, quitta son fauteuil avec un air de regret, frotta un peu sa jupe pour la défroisser, s'approcha de Byers pour déposer sur sa joue mais près des lèvres, un baiser long et appuyé, et disparut en laissant dans son sillage des notes de tabac miellé et des fragrances d'héliotrope :
— Elle a un charme exotique, chaud et sensuel, il me fallait ça en ce moment ! Une danseuse, ce n'est pas très original me diras-tu ?
— Eben, tu as du rouge à lèvres sur la joue.
— Oh ! s'exclama Byers en tirant son mouchoir. Ce n'est pas bien grave, je ne risque pas de me faire gronder par ma femme ! Bourbon, citronnade ? Citronnade bien sûr… Alors, qu'avais-tu de si important à me dire ? Si c'est à propos du procès de l'USRC dont tu m'as rebattu les oreilles avant mon départ, figure-toi qu'il n'a pas eu lieu.
John Byers acquiesça nonchalamment et tira de sa poche un ensemble de coupures de journaux qu'il donna à son frère :
— Tiens, prends !

— Qu'est-ce que c'est ? demanda Byers, surpris.
— C'est le passif de ton ami ! William Bailey. Tous ces articles ont été retrouvés par le détective privé que j'ai engagé pour mener une enquête à son sujet. Ces articles parlent de ses escroqueries. Il y en a de toutes sortes. La plus croustillante est celle de la Carnegie Engineering Corporation. Montage brillant. En utilisant frauduleusement le nom prestigieux de Carnegie, il prétendait vendre des voitures de luxe bon marché et encaissait des acomptes de cinquante dollars. Seulement, son usine de production n'était qu'une scierie abandonnée, il n'y avait aucune voiture à vendre. Il a été condamné à trente jours de prison.
— C'est peut-être un homonyme..., répliqua Byers en lisant l'article qui évoquait bien un certain William J. Bailey.
— À croire que les William J. Bailey de ce pays sont tous des escrocs, car il est aussi mentionné dans la triste affaire de l'American Hardware and Machinery Export Corporation. Son nom figure encore dans une affaire de charlatanisme survenue dans l'Illinois et en Géorgie pendant la guerre et pour laquelle il a été condamné à deux-cents dollars d'amende par un tribunal de Chicago. Et ce que tu tiens dans les mains, c'est seulement ce que mon détective a découvert en quelques semaines de recherches. Bailey est peut-être impliqué dans beaucoup d'autres affaires semblables. En revanche, ce que mon détective n'a pas réussi à retrouver, c'est sa trace parmi les diplômés d'Harvard. Il n'y a aucune docteur de cette université avec cette identité. Ton ami n'est pas médecin, ni physicien, ni même archéologue ! Oh, il a bien fréquenté Harvard, un exploit déjà si l'on consent à prendre en compte ses origines modestes, mais il n'a obtenu aucun diplôme. Il n'a rien publié non plus, du moins, sous son nom véritable, car il semblerait qu'il affectionne les

pseudonymes. Le détective que j'ai engagé avait également pour mission de retrouver le docteur Charles Evans Morris, la caution médicale des laboratoires Bailey. Il n'y a qu'un seul docteur en médecine avec ce nom dans tout le pays et il vit à Denver. Mon enquêteur est allé le rencontrer chez lui, et ce dernier lui a expliqué qu'il n'avait jamais écrit l'ouvrage *Modern Rejuvenation Methods*, qu'il ignorait même ce qu'était le Radithor. Il s'agissait d'un vieux médecin peu au fait des nouveautés médicales. En vérité, Charles Evans Morris est un pseudonyme, et tu ne seras pas surpris d'apprendre que c'est celui d'un certain William J. Bailey. Oh, ce n'est pas le seul ouvrage qu'il a publié de la sorte. Il y en a plus d'une dizaine, tous publiés sous des pseudonymes de médecins et de scientifiques et ayant directement à voir avec la promotion de la médecine radioactive. C'est la raison pour laquelle aucun d'entre eux n'est jamais apparu en public, ou plutôt, ils y sont apparus, mais sous leurs véritables noms et faciès. Ton Bailey n'a pour seul lien avec le monde scientifique que son appartenance à l'Association américaine pour l'avancement des sciences.

Les révélations de son frère assombrirent le visage de Byers qui en s'asseyant dans son fauteuil vida cul sec son verre de bourbon :

— Tu comprends que tu dois cesser de prendre ce Radithor. Ce médicament n'en est pas un, il est l'œuvre d'un charlatan. Je ne sais pas dans quelle mesure tu ressens les effets bénéfiques de ce produit, mais ce qui est certain, c'est que tu ne peux pas croire ce qu'en dit Bailey.

— Il n'est pas ce qu'il prétend être… J'en conviens. Maintenant, il y a de vrais médecins qui prescrivent son Radithor. Moyar est un vrai médecin. Les mérites du radium sur la santé sont connus.

Je le sais, il a un effet bénéfique sur moi...

— Tu fais selon ton opinion, mais à présent, tu sais, alors forges-là à partir des éléments dont tu disposes et non plus à partir de ce qu'un charlatan t'a dit pour te vendre son produit et que tu en fasses les louanges. Bailey est sans doute un beau parleur, un homme rusé, mais il a mis ses qualités au service de son enrichissement personnel, pas au profit de la médecine et de la santé des gens. Il abuse de toi. Cet homme vendait des voitures imaginaires à des clients naïfs il y a encore dix ans. Comment peux-tu croire qu'un tel individu soit en mesure d'inventer un médicament guérissant toutes les maladies et destiné à révolutionner la médecine ?

— Je dois réfléchir...

— Dans ce cas, réfléchis vite, et bien !

L'échange en resta là, et alors que John Byers partait, il croisa Gina qui retournait au salon. Cependant, son amant la refoula. Il voulait du calme et de la solitude pour méditer sur ce que lui avait appris son frère. Il ne savait pas comment interpréter ses révélations sur Bailey. Ce dernier avait menti sur lui, il avait fabriqué de faux témoignages pour vendre son Radithor en se faisant passer pour médecin, et néanmoins, Byers n'arrivait pas à voir ce que cela changeait vraiment pour lui. Il prenait peut-être un médicament produit dans les laboratoires d'un béotien en sciences pharmaceutiques, mais ce médicament agissait positivement sur lui et c'était tout ce qu'il attendait. Se faisant l'avocat de Bailey, il imaginait même qu'avec son passif et son absence de diplôme, celui-ci n'avait pas eu d'autres choix que de mentir pour vendre son produit. Toutefois, et quoiqu'il essayât de se rassurer en réfléchissant de la sorte, dans les jours qui suivirent, il se rendit chez le docteur Moyar pour lui poser quelques questions et savoir s'il avait eu des retours d'effets secondaires inquiétants de patients consommant du Radithor :

— Allons, voilà que tu te mets à douter toi aussi ? lui répliqua Moyar, narquois.

— C'est sérieux, Charles. Mon frère semble croire que le radium n'est pas un produit sain comme certains le prétendent ; qu'il présente un danger.

— Il y a longtemps qu'il le dit. Toi-même tu m'as confié qu'il te le répétait souvent tel un perroquet têtu.

— Oui, c'est vrai, mais cette fois, il a mené une enquête en engageant un détective privé, et ce détective a retrouvé des documents remettant en cause la crédibilité des laboratoires Bailey et de leur fondateur. Je n'en suis pas alarmé, mais je m'interroge, et je voulais savoir si tu avais eu des patients consommant du Radithor et présentant depuis des problèmes de santé inexpliqués, ou si tu avais entendu un de tes confrères évoquer la possibilité d'un empoisonnement au radium.

— Non. Pour te parler franchement, j'ai actuellement quinze patients qui prennent du radium. Je ne compte pas ceux qui en prennent par eux-mêmes, en dehors de mes prescriptions médicales. J'en prends moi-même de temps à autre pour combattre la fatigue passagère. Tous se portent très bien. Je dirai d'ailleurs que ce sont ceux que je vois le moins dans mon cabinet ! Je n'ai pas entendu un seul de mes confrères me rapporter un cas suspect d'empoisonnement au radium. Cependant, tous ne le prescrivent pas. Quelques-uns se montrent rétifs à la médecine radioactive.

— Penses-tu un empoisonnement possible, même de façon exceptionnelle ? Penses-tu que le radium puisse s'accumuler dans le corps jusqu'à provoquer la mort ?

— À la manière de l'arsenic, veux-tu dire ?
— Oui.
— Je l'ignore, mais si je prends ton cas, tu consommes du Radithor depuis plus d'un an. Ta consommation est quotidienne. Combien prends-tu de doses par jour ? Une, trois, six ? S'il te prenait l'idée de boire autant d'arsenic sur une si longue période, tu serais mort, sans aucun doute. En fait, je pense que tu le serais déjà avec n'importe quel poison lent, et si tu ne l'étais pas, tu serais probablement infirme et confiné dans un lit d'hôpital. L'empirisme est souvent le meilleur moyen d'arriver à une démonstration, et en te voyant là, devant moi, en parfaite santé, je ne conclurais pas en rangeant le radium parmi les poisons lents.
— Oui, c'est vrai...
— Tu as l'air sceptique ? Si tu as un doute, que tu ne te sens plus à l'aise d'en consommer, arrête-le, au moins quelque temps. Peut-être t'apercevras-tu que tu n'en as plus besoin ou qu'il est bel et bien un médicament.
— Mon frère m'y invite également.
— Alors, fais l'expérience.
Byers se laissa convaincre par Moyar, et après quelques jours à réduire sa consommation de Radithor, il cessa complètement d'en prendre. Lorsqu'il annonça sa décision à son frère, ce dernier le félicita copieusement et se gargarisa intérieurement d'une victoire arrachée avec difficulté sur le charlatanisme médical. Il l'espérait pérenne, car il était certain que les bénéfices du Radithor existaient uniquement dans la psyché de ceux qui croyaient en son pouvoir miraculeux. Il supposait qu'en renonçant à le consommer, son frère avait pris conscience de l'escroquerie dans il avait été victime et ne s'illusionnait plus sur

les bienfaits d'une imposture. Néanmoins, il se trompait. La sobriété de Byers dura jusqu'au début de l'année 1929, moment où il arriva à la conclusion que sans le Radithor, sa santé déclinait. Dans le miroir, il voyait son teint ternir, il trouvait ses joues flasques, ses cheveux lui donnaient une impression de sécheresse déplaisante. Physiquement, il éprouvait à nouveau des courbatures, une fatigue chronique, et il tenait moins bien la boisson dans les soirées très arrosées. À ses yeux, le seul changement positif depuis qu'il avait cessé de boire du Radithor se limitait à sa perte de poids. Il avait maigri de quatre livres, ce qui n'était pas beaucoup, mais assez pour affiner son tour de ventre. Comme ce maigre bénéfice ne suffisait pas à compenser les désagréments de sa sobriété, et ce, même s'il avait conservé toute sa virilité au lit, il décida de reprendre du Radithor, mais à dose plus raisonnable qu'auparavant. Pendant quelque temps, il se limita à une fiole par jour, sans remarquer un véritable changement sur sa santé. Aussi, il entreprit de revenir progressivement à deux, puis trois fioles quotidiennes. Cependant même à ce dosage, il constata seulement l'amélioration de son teint. Il se demanda si en arrêtant son traitement, il n'avait pas brisé un cercle vertueux et affaibli les bénéfices du Radithor. Il décida alors de passer à quatre fioles quotidiennes, imaginant que trois fioles ne suffisaient plus à son corps accoutumé au radium. Il n'en résulta rien de significatif, hormis qu'il continuait de mincir malgré un appétit constant. Il ne comprenait pas et il sombra dans le doute, en proie à une inquiétude qui le conduisait parfois à se réveiller brutalement en pleine nuit. Dans une angoisse qui lui étreignait la poitrine et l'étouffait, il pensait qu'à force de consommer déraisonnablement du Radithor, il avait peut-être fini par le rendre inefficace.

-XXII-

Plus que sa propre impression de déclin physique, les réflexions qu'il reçut des autres secouèrent violemment Eben Byers. Quelques-uns de ses amis commencèrent à lui trouver mauvaise mine et on lui demandait fréquemment s'il allait bien, s'il ne devait pas se reposer un peu car il avait un « petit air ». Son teint pâle surtout suscitait l'inquiétude, et certains, avec excès, le plaisantaient en l'interrogeant sur le monde d'outre-tombe. Bien entendu, il avait consulté le docteur Moyar pour avoir des réponses sur son état, et celui-ci s'était voulu rassurant. Il lui avait indiqué qu'en arrêtant un médicament pris quotidiennement, il était courant qu'en le prenant à nouveau, la réapparition des effets fût longue. Il avait conseillé à Byers de restreindre ses excès de boisson, de dormir plus et de stimuler son organisme par des exercices sportifs. D'après lui, sa perte de poids avait pour origine une diminution de sa masse musculaire :
— Plus on vieillit, plus il est difficile de produire du muscle, lui expliqua-t-il. Il faut donc faire plus d'exercice physique pour obtenir un même résultat. Essaye de pratiquer un sport plus intense que le golf ; le tennis par exemple. Tu verras, après quelques semaines, tu retrouveras ta masse musculaire, et je suis certain qu'en stimulant ton corps de la sorte, les effets du Radithor reviendront plus rapidement. C'est en faisant circuler le sang, les fluides, en excitant le cœur, en irriguant les organes que tout rentrera en ordre.
Byers n'appliqua que partiellement ces conseils, et s'il continua de s'épuiser dans de trop fréquentes soirées pour entretenir l'illusion de sa bonne santé, il accepta de faire davantage de sport, et

s'inscrivit au Pittsburgh Tennis Club de Craig Street, où jouait également son amie, Mary Hill. Pratiquer régulièrement ce sport accentua ses courbatures, mais en tant qu'athlète confirmé, il savait qu'une fois ses muscles habitués aux exigences d'un sport qu'il n'avait qu'occasionnellement pratiqué jusqu'alors, ses douleurs diminueraient. Il essayait de s'en convaincre, et après chaque partie, il se forçait à croire que son corps allait mieux, que son teint livide reprenait quelques couleurs. Mais il n'y avait aucun changement significatif sur sa santé, et les fioles de Radithor qu'il avalait avant et après chaque séance restaient sans effet.

Il disputait généralement des parties en double mixte. Souvent, il venait avec Gina, dont le tempérament volcanique et le charme exotique ne l'avaient pas encore lassé, tandis que Mary Hill amenait l'un de ses amants du moment qu'elle présentait toujours comme « un ami » avec une pointe d'ironie. Elle avait le meilleur niveau du quatuor, mais les parties se disputaient sur un ton bon enfant, l'on poussait les balles plus qu'on ne les frappait et les bavardages émaillaient des pauses d'une longueur peu réglementaire. Les rires et les taquineries l'emportaient sur la rivalité sportive. Byers, en dépit de son esprit de compétiteur, s'en satisfaisait très bien, car il ne se sentait pas dans la disposition physique de jouer avec plus d'intensité. Il tenait à « faire circuler le sang » ainsi que lui avait recommandé Moyar, sans prendre le risque d'une blessure. Malgré la douceur du jeu, il survint néanmoins un incident inhabituel au cours d'une de leurs parties. En s'élançant sur une balle pour rattraper une amortie, et alors même qu'elle était parfaitement placée pour renvoyer une contre-amortie gagnante, Mary Hill stoppa brutalement sa course en avant. Comme elle était associée à Byers, ce dernier quitta sa ligne de fond de cours pour la rejoindre. Il avait dans l'idée de la taquiner sur sa course paresseuse, mais en approchant d'elle, il remarqua qu'elle avait lâché sa raquette et qu'elle fouillait du doigt dans sa bouche ouverte :

— Qui a-t-il ? lui demanda-t-il intrigué, tandis que Gina et un dénommé Richard avançaient à leur tour vers le filet pour savoir de quoi il retournait.

— Une dent… J'ai perdu une dent ! répliqua Mary Hill avec un air stupéfait qui hésitait entre l'effroi et la gausserie devant un fait si improbable.

— C'est une plaisanterie ? repartit Byers, incrédule.

— Tiens, vois si c'est une plaisanterie ! s'exclama Mary Hill en ouvrant grand la bouche et en lui montrant du doigt le trou à l'emplacement de sa canine supérieure droite.

— Ma foi, c'est bien vrai ! Tu es certaine que c'est arrivé à l'instant ?

— Évidemment que j'en suis certaine ! Je l'ai sentie se détacher de ma mâchoire.

— Elle doit être quelque part par terre ! fit remarquer Gina. On peut la retrouver peut-être.

— Je ne crois pas que cela serve à grand-chose Gina. Un dentiste ne peut pas recoller une dent, répondit Byers.

— Avec une dent en faïence…

— Richard ! protesta Mary Hill. Tais-toi ! Je suis défigurée. Reconduis-moi, je dois rentrer.

Le jeune homme acquiesça d'un hochement de tête et la partie se termina là. Ce fut la dernière que disputa Mary Hill.

Dans les jours qui suivirent, elle ne reparut pas à Craig Street. Cela n'étonna pas Byers, car c'était une femme très soucieuse de son apparence, et il savait qu'elle ne se montrerait pas en public avec un trou visible dans la mâchoire. Toutefois, ne recevant pas de ses nouvelles et désireux de s'enquérir de sa santé, il alla la trouver chez elle. Il s'attendait à un accueil chaleureux, mais à sa grande surprise, son majordome lui indiqua qu'elle était dans sa chambre et refusait de recevoir. Byers expliqua qu'il n'était pas n'importe qui, mais le majordome insista poliment, disant qu'elle ne voulait recevoir personne :

— Si elle n'est pas habillée ou maquillée, je peux patienter, répliqua Byers, étonné.

— Ce n'est pas cela. Elle tient à rester seule. Elle est souffrante.

— Souffrante ? Raison de plus de la voir !

Inquiet et fâché d'être ainsi laissé à la porte, Byers repoussa le domestique et franchit le seuil avant de s'engouffrer dans l'escalier qu'il savait rejoindre les appartements de son amie. Il frappa à la porte de sa chambre et déclina son identité dans l'espoir d'être bien reçu, mais Mary Hill lui signifia de s'en aller :

— Comment ? Mais c'est moi, Eben. Je viens prendre de tes nouvelles. Quatre jours de silence, je commençais à craindre le pire et ton attitude ne me rassure pas !

— Va-t'en !

— Comment ça ? nous sommes des amis et des confidents, si tu ne vas pas bien, je suis là pour t'aider ! Permets-moi d'entrer !

— Tu ne peux rien pour moi !

— Je t'en prie ! Ne me laisse pas dans ce mystère, je n'en dormirais plus d'inquiétude.

Un long silence succéda aux dernières paroles de Byers, et au moment où il s'apprêtait à partir, dépité de cet accueil inaccoutumé, un cliquetis dans la serrure de la porte lui redonna le sourire :

— C'est ouvert. Rentre, si tu es toujours là, lui lança Mary Hill depuis l'intérieur de la chambre.

Byers ne se le fit pas répéter deux fois, mais dans le mince intervalle de temps qu'il prit pour entrer, son amie avait déjà regagné son lit. Vêtue d'une simple chemise de nuit, elle s'apprêtait à se recoucher. Byers essaya de retenir son étonnement devant cet étrange comportement, lui qui ne l'avait jamais vu renoncer à la moindre coquetterie en présence d'un invité. Il se racla la gorge et dit, d'une voix timide :

— Je ne tiens pas à rester longtemps, tu es sûrement fatiguée, mais je...

— Crois-tu ? répliqua Mary Hill sur un ton bougonnant. Je ne suis pas fatiguée, je suis périmée !

Byers écarquilla les yeux en entendant ces mots étranges :

— Que... Que veux-tu dire ?

Un ricanement sinistre se répandit dans la grande chambre :

— Tu veux savoir, alors approche et regarde !

Byers obéit, et tandis que Mary Hill lui souriait, il remarqua dans sa mâchoire un second trou à côté du premier :

— Tu vois ? Tu comprends ? Tu sais à présent !

— As-tu consulté un dentiste ?

— Évidemment ! J'en ai consulté trois !

— Et qu'ont-ils dit ?

— Rien. Rien de clair ! Le premier d'entre eux est venu à cause de ma première dent, et en touchant sa voisine, elle lui est tombée dans la main. Il n'a pas forcé, je le confirme, car je n'ai rien senti ! Il en a tâté une autre et il m'a dit qu'elle suivait le même chemin ! Leur conclusion à tous les trois a été unanime : j'ai les dents apparemment saines, mais elles tombent et ils ne savent pas pourquoi !

— Tu n'éprouves aucune douleur ?

— Rien d'insupportable, mais je suis défigurée...
— Les dents ne sont pas l'organe le plus difficile à remplacer de nos jours...
— S'il n'y a que les dents... Ils ne savent pas pourquoi elles tombent... Des dents saines... J'ai peur Eben !
Byers lui prit la main alors que dans son lit, Mary Hill était au bord des larmes :
— Je suis certain qu'il y a une explication et un remède. Il s'agit peut-être d'une carence alimentaire. Le manque de vitamines peut causer le déchaussement des dents.
— J'ai maigri ces derniers temps. Rien de bien méchant, quelques livres...
— C'est peut-être l'explication.
— Mais je ne mange pas moins, ni différemment.
— Tu devrais consulter un médecin, pas un dentiste, mais un médecin. Il sera plus à même de t'aider.
— J'ai rendez-vous demain. Il viendra ici. Il est hors de question que je sorte ainsi, même pour aller chez le médecin ! Je ferai aussi venir mon acupuncteur chinois. J'ai confiance en lui.
Sur la table de chevet, Byers remarqua deux bouteilles vides de Radithor :
— Tu le prends toujours ?
— Bien sûr. Mais je crois bien que j'ai attrapé la seule maladie qu'il ne guérit pas !
— Cela facilitera le diagnostic du médecin, plaisanta Byers qui parvint à faire sourire son amie.
— Toi aussi, tu ne sembles pas très en forme, lui dit-elle après avoir retrouvé un peu de calme.
— Moins que ces dernières semaines ?
— J'ai cette impression.

— Je me sens un peu fatigué, je perds du poids également, sans savoir pourquoi, et j'ai les articulations qui craquent. À ma charge, je dois avouer que je ne me préoccupe pas assez de mon sommeil. D'après le docteur Moyar, les fêtes et les soirées dansantes jusqu'au petit jour, tout cela n'est plus de mon âge ; plus à ce rythme endiablé ! Mais si je reste chez moi, je vais faire jaser et je ne veux pas entretenir de vilaines rumeurs. Puis, les soirées, la vie mondaine, c'est ma vie, tu le sais bien. Sans elles, je dépérirais plus encore.

— Mais tu as repris du Radithor ?

— Je crains que nous ne soyons dans la même galère Mary ! J'ai l'impression qu'il ne fait plus effet depuis que j'ai eu l'idée stupide de ne plus le prendre ! Quelque chose dans mon organisme a dû se dérégler. J'ai essayé d'en boire davantage, mais c'est sans conséquence. D'après le docteur Moyar, c'est un processus normal, mais j'ai un mauvais pressentiment !

— Tu crois que nous en avons abusé ?

— Peut-être bien, peut-être que nous n'aurions pas dû en boire plus d'une bouteille par jour. Peut-être que nos corps se sont accoutumés au radium au point qu'il n'a plus d'effet sur eux. Je n'arrive pas à m'ôter cette idée de la tête. Elle me poursuit même dans mes cauchemars. Je me revois vieillir, Mary. Depuis plus d'un an, je m'étais débarrassé de cette angoisse, mais elle revient, et si le radium n'y peut plus rien... Pour l'instant, ce qui me rassure, c'est que tout se passe bien avec Gina. Elle y met du sien, je le reconnais, mais je n'ai plus de défaillance.

— C'est un beau lot que tu as décroché là ! Moi, j'ai éloigné tout le monde ! Tant que j'aurai ce problème de dents... Tu vois un homme faire l'amour à une édentée ? Même de dos ou dans le noir, on a sa dignité ou on ne l'a pas !

Byers acquiesça, après quoi, il voulut s'en aller, étant rassuré sur l'état de santé de son amie, mais elle le retint :
— Reste et parlons un peu ! lui dit-elle en le rattrapant par le bras.
Byers accepta et ils devisèrent tous deux à bâton rompu, sautant, suivant l'expression, du coq à l'âne. N'ayant eu aucun contact avec le monde extérieur depuis quatre jours, Mary Hill était désireuse d'apprendre ce qui se passait dans la belle société pittsbourgeoise. Il ne s'y passait pas grand-chose, de minuscules péripéties qui dans ce milieu privilégié prenaient cependant des dimensions héroïques. Il y était question d'amourettes, de petits scandales où le sexe avait souvent sa place, d'incidents cocasses, comme cette soirée qui s'était tenue la veille chez les McCook et qui avait vu l'une des quatre filles de la famille, un peu éméchée après avoir bu trois verres de porto, trébucher dans la piscine de la propriété. La prompte réaction d'un autre convive pour lui porter secours lui avait heureusement évité de boire la tasse.
Après avoir épuisé tous les sujets, même les plus anodins, Byers acta qu'il était temps pour lui de s'en aller, et cette fois, Mary Hill accepta de le laisser partir. En sortant, Byers croisa le majordome auquel il présenta ses excuses :
— Désolé mon brave, mais vous voyez, j'avais raison !
Le majordome se contenta de répondre « Oui, monsieur », tandis que son interlocuteur, poursuivant son chemin d'un pas alerte, lui tournait déjà le dos.

-XXIII-

Dans les jours qui suivirent, la santé de Mary Hill continua de se dégrader. Ses dents tombaient une à une et ni les dentistes, ni son médecin ni son acupuncteur chinois n'arrivèrent à nommer son mal et moins encore à lui prescrire un traitement efficace. Aucun n'avait déjà vu les dents apparemment saines d'un patient en bonne santé se détacher ainsi d'une mâchoire. Toutefois, Mary Hill ne fut rapidement plus seule dans sa situation, car deux cas semblables se déclarèrent chez des membres de la belle société de Pittsburgh. Un jeune homme et une femme de l'âge de Mary Hill virent à leur tour leurs mâchoires s'édenter progressivement et sans raison évidente. La médecine ne pouvait rester sans réponse devant cette étrange maladie, alors elle commença à parler d'une épidémie de syphilis fulgurante, ce qui parut d'autant plus probable que le jeune homme qui présentait les mêmes symptômes que Mary Hill avait été, quelques mois plus tôt, l'un de ses amants passagers. On le soupçonnait également d'avoir été l'amant de l'autre femme malade, mais il refusa de le reconnaître, et comme elle était mariée, elle nia toute relation adultère. La psychose s'installa dans la bourgeoisie de la ville, l'inquiétude grandit parmi les amants et les maîtresses et une seule question accaparait les esprits : qui serait le prochain ? Les dentistes virent défiler dans leurs cabinets des files inhabituelles de patients désireux de faire inspecter leurs dents pour être rassurés, d'autres tentaient de se prémunir du mal en prenant des vitamines ou du Radithor ; certains recouraient à des artifices plus excentriques encore. La vie sociale de Pittsburgh souffrit de cette situation, car beaucoup préféraient rester chez eux. La plupart ignoraient comment se transmettait la syphilis et pensaient qu'elle se diffusait dans l'air ou dans la sueur. Puis il y avait ceux qui connaissaient un peu la syphilis et doutaient de la bonne identification de la maladie. Ils se disaient que ce

pouvait être tout autre chose, une maladie nouvelle encore plus contagieuse et dangereuse. Byers était de ceux-là. Comme Mary Hill prenait du Radithor et que le Radithor était recommandé dans le traitement de la syphilis, il ne croyait pas à cette maladie. Il admettait l'hypothèse d'une souche particulièrement virulente de la maladie, mais il n'arrivait pas à se défaire d'un doute raisonnable et préféra restreindre ses relations sociales. Il continua d'aller au golf, au tennis, mais limita ses sorties mondaines qui, du reste, perdirent beaucoup en saveur une fois répandue la rumeur de la syphilis. Le soir, il se retrouvait la plupart du temps seul chez lui en compagnie de Gina et de quelques amis proches pour des soupers intimistes qui redevinrent vivement à la mode. À l'occasion de l'un de ces soupers, il convia à sa table le couple Atwell, dont le mari, Charles, était membre de l'Allegheny Country Club. Le golf, bien sûr, fut l'un des sujets de conversation, tout comme le devenir des nombreux enfants du couple qui, au regret évident de Mrs. Atwell, vivaient tous par monts et par vaux :
— Notre petite dernière s'est installée dans l'Arizona, expliqua Charles Atwell. Elle a l'intention d'y fonder une école.
— Comme s'il fallait nécessairement aller à Santa Fe pour fonder une école…, soupira Maude Atwell.
— Enfin, l'essentiel est qu'elle se soit trouvé un but, reprit Charles Atwell. Elle est tombée veuve à vingt-huit ans, ce n'est pas facile à cet âge. Ce projet lui redonne le plaisir de vivre, alors, nous l'encourageons, même si ma femme aurait préféré qu'elle établisse son école en Pennsylvanie.
La discussion alla bon train, évitant soigneusement le fâcheux sujet de l'épidémie de syphilis, jusqu'à l'arrivée du rôti de poulet à la courgette qui constituait le plat de résistance du repas. Son

fumet délicieux mit les convives en appétit, et au moment de couper sa viande, Charles Atwell en loua la tendresse, car son couteau entra dans la chair comme dans du beurre :
— Voilà un poulet cuit exactement comme il convient ! s'exclama-t-il en piquant sa fourchette dans le morceau qu'il venait de trancher.
Maude Atwell s'apprêtait à appuyer les dires de son mari, mais elle s'arrêta dans son propos, rendue perplexe par l'attitude de son voisin de table. En effet, au même instant, Byers glissait les doigts de sa main droite dans sa bouche pour en tirer, sous les regards anxieux et stupéfaits de ses invités, une belle dent blanche qu'il déposa dans sa paume gauche. Mrs. Atwell en lâcha ses couverts qui heurtèrent bruyamment la porcelaine de son assiette. Un lourd silence s'installa aussitôt, rompu en premier par Maude Atwell qui s'exclama :
— Allons-nous en Charles ! Il a la syphilis !
Elle attrapa la main de son mari qui n'eut que le temps de s'essuyer les lèvres avec le revers de sa serviette, et sans aucune réaction de Byers, ils disparurent en coup de vent plus rapidement que les quatre cavaliers de l'Apocalypse. Contemplant sa dent, toujours lovée dans le creux de sa main, Byers, le regard triste et inquiet, finit par se tourner vers Gina en lui disant d'une voix étouffée :
— Tu devrais partir aussi, si ce n'est pas déjà trop tard.
La jeune femme, faussement insouciante, sourit :
— On a fait l'amour hier soir, on s'est embrassé ce matin... Je ne suis pas naïve...
Elle tâta ses dents avec ses doigts et ajouta :
— Elles ont l'air solides pour l'heure...
Byers ne prêta pas attention à ses dernières paroles et répliqua :

— Dans ce cas, nous ne nous fréquenterons plus, et dans dix jours, si tu n'as pas déclaré de symptômes, tu partiras. Je te donnerai de l'argent si tu en as besoin.
— Mais...
— Inutile de protester. Mary n'a jamais été mon amante, je ne connais même pas les deux autres malades. Si j'ai été contaminé, c'est en allant la rencontrer chez elle pour prendre de ses nouvelles. La maladie est passée dans l'air ou par la peau. Je dois m'isoler et consulter un médecin, rapidement, et toi, tu dois partir. Je te laisse dix jours si tu veux, mais nous ne devrons pas nous voir.

Byers se leva aussitôt pour quitter la pièce. Comme son majordome lui emboîtait le pas, il lui signifia de garder ses distances :
— Stanley, non. Il va falloir instaurer une nouvelle politique. Jusqu'à nouvel ordre, on ne devra ni me toucher ni m'approcher à moins de cinq mètres. Je dois être considéré comme malade et contagieux.
— Bien, monsieur ! Dois-je faire quérir le médecin ?
— Demain, demain matin Stanley. Il est tard, et je pense que mon mal attendra bien jusque-là. Je dois me mettre en quarantaine. Occupez-vous de Miss Figlioni, faites-en sorte qu'elle ne manque de rien dans cette maison.
— Bien, monsieur !

Byers salua Gina qui lui rendit silencieusement son salut d'un hochement de tête. Quand il fut parti, elle tira une cigarette et comme le majordome se tenait près d'elle, elle lui demanda s'il avait du feu. Il tendit son briquet et passa sa flamme rougeoyante sur l'extrémité de la cigarette de la jeune femme. Elle le remercia en lui proposant de s'asseoir avec elle. Il refusa au nom du protocole, elle insista :

— Assis-toi donc, je suis une femme, pas une dame ! J'ai envie de parler, et tu as entendu Eben, il veut que je ne manque de rien !

Pendant que le majordome faisait la conversation à Gina, Byers s'enfermait dans ses appartements. Avant de se coucher, il examina sa dentition. Il y avait un trou au niveau d'une prémolaire, il le sentait bien en passant son doigt. Avec appréhension, il appuya sur ses autres dents pour tester leur résistance. Elles tenaient bien et ce constat le réconforta un peu, mais il n'était pas dupe. Mary Hill aussi avait obtenu un diagnostic rassurant sur l'état de sa dentition avant de continuer à la perdre graduellement.

Il se déshabilla, but une bouteille de Radithor par principe et se coucha sans réussir à dormir. Il avait tour à tour trop chaud ou trop froid et l'esprit empli d'interrogations et de crainte. Il avait peur, peur du chemin obscur dans lequel il s'engouffrait et qu'il redoutait de voir baliser par la souffrance et la solitude. Vieillir l'effrayait et le moindre signe de sénescence provoquait chez lui des angoisses irrésistibles, mais plus encore que la décrépitude liée à l'âge, celle de la maladie le traumatisait. Il avait toujours appréhendé d'être frappé par une de ces pathologies rongeant les facultés physiques et mentales de leurs victimes avec la lenteur du ver dévorant la pomme. Cette nuit-là, son imagination le conduisit aux confins de la terreur en lui renvoyant une image de lui-même dégradée, putréfiée. Il se voyait incapable de se mouvoir ou de parler, suintant le sang et le pus par tous les pores de sa peau sans arriver à obtenir la délivrance de la mort. Dès qu'il fermait les yeux, des images terribles l'assaillaient aussitôt, et quand il les rouvrait, son double décharné se tenait encore devant lui pour le tancer de son index et lui rire au nez en élargissant des lèvres saignantes sur une mâchoire édentée.

-XXIV-

Le lendemain, Stanley alla trouver le docteur Moyar qui en apprenant de quoi il relevait se rendit chez son patient en fin de matinée. Au moment où il entrait dans sa chambre, Byers l'avertit qu'il était sûrement contagieux. Il l'informa qu'une de ses dents, parfaitement saine, était tombée et que pour cette raison, nul ne devait l'approcher de trop près. Moyar lui fit savoir qu'il était presque certain qu'il n'y avait rien de contagieux dans son mal et qu'il ne pouvait pas l'examiner sans s'approcher :
— Je suis le quatrième dans cette ville, Charles, une maladie ne frappe pas par hasard quatre fois au même endroit ! Et nous sommes peut-être plus que quatre... Prends des gants, protège-toi le visage si tu veux avancer vers moi !
— Allons Eben, je suis médecin.
— Justement, la médecine, elle ne sait pas, elle ne sait rien !
Moyar, sans protection particulière, s'approcha de son patient qui, debout près de la fenêtre, semblait relativement bien se porter malgré le désordre d'une nuit sans sommeil :
— Je le reconnais, admit-il d'une voix grave. J'en ai parlé avec certains confrères, ce déchaussement dentaire est mystérieux. C'est un symptôme plutôt qu'une maladie, car il s'accompagne d'une perte de poids, occasionnellement de maux de tête ou de douleurs dans la mâchoire avec de petites ulcérations des gencives. Difficile de dire comment ces symptômes vont évoluer dans le temps.

— Ce n'est pas la syphilis, n'est-ce pas ?
— Il y a des similitudes, mais c'est peu probable. Encore que la syphilis soit une maladie complexe. Certaines personnes la porteront des années sans déclencher aucun symptôme apparent, d'autres atteindront le dernier stade de la maladie en deux ans et d'autres en trente ans. Parfois, la syphilis est vaincue chez un patient grâce à une autre maladie. Il n'y a pas de règles fixées. Toutefois, je ne l'ai jamais vu se manifester sous cette forme inhabituelle en même temps chez quatre patients résidant dans la même ville.
— Qu'en penses-tu alors ?
— Il faut établir le point commun entre vous tous et nous trouverons l'origine du mal.
— Je n'étais pas l'amant de Mary ni de cette Zelma et je ne connais pas le troisième malade.
— Ça écarterait la syphilis, à moins qu'il y ait un malade asymptomatique pour vous relier tous les uns aux autres.
— Tu n'as aucune idée de ce que ça pourrait être ?
— Je n'ai pas examiné les autres patients, alors c'est difficile pour moi de me prononcer. Peut-être une maladie sanguine, puisqu'au-delà de la perte des dents, votre point commun est l'anémie.
— Je n'ai aucune carence, j'y ai veillé.
— Tu n'en donnes pas l'air. Tu manges, mais ce que tu manges ne te profite pas. La raison vient du fait que le sang ne fait pas son travail. Tu maigris, tes os et tes dents deviennent moins solides, tu pâlis, tu te sens fatigué… Tu as des malaises passagers, n'est-ce pas ? Une prise de sang confirmera sans doute mon hypothèse, sans éclaircir tout le mystère. De nombreuses maladies provoquent des anémies, comme les cancers, la goutte, les problèmes rénaux, notamment.

— Un poison ?
— Comment ?
— Est-ce qu'il pourrait s'agir d'un poison ?
— Certains sont susceptibles de causer des anémies par hémolyse. Il y en a des rapides et des lents. Un rapide, comme ceux contenus dans certains champignons vénéneux, t'aurait probablement déjà tué. Dans ton cas, il s'agirait donc d'un poison lent nécessitant une exposition quotidienne ou tout du moins régulière comme dans le saturnisme. Tu serais seul concerné, je pourrais le croire, mais vous êtes quatre, vous ne vivez pas sous le même toit, vous ne fréquentez pas les mêmes lieux, et dans vos foyers respectifs, vous êtes les seuls symptomatiques, ce qui est étrange, n'est-ce pas ? Un empoisonnement accidentel sur le long terme me paraît improbable, et plus encore l'hypothèse d'un empoisonneur si jamais tu veux aussi mon avis à ce sujet !
— Sauf si nous l'avons pris délibérément...
— De quoi parles-tu ? demanda Moyar, très surpris par cette remarque.
— Mon frère...
— Ah... Tu penses au radium...
— C'est bien la seule chose que j'ai consommée régulièrement ces derniers mois. J'en ai pris, Mary aussi, je ne sais pour les deux autres, il faudrait le savoir. J'ai cru que ma fatigue, ma perte de poids, mon teint pâle résultaient de mon arrêt du Radithor ou d'une diminution de son efficacité, mais j'ai beaucoup réfléchi cette nuit, et peut-être que j'y suis.
— Où penses-tu être ?
— Au point de bascule, à ce moment où le médicament devient poison.
— Écoute, avant cela, il y a des hypothèses qu'il me semble

judicieux d'explorer. Avant d'arriver aux origines inconnues, l'anémie dont tu souffres a de nombreuses origines connues et il faut les éliminer. En faisant des examens adéquats, nous déterminerons laquelle et nous traiterons la source du mal. En attendant, je pense que nous pouvons pallier tes symptômes avec de l'arsenic.

— Un poison !

— En quantité raisonnable, il est sans danger. Comme tu manges bien, ton anémie ne vient pas d'un manque de fer et de vitamines, mais d'une teneur trop faible en globules rouges. L'arsenic favorise la transformation des hématoblastes en globules rouges. Pour limiter le risque d'intolérance, je vais te le prescrire sous forme de liqueur de Pearson et te donner la posologie que tu devras strictement respecter.

Moyar s'assit dans un fauteuil voisin, tira de sa sacoche une feuille de papier, de quoi écrire, et prenant simplement son genou comme écritoire, il rédigea son ordonnance :

— Nous allons commencer avec vingt gouttes par jour, ça paraît beaucoup, mais ça ne l'est pas tant que ça. La liqueur de Pearson n'est pas très concentrée. S'il y a besoin d'augmenter la dose, je te prescrirai des granules. Cela dit, ce n'est que pour combattre l'anémie, éviter peut-être que tu perdes d'autres dents. Pour identifier et lutter contre la maladie qui en est la cause, il faudrait que tu fasses des examens plus approfondis. Une prise de sang, peut-être une radiographie de la mâchoire.

— Soit, je ferai ce qu'il faut.

— Tu verras, nous trouverons l'origine de ton mal. Il n'existe plus de maladies mystérieuses à notre époque. Nous les connaissons toutes, mais certaines ont des visages multiples et il n'est pas toujours facile de procéder à un diagnostic au stade initial de la

pathologie. Parfois, une maladie en déclenche une autre, et alors elles agissent conjointement et nous trompent. En tout cas, si les symptômes s'aggravent dans les prochains jours ou si d'autres se manifestent, contacte-moi. Je viendrai, en dépit de mes éventuels rendez-vous. Nous nous reverrons sous cinq jours, il faut au moins ce temps pour savoir si la liqueur de Pearson est un remède efficace.
— Merci Charles ! Je ne te serre pas la main…
— Allons ! s'exclama Moyar. Je ne peux pas dire précisément de quoi tu souffres, mais je t'assure, ce n'est pas contagieux ! Une maladie contagieuse l'est bien avant l'apparition des premiers symptômes, et pour t'y avoir croisé trop souvent, je sais que tu as couru assez de soirées ces dernières semaines pour contaminer toute la ville ! Si cette maladie était contagieuse par l'air ou un simple contact, la moitié de la belle société de Pittsburgh serait en train de perdre ses dents !
Le discours du docteur Moyar ne leva pas toutes ses appréhensions, mais Byers se laissa convaincre et les deux hommes échangèrent une vigoureuse poignée de main :
— Je t'ai aussi prescrit de l'adaline, précisa Moyar. C'est un assoupissant léger. Aux doses que j'ai indiquées, tu feras d'excellentes nuits, ce qui à te voir ne me paraît pas superflu !
— J'ai passé une très mauvaise nuit, en effet…, confessa Byers.
— Je l'avais constaté, c'est pourquoi je me suis permis de te la prescrire. À bientôt Eben, porte-toi bien jusqu'à notre prochaine rencontre !
Moyar disparut. Byers voulut le raccompagner d'abord, mais une force le retint, une force intérieure qui l'empêcha de quitter sa chambre. Il n'était pas encore complètement sûr de pouvoir le faire sans danger pour autrui, et malgré toute l'estime qu'il avait pour son ami, il n'arrivait pas à le croire aveuglément. Son instinct le

mettait en garde, lui soufflait d'agir avec prudence tant qu'il ne savait rien avec certitude. Serrant l'ordonnance dans sa main, il soupira en espérant que son salut tenait dans ce petit bout de papier.

-XXV-

L'adaline permit à Byers de retrouver le sommeil, mais la liqueur de Pearson n'eut aucun effet. La prise de sang détermina un déficit en globules rouges et confirma l'anémie sans identifier la présence du bacille syphilitique. La radiographie de la mâchoire ne révéla rien d'alarmant non plus, et en définitive, après ses examens, Byers n'avait aucune réponse, alors même qu'il avait perdu entretemps une autre de ses dents. Moyar augmenta la dose d'arsenic en prescrivant à son patient des granules d'acide arsénieux, certain de pouvoir remédier par ce moyen à l'anémie. John Byers ne partageait pas du tout l'avis du médecin, et en apprenant que son frère perdait ses dents et souffrait d'anémie, la crainte latente qu'il avait longtemps couvée prenait forme. Pour lui, le diagnostic était évident. Son frère essuyait les premiers symptômes d'un empoisonnement au radium, et en l'écoutant lui décrire ses ennuis de santé, il n'arrivait pas à détacher de son esprit l'image de Katherine Schaub agonisante sur son lit. Il avait eu un premier mauvais pressentiment en entendant parler du cas de Mary Hill, puis il avait essayé de croire à la rumeur de la syphilis, mais en voyant son frère, en apprenant de sa bouche que la prise de sang n'avait détecté aucune trace de syphilis, le doute n'était plus permis. Il affichait une mine tellement dépitée qu'Eben Byers lui demanda si cette nouvelle le décevait :

— Non, non, bien sûr que non, répliqua-t-il, nerveux.
— Tu fais un drôle d'air ! En tout cas, je le savais, ça ne pouvait pas être la syphilis. Avec le Radithor, j'étais prémuni contre la syphilis.
— Tu le crois encore ?

Eben Byers mit longtemps avant de répondre :
— Pourquoi pas ? Je sais ce que tu penses. J'ai manqué de le penser aussi, mais Charles est certain qu'il s'agit d'une maladie du sang. Il ignore laquelle, cependant. Il penche pour la conjonction de deux maladies.

John Byers soupira et son frère continua :
— De toute façon, je ne consomme plus de Radithor. Charles m'a dit qu'il pouvait faire mauvaise compagnie avec l'arsenic.
— Ne peux-tu consulter un autre médecin ? Avoir un autre avis ? Celui d'un spécialiste ?
— Si tu as quelqu'un à me proposer, je veux bien, mais je ne veux pas que Charles le sache. Il prendrait mal que je consulte un autre médecin. Il croirait que je remets en doute son diagnostic et notre amitié en pâtirait...
— Je pense que s'il était vraiment ton ami, il reconnaîtrait ses limites et t'orienterait vers un spécialiste. Je vais te le trouver. Je suis persuadé qu'il te donnera des réponses. Peut-être pas des réponses rassurantes, mais elles seront toujours préférables à l'incertitude.
— Si tu penses connaître quelqu'un qui puisse me soigner mieux que Charles, très bien. Je veux juste guérir et sauver ce qu'il me reste de dents. Je ne peux pas recourir à des implants tant que je ne sais pas de quoi je souffre et c'est horrible comme des trous dans les dents font se sentir vieux et impotent ! Heureusement que Gina est partie, je n'oserais plus me montrer comme je suis devant elle. Je n'oserais plus me montrer à une femme dans mon

état !

— Tu exagères.

— Tu crois ? J'ai le teint d'un mort, des cheveux aussi secs que la paille, je perds mes pantalons et j'ai le sourire d'un mendiant ! Je ne te parle pas de la fatigue, et j'ai l'impression que l'arsenic m'embrouille l'esprit !

— Je reviendrai vers toi dans quelques jours. J'aurai ton spécialiste, sois-en sûr ! J'irai le chercher moi-même si besoin !

— Merci Fritz !

John Byers voulut embrasser son frère. Ce dernier recula, en lui disant que c'était risqué tant qu'il ignorait de quoi il souffrait :

— Idiot ! répliqua John Byers avant de le serrer contre lui, sentant la froideur de sa joue contre la sienne.

Il le quitta sans avoir osé lui dire ce qu'il pensait, mais pour lui, il ne faisait aucun doute que ses symptômes venaient d'un empoisonnement au radium. Il était certain que le Radithor, après s'être accumulé dans son corps, commençait à opérer son œuvre de destruction, et après avoir quitté son frère, il ne put retenir une larme. « L'idiot, pourquoi, pourquoi ne m'a-t-il pas écouté ? », se répétait-il à lui-même, affligé et en colère. Les paroles de William Schaub résonnaient dans sa tête, il se souvenait du mot « incurable » qu'il avait prononcé, mais malgré le choc, il n'était pas déterminé à baisser les bras et à admettre si rapidement l'absence de solution. Il avait une petite idée du spécialiste qu'il désirait pour son frère. Dans un article de presse consacré aux « radium girls », il avait lu le nom de Joseph Manning Steiner, célèbre radiologue new-yorkais, directeur du service de radiologie au Doctor's Hospital. Plus que ses références scientifiques, John Byers le voulait parce que Steiner croyait en la possibilité du radium comme poison et avait rédigé un rapport en ce sens dans l'affaire des ouvrières de l'USRC. Byers prit contact avec lui et le convainquit de se rendre à Pittsburgh pour procéder à l'examen de son frère. Steiner ne fut pas très difficile à convaincre, car il recherchait des cas d'empoisonnement au radium pour étayer ses études sur les dangers de la radioactivité. Il avait connu l'époque où les radiologues ne prenaient aucune mesure de protection contre les rayons ionisants. Depuis la Première Guerre mondiale, durant laquelle il avait servi comme radiologue, il avait déjà vu plusieurs de ses confrères développer des pathologies cancéreuses, des tumeurs, des maladies du sang, des ostéoporoses sévères, des maladies rétiniennes, des brûlures graves de la peau en des proportions considérablement supérieures au reste de la population, et même de la population médicale. Depuis quelques années, un protocole de sécurité avait été adopté dans certains cabinets de radiologie, particulièrement dans les hôpitaux, mais l'opinion médicale restait partagée sur le seuil de dangerosité des rayons ionisants, sur la nécessité et la fiabilité des protections en plomb, et hors des grandes villes, on croyait largement la radioactivité inoffensive, tant dans les cabinets médicaux que dans les fêtes foraines où la radiographie était une banale attraction. Il y avait encore beaucoup à faire pour assurer la sécurité des praticiens radiologues, et pour parvenir à des évolutions significatives en la matière, il fallait commencer par détruire le mythe établi d'une radioactivité sans danger. Steiner s'employait à ce travail ingrat mais nécessaire pour protéger ses confrères et ses patients. Il visita donc Ebenezer Byers à Pittsburgh, intrigué par les symptômes qui lui avaient été décrits et qui correspondaient à ceux qu'il avait observés chez les « radium girls ». Eben Byers le reçut avec la chaleur du patient espérant obtenir enfin des réponses sur sa maladie. Parce que

John Byers craignait que son frère repoussât un médecin radiologue, il ne lui avait pas précisé la spécialité de Steiner, le présentant seulement comme professeur en médecine et chef de service dans un hôpital de Manhattan. Aussi, en l'accueillant, Eben Byers, persuadé de souffrir d'une maladie du sang, lui demanda s'il était hématologue. Steiner, au fait du secret, ne s'étonna pas de cette question et répliqua avec le calme et l'autorité rassurante du médecin d'expérience :
— Monsieur Byers, je ne suis pas hématologue. Je suis spécialisé dans la radiographie et l'utilisation des rayons X. Cela peut vous surprendre, mais lorsque votre frère m'a décrit vos symptômes, j'ai tout de suite compris que vous ne souffriez pas d'une maladie du sang comme on vous l'avait dit.
— Qu'en savez-vous, vous n'êtes pas hématologue ?! s'exclama Byers, irrité par cette déconvenue.
— Monsieur Byers, je le sais, car je reconnais tout à fait les symptômes qui sont les vôtres. En vous voyant seulement, je vois tous les patients que j'ai déjà examinés avant vous et chez lesquels j'ai diagnostiqué le même mal.
— Et quel est votre diagnostic ? répliqua Byers avec défiance.
— Je suis désolé de vous l'apprendre de manière si abrupte, et peut-être douterez-vous de mes paroles, mais vous souffrez d'un empoisonnement au radium à son stade initial. Si vous l'acceptiez, je pourrais en obtenir la confirmation par des examens complémentaires, mais les symptômes sont tout à fait caractéristiques et je les ai tellement observés chez des patients ou des confrères que je ne les estime pas nécessaires.
— Mon médecin juge que c'est impossible !
— Vous avez pointé le fait que je n'étais pas hématologue et c'est exact. Par contre, votre médecin n'est pas spécialiste de la

médecine radioactive. Je le suis, et j'ai appris à connaître autant les bienfaits de la radioactivité que ses méfaits. Votre médecin n'a probablement jamais observé un cas clinique d'empoisonnement au radium. C'est très rare, peu de médecins ont eu cette infortune. Moi, j'en ai vu de très nombreux. Les premiers symptômes se manifestent par une anémie avec une diminution sensible de la production des globules rouges, mais également des globules blancs et des autres composants du sang, le patient pâlit, se sent fatigué, de plus en plus fatigué. Les traitements classiques de l'anémie faillissent tous. Le patient perd ses dents. Au début, la radiographie ne détecte aucune anomalie permettant d'expliquer ces déchaussements, mais avec le temps apparaîtront des trous dans les os de la mâchoire et des ulcères. Les dents tombent car les os qui les tiennent deviennent poreux et friables. C'est là le stade initial d'un empoisonnement au radium.
— C'est impossible ! C'est un remède ! Vous-même, vous utilisez les rayons pour guérir !
En s'emportant, Byers s'épuisa et dut s'asseoir dans un fauteuil pour reprendre son souffle :
— Je comprends votre étonnement, monsieur Byers. Votre étonnement est la raison de mon combat. Longtemps la radioactivité a été considérée bienfaisante, guérisseuse, et elle a ce pouvoir, en effet. Mais elle est aussi puissamment toxique suivant la manière dont on l'emploie. Elle n'agit pas comme tous les poisons, car elle est lente, insidieuse, pernicieuse, et ses symptômes laissent successivement penser à des maladies mieux connues. Ceci explique que les anciennes générations de médecins soient mal informées de ce danger. Puis, il y a le lobby des industriels du radium qui mettent toute leur puissance financière et relationnelle à faire la publicité mensongère d'un produit

miraculeux pour la santé et sans danger. Mes articles et ma parole de spécialiste reconnu n'ont que peu de pouvoir et peu d'écho face à des habitudes bien ancrées et une industrie milliardaire.
— Comment ?
— Quoi donc ?
— Comment serait-ce arrivé ? J'ai bu du Radithor, c'est un médicament... Je me sentais mieux en le buvant, je n'avais jamais été aussi bien... En ai-je trop bu ?
Steiner tira une feuille de papier de sa sacoche :
— Le radium émet continuellement des rayons alpha. Vous voyez cette feuille. Elle est très fine, le jour passe à travers. Cette simple feuille est capable d'arrêter un rayonnement alpha. Je peux même vous garantir que l'épaisseur de l'atmosphère de vous à moi est suffisante pour l'arrêter. Le rayonnement alpha a un très faible degré de pénétration, ce qui pour un usage externe le rend presque inoffensif, l'épiderme de la peau faisant barrière au rayonnement. Ainsi, se baigner dans une source thermale dont l'eau est radioactive présente très peu de danger, à fortiori car les eaux thermales sont trop légèrement chargées en radium et que l'exposition s'y trouve réduite au seul temps du bain. Maintenant, si vous consommez le radium, celui-ci ira dans tout votre corps, mais aura plus particulièrement pour habitude de se loger dans vos os. Il semble en privilégier certains comme les os du visage sans que l'on sache bien pourquoi. Évidemment, à l'intérieur de votre organisme, il n'y a plus de barrière au rayonnement alpha et celui-ci frappe toutes les cellules qui l'avoisinent jusqu'à les détruire ou les faire muter. Au début, on peut sentir un certain bénéfice trompeur, car l'empoisonnement est long et aléatoire. Parfois, c'est plusieurs années après avoir ingéré du radium que le patient déclare un cancer. Il le croit spontané, mais en réalité, il

a été causé par le radium qu'il a consommé et qui, fixé quelque part dans son corps, a fait muter des cellules pour les rendre malignes.

En entendant ces explications, la mine de Byers s'assombrit. Hébété, il balbutia :

— Il… Il y a un traitement…

Steiner regarda John Byers, comme s'il hésitait à répondre franchement, mais ce dernier lui fit signe de ne rien dissimuler :

— En toute honnêteté, reprit le médecin, il n'existe pas de traitement. Le radium s'accumule lentement dans le corps et il ne peut en être extirpé par aucun moyen connu. Il est destructible dans le temps, mais sa durée de vie estimée dépasse les mille ans… Vous en conviendrez, c'est beaucoup plus qu'une existence humaine.

— Pourquoi ? Pourquoi moi… ? Plein de gens prennent des eaux radioactives, marmonna Byers en plongeant son visage entre ses mains grêles.

— Moins qu'on le pense. La plupart de ces eaux ne sont que du charlatanisme et ne contiennent pas de radium. Beaucoup ont seulement été irradiées et sont aussi radioactives que la nature qui nous entoure. La publicité est mensongère et permet de vendre à des prix élevés des gadgets inutiles. Le Radithor semble être un des rares médicaments radioactifs à contenir véritablement du radium et du mésothorium comme il le prétend. J'ai déjà observé des symptômes similaires aux vôtres chez des consommateurs réguliers de Radithor. Je les ai tous signalés à la Food and Drug Administration, et si vous me l'autorisez, je signalerai également votre cas.

Byers ne répondit pas, abasourdi par tout ce qu'il venait d'entendre. Il ne voulait pas le croire, mais Steiner lui exposait sa démonstration avec un tel sérieux qu'il était difficile de douter de sa parole :

— Je suis désolé..., termina le médecin en se tournant à nouveau vers John Byers pour savoir ce qu'il devait faire. Ce dernier prit alors la parole :

— Vous devez faire le signalement approprié à la Food and Drug Administration et nous allons consacrer tous nos efforts à faire tomber Bailey. S'il faut témoigner, mon frère...

— Non, Fritz ! Non. Que le docteur Steiner fasse ce qu'il a à faire, mais je ne témoignerai pas !

— Eben ? Ce Bailey t'a empoisonné, toi et tous les autres...

— Non. Pour les autres..., c'est moi qui suis le coupable ! J'ai empoisonné Mary, j'ai empoisonné cette ville... J'ai encouragé tant de monde à boire du radium ! Combien vont vivre ce que je vis à cause de moi ? J'ai honte, beaucoup trop honte...

— Eben ?!

— Je pense que nous devrions laisser votre frère, intervint Steiner.

— Oui, oui, laissez-moi ! Je veux être seul !

John Byers se rendit aux exigences de son frère, tandis que Steiner lui murmurait qu'il valait mieux ne pas le fatiguer davantage après ce qu'il venait d'entendre. Les deux hommes prirent la direction de la porte, mais avant que Steiner ne fût sorti, il reçut une ultime question d'Eben Byers :

— Docteur, pouvez-vous me dire... Savez-vous combien de temps il me reste à vivre ?

Steiner se racla la gorge et répondit :

— Il est difficile d'être précis, cela varie d'un patient à l'autre selon la quantité de radium ingérée. Peut-être deux ou trois ans, cinq au mieux.

Byers expira un simple « merci » et Steiner s'éloigna, quittant non sans un certain soulagement le salon dans lequel l'atmosphère s'était violemment alourdie. En le raccompagnant, John Byers lui assura qu'il ferait tout pour traîner les laboratoires Bailey devant un tribunal et faire interdire le Radithor. Steiner tenta de temporiser son emportement :

— Je comprends que l'état de votre frère vous mette en colère et je comprends que vous vouliez intenter un procès contre les laboratoires Bailey. Croyez bien que c'est mon souhait de longue date et que c'est le souhait de la Food and Drug Administration. Maintenant, je ne veux pas vous paraître pessimiste ou défaitiste, mais aucune procédure n'a jamais abouti. Il semblerait qu'il y ait quelque part un trou législatif qui protège Bailey et les gens comme lui qui vendent des poisons en toute impunité. Ces individus sont des charlatans sans état d'âme, mais ils sont rusés, ils savent exploiter les failles législatives pour exister et survivre contre vent et marée.

— Vous me dites que mon frère a moins de cinq ans à vivre. Je peux vous promettre qu'avant sa mort, les laboratoires Bailey auront cessé de tuer. L'argent et le temps qui manquaient aux ouvrières de l'USRC, moi, je les ai, et j'ai aussi les relations et l'influence pour réduire à néant cette entreprise criminelle.

— Je souhaite que vous puissiez tenir votre promesse. Ce ne serait que justice pour toutes les victimes du radium ; celles d'hier, celles d'aujourd'hui et celles qui ne savent pas encore qu'elles le seront dans les prochaines années.

— Docteur, ce sera le cas, je vous l'assure, et cette justice viendra grâce à mon frère, conclut John Byers avec une détermination qui impressionna assez son interlocuteur pour lui permettre de le croire.

-XXVI-

Les mots du docteur Steiner eurent d'abord un effet désastreux sur Eben Byers qui avait reçu un diagnostic terrible. Il détruisit l'entièreté du stock de Radithor qu'il lui restait et s'isola davantage encore. Gagné par la honte d'avoir amené tant de monde à prendre le même poison que lui, il refusait de sortir de chez lui. Puis, petit à petit, au fil des jours, il se raséréna un peu et commença à douter des affirmations du radiologue. Peut-être parce qu'il espérait souffrir d'une maladie curable, il se raccrocha à nouveau à l'hypothèse d'une maladie sanguine et se demandait pourquoi il devait croire un médecin qu'il ne connaissait pas plutôt que celui qui l'accompagnait depuis de nombreuses années et était également un véritable ami. Pourquoi devait-il croire un médecin sans solution comme le docteur Steiner qui lui avait prédit sa mort dans un court délai, alors que le docteur Moyar essayait des traitements et n'abandonnait pas l'idée de le guérir ? Jusqu'alors, ses tentatives avaient échoué et il ignorait toujours de quoi Byers souffrait précisément, mais il continuait de lui faire des prescriptions, tâtonnant pour identifier, s'il existait, le médicament adapté. Il restait sur l'idée que son patient avait développé conjointement une maladie sanguine encore indéterminée et la goutte. Il attribuait à cette dernière les douleurs articulaires que Byers ressentait épisodiquement. L'inflammation caractéristique de la goutte différait d'aspect, mais il mettait cette différence sur le compte d'une complication de la maladie et d'une évolution vers une forme de polyarthrite chronique. La vie festive de Byers l'amenait à croire sérieusement à un mal de cette nature, et comme Byers, ne lui parla pas du diagnostic du docteur Steiner pour ne pas risquer de l'offusquer, il n'avait aucune raison de reconsidérer le sien.

Jusqu'à l'été 1929, la santé de Byers se dégrada à peine. Il ne perdit aucune dent, il s'amaigrit de quelques livres, son anémie ne donna pas le sentiment d'une aggravation particulière, et malgré une fatigue chronique et des douleurs dans les membres qui disparaissaient généralement d'elles-mêmes après quelques heures, Moyar estima encourageant l'état stable de son patient. Pour lui, c'était le signe qu'il commençait à cerner l'origine du mal et que le traitement à l'arsenic pour reconstituer la masse de globules rouges du sang opérait dans une certaine mesure. Cependant, il était déjà à la dose journalière maximale, et en dépit de l'optimisme apparent qu'il maintenait devant son patient, il s'inquiétait de voir l'anémie persister et le niveau de globules rouges restait très bas en dépit de la vigueur du traitement. Pour lui, c'était le signe probable d'un cancer malin. Néanmoins, il préféra ne rien exprimer de ses doutes à Byers, et lorsque ce dernier manifesta le désir de partir à Southampton pour la belle saison, il n'osa pas le dissuader. Il en profita même pour lui recommander un de ses confrères à New York, spécialisé dans le traitement des maladies du sang.

Byers était convaincu que le changement d'air, les embruns de la mer et les bains lui feraient le plus grand bien, et même s'il n'appréciait pas particulièrement nager, il se plia à l'exercice d'une baignade quotidienne dans les vagues de l'océan. Il en ressortait moins endolori, et la fraîcheur de l'eau, malgré la belle saison, ravivait les couleurs de son teint que l'anémie avait effacées.

À Southampton, il retrouva un peu du moral qu'il avait perdu et même s'il se sentait trop fatigué pour renoncer à l'isolement dans

lequel il s'était enfermé, l'espoir de recouvrer une partie de sa santé perdue lui redonna la force de sourire et d'oublier le diagnostic sombre du docteur Steiner. Ce dernier, n'avait pas oublié sa visite à Pittsburgh, et tenant sa promesse, il avait entrepris d'informer la Food and Drug Administration d'un nouveau cas manifeste d'empoisonnement au radium qu'il avait observé, l'attribuant à l'usage du Radithor. Dans le courant de l'été 1929, il reçut une réponse de l'institution qu'il transmit à John Byers. Elle concluait qu'aucune poursuite ne pouvait être engagée par la Food and Drug Administration contre les Bailey Radium Laboratories et que le Radithor ne pouvait être retiré de la vente car l'étiquetage du produit s'avérait correct. Ce courrier mit John Byers en rage, et il convoqua immédiatement ses trois avocats pour leur demander ce qu'il était possible d'entreprendre contre les laboratoires Bailey dans cette affaire. Ces derniers n'étaient pas spécialistes de ce genre de dossier et réclamèrent un peu de temps pour bien l'étudier. Quinze jours plus tard, lorsque leur client les convoqua à nouveau, leur réponse fut unanime : il n'y avait rien à espérer du côté de la Food and Drug Administration :
— Comment cela, rien ?! s'emporta Byers en leur expliquant qu'il ne les payait pas si cher pour entendre une telle réponse.
— Eh bien, c'est que le droit est avec les laboratoires Bailey, précisa l'un des avocats.
— Oui, ajouta un autre, cela peut paraître étonnant, mais il n'y a pas de recours possible. Votre frère a pris du Radithor de son plein gré, et le Radithor a été testé par le National Bureau of Standards. Trente-deux fois depuis sa mise sur le marché, sa composition n'a jamais pu être mise en défaut. Il contient bien du radium, du mésothorium et de l'eau distillée dans les proportions annoncées par l'étiquetage.

— Qu'est-ce que cela fait ? C'est un poison !
— Nous comprenons, reprit le même avocat, mais la Food and Drug Administration est impuissante à faire interdire un produit ayant passé les tests du National Bureau of Standards. Si l'étiquetage du produit n'est ni trompeur ni mensonger, elle n'a aucune autorité légitime pour le faire retirer du marché.
— Ainsi donc, un poison convenablement étiqueté peut être vendu impunément à n'importe qui et au mépris de toutes règles de prudence ?
—Dans une certaine mesure, c'est cela.
— Et nous en sommes donc là, coincés par une législation qui défend les empoisonneurs ?
— Il y a sans doute d'autres recours possibles, mais il nous faut les étudier avec des spécialistes et cela prendra du temps.
— Prenez-le, voyez avec les meilleurs législateurs de ce pays, mais je veux un moyen de faire tomber les laboratoires Bailey ! Ils ont empoisonné mon frère et je veux leur peau. Est-ce clair ? Trouvez la faille, elle doit exister, même dans l'armure la mieux forgée, il y a une faille ! Je me moque de savoir où, tant qu'elle reste légale.

John Byers regrettait d'autant plus l'impuissance de ses avocats qu'il avait tenté d'initier une cabale médiatique, sans plus de succès. Il avait envisagé d'acheter des colonnes dans la presse pour évoquer l'empoisonnement de son frère, alerter sur le Radithor et affaiblir la stratégie sournoise de William Bailey, mais le principal intéressé s'y était opposé. Eben Byers ne souhaitait pas qu'on parlât de lui dans la presse, il ne voulait pas être exposé et avait fait promettre à son frère de respecter son choix. Outre qu'il avait du mal à admettre l'hypothèse d'un empoisonnement au radium, il craignait surtout de devenir une sorte de monstre de foire. Il estimait également que passer pour une victime dans la presse était indécent, alors qu'il avait pris une part active dans la propagande de Bailey. Cette culpabilité expliquait en partie pourquoi il préférait se forcer à croire au diagnostic du docteur Moyar. Il préférait mourir innocent, car il pensait souvent à ses amis et tremblait à l'idée de leur avoir recommandé la consommation d'un poison mortel. Il n'oubliait pas Mary Hill. Depuis qu'il l'avait visitée, elle ne lui avait écrit que deux lettres, courtes et vagues. Comme lui, elle ne recevait plus, vivait en recluse, et seuls venaient la voir chez elle ses deux médecins et une infirmière qu'elle avait prise constamment à son chevet. Avant son départ pour Southampton, Byers avait demandé à Moyar s'il avait eu vent des évolutions de sa maladie. Il lui avait répondu qu'en dépit de premiers symptômes apparemment semblables, Mary Hill ne souffrait pas du même mal que lui. D'après Moyar, elle était victime d'une ostéoporose sévère, une maladie commune chez les femmes d'un âge. C'était là toutes les indiscrétions que s'étaient permises les médecins de Mary Hill à leur confrère.

En revenant à Pittsburgh dans le courant de l'automne, Byers estima à propos de rendre visite à son amie. Elle n'accepta de le recevoir qu'à la condition que ce fût dans le noir complet. Au seul timbre de sa voix, Byers comprit qu'elle allait mal. Elle articulait difficilement, sa voix traînait, et il y avait dans son propos un profond désespoir :

— Je vais mourir, répétait-elle, je vais mourir bientôt, et je ne saurai pas à cause de quoi !

— J'ai entendu dire que tu souffrais d'ostéoporose, je ne crois pas qu'on en meure...

— Eben, j'ai peut-être de l'ostéoporose qui me ronge les os et les dents, mais je sais que les médecins ignorent le plus grave. J'en ai consulté six, aucun ne sait ce qui m'arrive ! Je maigris ! Si tu me voyais… Mais je n'autorise plus personne à me voir, hormis mes médecins et mon infirmière… Je préfère rester dans le noir, et ça me fait moins mal aux yeux. J'ai mal partout ! Je crois que je vais me tuer ! Il n'y a plus à espérer, maintenant !

— Allons, ne dis pas cela ! s'exclama Byers, alarmé par ce propos parce qu'il savait son amie capable de le mettre à exécution. Vois-tu, un médecin de New York m'avait diagnostiqué une maladie incurable avant mon départ pour Southampton et je ne me porte pas si mal. Oh, évidemment, je n'ai pas encore guéri, mais le docteur Moyar semble avoir trouvé un traitement prometteur avant même d'avoir identifié la maladie. Si tu le souhaites, je pourrais te l'envoyer. Peut-être pourra-t-il faire quelque chose pour toi…

— Eben… J'ai réfléchi… Les médecins ne veulent pas me croire, mais j'ignore si c'est parce qu'ils sont sûrs que c'est impossible, ou si c'est pour me rassurer. Toi, moi, Zelma, Wallace, nous avons tous bu du Radithor. Nous avons tous bu du Radithor, beaucoup…

— C'est une coïncidence…

— Non… Non…

— Beaucoup d'autres en ont pris…

— Je sais…

— Et il n'y a pas encore d'épidémie.

— Mais nous, nous en avons pris beaucoup… beaucoup trop…

Mary Hill manqua de s'étouffer en prononçant ses derniers mots. Byers voulut aller chercher de l'aide, mais elle l'en empêcha :

— Non… non, je vais bien ! Pas l'infirmière, elle allumerait la lumière, je ne veux pas que tu me voies…

Peu rassuré, Byers se plia néanmoins à ses ordres et se rassit sur sa chaise :

— Tu vas te moquer de moi, tu vas penser que je suis folle, mais parfois, j'ai l'impression de voir dans le noir… Enfin, j'ai l'impression de voir luire mes doigts…

Cette remarque assombrit le visage de Byers qui ne la prit pas avec légèreté. Il tenta cependant de réconforter son amie, de la dissuader de croire que le Radithor l'avait empoisonnée :

— Je vais parler à Charles, je lui dirai de venir t'examiner. Tout se passera bien. C'est un bon médecin. Comme je te le dis, il a trouvé un traitement pour moi. Ce n'est pas parfait, et je dois t'avouer que l'arsenic a tendance à me tordre l'estomac, mais au moins, mes dents ne tombent plus, je me sens moins courbaturé et je n'ai presque pas perdu de poids ces dernières semaines. C'est encourageant.

— Je suis d'accord, je veux bien le rencontrer… Si ça doit être mon ultime chance d'aller mieux…

Mary Hill ânonna presque sa dernière phrase et Byers l'entendit s'affaisser sur son oreiller qui se froissa. Il chercha sa main, tâtonnant dans le noir en suivant le montant du lit, puis le tissu de la couverture. Comme il la trouva enfin, il la saisit, mais la lâcha aussitôt, effrayé par ce qu'il venait de toucher. C'était une chose si froide et si maigre qu'il avait cru attraper la main d'un squelette :

— Tu comprends… maintenant, murmura Mary Hill.

— Oui. Charles viendra au plus vite, je te le promets. Je vais te laisser te reposer !

Byers quitta la chambre si perturbé qu'en avançant dans le corridor, l'infirmière qui se tenait là, prête à intervenir, lui demanda s'il allait bien. Il répondit d'une façon qu'il voulait rassurante, mais qui témoignait d'une telle confusion que l'infirmière l'invita à s'asseoir, craignant de le voir défaillir :

— Non, non, ce n'est rien, réaffirma-t-il en essayant de sourire. Je ne m'attendais pas à ça..., c'est tout.

Malgré ses protestations, il accepta finalement la chaise que lui proposa l'infirmière et également un petit cordial médical :

— Vous devriez voir un médecin, monsieur, ajouta la jeune femme en lui faisant boire une cuillère de son alcool revigorant. Vous êtes tout pâle.

Mollement, Byers sourit en entendant ces mots. Lui qui avait toujours redouté de faire mauvais genre devant une femme, d'autant plus une belle et jeune femme, essuya la remarque avec un stoïcisme dont il ne se serait jamais cru capable. Il remercia l'infirmière pour ses bons soins, la regarda avec une tendresse attristée et s'éloigna d'un pas légèrement traînant, le dos voûté et le moral retombé bien bas.

-XXVII-

En voyant son état stable, Byers tenta de convaincre son frère que le docteur Steiner s'était trompé, qu'il ne souffrait pas du mal du radium, que le docteur Moyar avait raison, mais John Byers ne se laissa pas détourner du combat qu'il avait entrepris contre les laboratoires Bailey, et ce, en dépit des difficultés grandissantes auxquelles il se trouvait confronté en tant que gestionnaire du conglomérat Byers. Le contexte économique troublé que traversait le pays et la dépression qui sévissait violemment dans les terres industrielles et agricoles de la Pennsylvanie affectaient ses usines. La production de charbon et de fonte diminuait de mois en mois, il fallait continuellement baisser les salaires, licencier des ouvriers, s'opposer à la colère des grévistes. Partout, à Pittsburgh comme ailleurs, les files de chômeurs faisant la queue pour toucher leur allocation s'allongeaient et se mêlaient aux files des miséreux réclamant un peu de soupe devant les kiosques des œuvres de charité. La crise était bien installée et John Byers se trouvait à la tête d'un navire au milieu de la tempête. Pourtant, en dépit de ce contexte tumultueux, il refusait de renoncer à la guerre qu'il avait entreprise contre l'empoisonneur de son frère. Il avait demandé à ses avocats un moyen de le combattre légalement, et ceux-ci, après avoir pris les renseignements nécessaires et étudié les textes de loi, revinrent lui porter leur réponse. Au grand soulagement de leur client, ils avaient identifié un angle d'attaque contre Bailey, sans toutefois exprimer un optimisme débordant :

— Nous avons peut-être une solution à vous exposer, expliqua l'un des avocats, mais il faut l'envisager comme longue et difficile.

— Dites-moi ! répondit sèchement John Byers, nerveux et impatient.

— Voilà, il n'est pas possible d'attaquer les laboratoires Bailey par le biais de la Food and Drug Administration qui a les mains liées par la législation. En revanche, il y a peut-être moyen de faire appel à la Federal Trade Commission.

— Expliquez-vous !

— Oui, bien sûr. J'y arrive. Vous le savez, la Federal Trade Commission est chargée de contrôler les pratiques commerciales et de protéger les droits des consommateurs. Elle a notamment pour rôle d'identifier les pratiques commerciales trompeuses comme la publicité mensongère. Le Radithor est étiqueté dans les formes légales, mais nous nous sommes penchés sur la notice

d'utilisation qui l'accompagne, et peut-être... Enfin, s'il était prouvé que ce produit ne soigne pas les quelque cent cinquante maladies pour lesquelles les laboratoires Bailey recommandent l'emploi de leur médicament, ou bien, s'il était prouvé que le Radithor a des effets secondaires graves qui ne sont pas mentionnés dans ladite notice, il y aurait une possibilité de faire interdire sa vente avec un recours pour pratique commerciale trompeuse.
— Si vous pensez que c'est là le moyen adéquat, je suis prêt ! Engageons la procédure ! conclut John Byers avec détermination.
— Cependant, nous devons vous prévenir qu'elle sera complexe. Il y a des règles très strictes. La commission ne pourra pas enquêter dans les locaux des laboratoires Bailey. Par ailleurs, Bailey est soutenu par des autorités médicales. Même s'il est prouvé que certaines d'entre elles ne sont que des fantômes inventés par Bailey lui-même, il y en a d'autres qui sont authentiques. Enfin, beaucoup de personnalités importantes, notamment des personnalités politiques, consomment du radium, et il faudra à la commission un dossier très nourri pour établir l'éventuelle inefficacité ou dangerosité du Radithor.
— La commission aura des témoignages s'il lui en faut. Je suis sûr qu'il ne sera pas très difficile de dénoncer les mensonges de Bailey. En tout cas, si c'est là la brèche dans la cuirasse, je suis déterminé à m'y engouffrer. Faites, sollicitez la commission... Enfin, débrouillez-vous, mais je veux que la Federal Trade Commission engage une procédure d'enquête sur ce Radithor et précisez bien que j'ai de quoi étayer leur dossier !
Les avocats acquiescèrent, indiquant qu'il faudrait sans doute plusieurs mois pour obtenir une réponse de la commission :
— Alors, précisez-leur aussi de se presser ! Les huiles de

l'administration ont peut-être tout leur temps, mais les victimes de Bailey l'ont compté ! Mon frère… Mon frère l'a compté !
Malgré l'impression de stabilisation que donnait l'état de son frère, John Byers voyait bien qu'il continuait de décliner, certes, lentement, mais avec une constance qui se mesurait à sa perte de poids et à l'évolution de son aspect physique. L'anémie faisait son chemin, inexorablement, en dépit de la dose quotidienne maximale d'arsenic que prenait Byers, et qui, de semaine en semaine, lui rongeait l'estomac et les intestins. De la dose médicamenteuse maximale à la dose toxique, il n'y avait qu'un gramme, et au début de l'hiver 1929, il finit par ne plus tolérer du tout son traitement à l'arsenic. Il était continuellement saisi de vomissements et de diarrhées qui l'affaiblissaient davantage. Moyar se trouva embarrassé, mais pour lui, il n'était pas question d'arrêter la prise d'arsenic qu'il voyait comme le moyen le plus efficace de ralentir l'anémie. À la place, il décida d'adjoindre un traitement à l'aérothérapie consistant à inhaler chaque jour de grandes quantités d'oxygène pour réguler les vomissements fréquents et les troubles gastriques et digestifs. Accumulant les palliatifs pour diminuer les symptômes qui s'accroissaient, il n'avait toujours pas réussi à identifier la maladie dont souffrait son patient et continuait, à défaut, de s'accrocher à l'hypothèse d'un mal polymorphe résultant du croisement de deux pathologies que ne révélaient pourtant aucun des examens auxquels il avait procédé. Toutefois, il refusait d'avouer à son ami qu'il n'avait pas de réponse, qu'il était démuni.
Comme Byers le lui avait demandé, et quoique ce ne fût pas dans ses habitudes de visiter les patients de ses confrères, il avait rendu visite à Mary Hill. Il avait vu chez elle le développement

d'une anémie à un stade autrement avancé que celui de Byers, avec une perte presque totale de la dentition et une maigreur anorexique à caractère morbide. Pour lui, ce n'était pas l'évolution d'une ostéoporose sévère, mais il se trouvait incapable de dire de quoi il s'agissait. Ses médecins lui avaient prescrit de l'arsenic, du fer, du calcium, tout ce qui convenait à un traitement pharmaceutique de l'anémie, et quoique les effets fussent nuls, ils s'en étaient tenus là, démunis et ignorants, acceptant avec fatalisme la mort inévitable de leur patiente. En l'examinant, Moyar conclut avec le même sentiment d'impuissance. Il ne voyait pas ce qu'il pouvait ajouter au traitement qu'elle avait reçu, excepté d'augmenter la dose d'arsenic, ce dont s'étaient gardés ses confrères, assurés que la malade, dans son état de faiblesse, ne la supporterait pas. Comme Byers, elle donnait l'impression de souffrir d'une combinaison de pathologies sanguines et articulaires, mais rien dans ses analyses et dans ses examens ne laissait d'indice pour les identifier. Hormis la mortalité excessive des globules rouges, les analyses sanguines n'exprimaient rien d'évident, et les analyses d'urine ou de selles s'avéraient aussi peu concluantes. Pour Moyar, de telles analyses écartaient la goutte ou le cancer. Il persistait cependant à les croire possibles, car si ce n'était pas cela, il lui fallait accepter de ne pas savoir. Toutefois, une autre hypothèse fit bientôt son chemin dans l'esprit du docteur Moyar. Elle pouvait expliquer à la fois la plupart des symptômes dont souffrait son patient et des résultats d'analyses très propres. Elle lui vint lorsqu'un de ses confrères, au cours d'une discussion à bâton rompu, lui confia avoir diagnostiqué une tuberculose osseuse chez un de ses patients atteints du mal mystérieux qui sévissait à Pittsburgh. Moyar resta dubitatif, car c'était une maladie qui se rencontrait rarement chez une patientèle fortunée, bien nourrie, bien soignée et sans passif d'immunodépression. Cependant, en voyant son scepticisme, son confrère lui donna l'article qui lui avait permis d'établir ce diagnostic. Il avait été publié en 1927 par un médecin du comté d'Orange. Il évoquait le cas de plusieurs de ses patientes qui avaient développé des symptômes qu'il attribuait à la tuberculose osseuse. Il faisait un exposé clinique très détaillé pour démontrer que ses patientes, toutes de jeunes femmes jusqu'alors en parfaite santé, ne souffraient pas de la syphilis comme cela avait pu être dit, ni d'un empoisonnement au radium comme certains l'avaient laissé entendre du fait de leur emploi dans l'usine de l'United States Radium Corporation, mais bien d'une tuberculose osseuse virulente. Son argumentaire était très fouillé et la description qu'il faisait des différents stades de la maladie chez ses patientes correspondait de très près à ce que Moyar observait chez Byers et à ce qu'il avait vu en visitant Mary Hill. Ledit médecin terminait son article en évoquant la quasi-impossibilité de diagnostiquer la tuberculose osseuse à son stade initial qui se traduisait essentiellement par des douleurs vertébrales et une perte de poids, symptômes observables dans beaucoup d'autres maladies plus communes et qui n'alertaient même pas le patient jusqu'à ce que celui-ci en éprouvât une gêne. Moyar souligna au crayon rouge les passages de l'article qui faisaient écho à ses propres observations, et à la fin, en examinant l'article tout entier, il s'aperçut qu'il avait souligné plus de la moitié du texte. « Déchaussement inhabituel de la dentition », « perte de poids », « inefficacité de l'arsenic dans le traitement de l'anémie », « douleurs articulaires et dorsales »…, en relisant l'intégralité des extraits mis en rouge, il soupira de soulagement, ayant le

sentiment d'être venu à bout de l'énigme la plus complexe de sa carrière de médecin. Maintenant, la tuberculose osseuse lui apparaissait comme une évidence. Dès le lendemain, il se rendit chez Byers pour l'entretenir de ses découvertes et lui dire qu'il avait enfin un nom précis à mettre sur sa maladie. Byers reçut la nouvelle avec circonspection. Il avait une certaine conception de la tuberculose et il estimait n'avoir aucun point commun avec un tuberculeux, hormis peut-être dans la perte de poids. Il ne toussait pas ou fort peu, il ne crachait pas de sang, sa poitrine ne produisait pas le craquement caractéristique des scrofuleux à chaque expiration :
— La tuberculose osseuse est très différente de la tuberculose pulmonaire, expliqua Moyar avec la confiance retrouvée du médecin certain de son diagnostic. Elle se loge dans les os, elle abîme les articulations, provoque une anémie, donne des raideurs, des courbatures, peut générer des déformations et des paralysies. Cette localisation particulière la rend heureusement beaucoup moins contagieuse.
— Alors, ce n'est pas la goutte... C'est dommage ! La goutte m'avait l'air moins grave..., soupira Byers.
— Je ne te cacherai pas que c'est une maladie sérieuse, d'autant que ton cas est avancé. Elle semble s'être logée dans plusieurs de tes os, ce qui ne permet pas un traitement chirurgical. Toutefois, il existe un médicament jugé efficace dans la plupart des études récentes. J'ai notamment lu le cas d'une femme de quarante-cinq ans à qui l'on recommandait l'amputation du pied traitée avec ce médicament pendant six mois et qui a vu, à terme, une parfaite reconstitution osseuse. Je pense que dans ton cas, un traitement similaire au Gamelan aurait des effets excellents.
— Avec tout ce que je prends déjà...

— Évidemment, si l'on traite directement la cause de ton anémie, il n'y aura plus besoin d'aérothérapie et d'arsenic. Tout rentrera progressivement dans l'ordre, et alors, une bonne alimentation soutenue par des injections ferreuses et une exposition au soleil suffiront à te guérir complètement. Je ne nie pas que cela sera long et fastidieux, car le Gamelan s'administre par friction et par voie parentérale et il faudra te rendre à l'hôpital tous les deux jours pour recevoir ce traitement, mais en employant des moyens complémentaires, comme les rayons X et la teinture d'iode, je pense qu'il sera possible de réduire le temps de traitement à cinq ou six mois.
Quoique cette durée lui parût encore trop grande, Byers éprouva un réel soulagement en écoutant Moyar. Il entendait dans son ton, dans sa manière de lui exposer sa démonstration, qu'il était sûr de lui, qu'il savait, enfin. Une émotion particulière l'étreignit. Il quitta son fauteuil et demanda à Moyar de se lever également pour pouvoir le serrer dans ses bras. D'une voix brisée, il le remercia pour tous ses efforts :
— Tu es mon patient et je suis ton médecin, c'est mon devoir de te soigner. Mais surtout, nous sommes amis, et cette amitié m'oblige.
— Oui... Oui, c'est dans ces moments que l'on identifie ses vrais amis ! Quand l'on est dans mon état, ils se font rares ! En vérité, tu es peut-être le dernier... Parmi ceux qui ne partagent pas mon sort...
Moyar esquissa une moue de dépit :
— Les mondanités ne sont pas de l'amitié, mais une liesse commune d'individus qui feront mine d'être les meilleurs camarades du monde quelques heures durant avant de s'oublier.
— J'en ai pris conscience... J'ai pris conscience de ma solitude.

Les journées sont longues dans la solitude et la maladie. J'aimerais, au nom de notre amitié que tu fasses pour moi une chose encore...
— Bien sûr. Quoi donc ?
— Va dire aux médecins de Mary... Va leur dire pour la tuberculose osseuse. C'est de cela qu'elle souffre elle aussi, n'est-ce pas ?
— C'est probable. La piste mérite d'être explorée. J'irai leur dire, je leur dirai également pour le Gamelan. Son état est plus sévère que le tien, mais ce médicament semble faire des miracles, alors, on peut garder espoir.
Byers poussa un ricanement sardonique et répliqua :
— La dernière fois qu'un médicament m'a promis un miracle, son effet n'a pas duré longtemps !
— Crois-tu ? Avant de venir te voir, par curiosité, j'ai regardé la liste des pathologies traitées par le Radithor. Elles sont nombreuses. Il y a la syphilis, la goutte, la leucémie, mais pas la tuberculose osseuse. Ton Radithor n'est pour rien dans ton état, mais il ne guérit pas tout. Heureusement, car le jour où un médicament guérira tout, à quoi servirons-nous, nous autres, médecins ?
Byers répondit en souriant malicieusement, un sourire qui au milieu de son visage blême et amaigri prenait un air étrangement inquiétant.
Après le départ de Moyar, Byers, rasséréné, alla se rasseoir, mais alors qu'il s'enfonçait dans le cuir craquant de son fauteuil, une moue contristée se peignit sur son visage. Dans la paume de sa main, il cracha une molaire qui venait de se déchausser ; un peu de sang d'un rose anémique en mouchetait l'émail opalescent.

-XXVIII-

Byers suivit son traitement au Gamelan qui fut également administré à Mary Hill et à d'autres victimes du même mal. Plusieurs mois après les premiers cas, il continuait de s'abattre de manière apparemment aléatoire sur des membres de la bonne société de Pittsburgh. En revanche, comme le risque épidémique semblait écarté et que le nombre de cas ne dépassait pas la douzaine, la vie sociale et les mondanités de la notabilité pittsbourgeoise ne s'en trouvaient plus affectées. Désormais, dans les salons chics et les alcôves feutrées, on parlait davantage des difficultés économiques, du krach boursier, de l'effondrement de la production industrielle qui frappaient le pays. Lorsque l'hypothèse de la tuberculose osseuse fit consensus au sein du corps médical, les dernières inquiétudes furent complètement levées. Dès lors, on savait comment se prémunir contre la maladie et comment en guérir, même si le traitement s'avérait long et fastidieux. Il fallait frictionner et injecter dans les membres et les articulations touchés par le mal le Gamelan, une préparation complexe à base de cire, de lipides et de graisses exogènes. Celle-ci n'avait pas d'action directe sur la tuberculose, mais les médecins avaient observé que l'apport de substances grasses dans l'organisme stimulait la formation d'antigènes contre elles, lesquels luttaient en même temps contre la couche grasse des bacilles tuberculeux jusqu'à les tuer. En Europe, le traitement avait obtenu d'excellents résultats contre la tuberculose osseuse et avait remplacé la plupart des opérations de résection et d'amputation désormais effectuées en dernier recours. L'usage du Gamelan s'accompagnait généralement de séances de rayons X projetés sur les articulations douloureuses. L'effet de cette médecine n'était pas immédiat et sa rapidité d'action dépendait beaucoup du degré d'avancement de la maladie, aussi, Moyar resta optimiste lorsqu'après le premier mois de traitement, aucun changement significatif ne s'était manifesté dans la santé de son patient. Il le resta encore à la fin du deuxième mois, même si son état avait empiré. Byers ressentait de plus en plus fréquemment des maux de tête dont la durée s'allongeait graduellement, et affaibli, il ne pouvait marcher plus de vingt mètres sans devoir reprendre son souffle. Il commença à circuler essentiellement en fauteuil roulant, situation qu'il n'accepta qu'avec les mots optimistes de son médecin qui lui assura qu'il en sortirait bientôt. Ses dents tombaient à une vitesse accrue et Byers se demanda si cesser de prendre de l'arsenic n'avait pas été une erreur. À chacun de ses doutes, Moyar trouvait une parade pour lui redonner confiance, conscient que pour tirer le plus entier bénéfice du traitement au Gamelan, son patient ne devait pas céder à la déprime. Il y eut une fois, cependant, où Moyar lui-même ne put le réconforter. Ce fut à l'annonce du décès de Mary Hill. Il survint en février 1930. Incapable de supporter son état et certaine qu'il n'y avait plus d'espoir pour elle de recouvrer la santé, elle avait pris une surdose mortelle de morphine. Elle avait agi avant de se trouver trop faible pour avoir la force de se donner la mort. La nouvelle ébranla violemment Byers qui sombra dans une mélancolie assez sévère pour contraindre Moyar à lui prescrire des pilules thébaïques.

Malgré la crédibilité apparente du diagnostic de tuberculose osseuse chez son frère, John Byers n'en croyait rien, et il avait vivement exposé son point de vue à Moyar en le traitant de charlatan à l'occasion d'un tête-à-tête. Ce dernier avait reçu l'invective comme l'expression du chagrin d'un homme qui cherchait un coupable aux malheurs d'un proche et ne lui en avait pas tenu rigueur. John Byers avait également tenté de convaincre son frère d'éloigner Moyar, de se tourner vers un autre médecin, sans succès. Au fur et à mesure qu'il s'affaiblissait, Moyar semblait prendre chez son patient l'aspect d'une bouée de sauvetage jetée au naufragé, d'une corde lancée à l'alpiniste en difficulté, et tous les mots émus et vibrants de John Byers ne purent dissiper l'image de sauveteur tutélaire que s'était forgée le médecin dans l'esprit de son frère. Non seulement il ne réussit pas à l'éloigner de lui, mais en dépit de plusieurs tentatives, il ne parvint pas non plus à le convaincre de le soutenir dans son initiative judiciaire contre Bailey. Comme il lui exposait le recours qu'il avait déposé auprès de la Federal Trade Commission, il reçut en guise de réponse un simple « Pourquoi ? » qui l'estomaqua :

— Pourquoi ? s'exclama John Byers. Tu me demandes pourquoi ? Vois ton état ? N'as-tu pas conscience de ce à quoi t'ont réduit Bailey et ses poisons ? Que te faut-il donc de plus que l'avis d'un professeur de Manhattan mondialement reconnu dans son domaine et l'inefficacité des traitements que te donne le docteur Moyar en compulsant à tâtons tout son dictionnaire médical ? Tu culpabilises, soit, je l'admets, mais tu dois agir pour les autres, pour toutes les autres victimes qui n'ont pas une voix aussi puissante que la tienne !

— Tu te trompes, Fritz ! Tu te trompes de combat.

Il n'obtint rien de plus de son frère, et ce fut avec une amertume non dissimulée mais une détermination inébranlable dans ce qu'il croyait juste et nécessaire qu'il reçut la visite d'un

représentant de la Federal Trade Commission. Malgré la lenteur des délais administratifs, celle-ci avait manifesté un intérêt particulier pour le courrier des avocats de John Byers et avait annoncé l'envoi, à Pittsburgh, de l'un de ses membres. Ce dernier arriva environ un mois plus tard. De prime abord, Byers eut quelques préventions. Il s'agissait d'un jeune homme qui, pour apparaître sérieux et présentable, lui paraissait trop juvénile pour s'occuper d'une affaire si importante à ses yeux. Néanmoins, il lui réserva un accueil chaleureux. C'était déjà une bonne chose que la commission prêtât attention à ce qu'il avait à lui dire. L'envoyé se nommait Robert Hiner Winn, avocat à la FTC :
— Robert Winn, répéta Byers avec un air surpris. Du Kentucky ?
Visiblement habitué à la confusion, Winn esquissa un sourire subreptice et répliqua :
— Non, je n'ai aucun lien de parenté avec le juge Robert Hiner Winn du Kentucky qui a l'honneur de figurer dans le *Who's Who*. Mais à défaut de l'avoir pour parent, je l'ai pour modèle !
— Soit, bon modèle je n'en doute pas ! Enfin, mettons-nous au travail ! J'imagine que vous avez des choses à me dire !
Winn acquiesça :
— En effet. Le courrier que vous avez reçu de la Federal Trade Commission a dû vous informer qu'une procédure a été initiée à l'égard des Bailey Radium Laboratories. Elle est suivie par l'examinateur John W. Addison qui l'instruit à charge et à décharge comme toutes les procédures de la FTC.
— Je sais tout cela. Ce qui m'importe, monsieur Winn, est de savoir ce que la FTC compte faire contre les laboratoires Bailey.
— Pour vous parler en homme de loi, elle va instruire cette affaire et considérer, au terme de l'instruction, s'il y a lieu de

procéder à une ordonnance contre les laboratoires Bailey. Je vous préviens que ce n'est pas systématique.
— Si la FTC est l'organisme indépendant qu'elle prétend être, je n'ai aucun doute sur la conclusion de la procédure, répliqua Byers avec vigueur.
— Précisément, je suis chargé dans cette affaire de collecter des témoignages. Mon rôle est de réunir des témoignages à charge et à décharge pour étayer le dossier de l'examinateur Addison. Depuis l'ouverture de l'enquête, j'ai pu en rassembler un certain nombre, des témoignages de médecins, de consommateurs de Radithor et même d'employés des laboratoires Bailey. Il va de soi que celui de votre frère aurait toute sa place dans mon dossier, et qu'à ce titre, il me plairait de le rencontrer pour procéder à un interrogatoire. Je vous rassure, c'est purement consultatif.
John Byers soupira. Son visage prit un air dépité et il répondit sur un ton empli de lassitude :
— Oui... Mon frère... Lorsque j'ai reçu le courrier de la commission, je lui ai parlé de la procédure qu'elle allait ouvrir contre Bailey, mais il ne veut rien entendre ! Il refuse de témoigner, il refuse d'admettre son empoisonnement au radium. Ce n'est pas faute d'avoir déployé des efforts pour le convaincre, mais il est extrêmement entêté, et je crois qu'il rejette d'autant plus l'hypothèse d'un empoisonnement au radium qu'il se sent coupable d'avoir empoisonné plusieurs de ses amis et relations. Dernièrement, son médecin lui a diagnostiqué une tuberculose osseuse et il s'accroche à cette idée, même si le traitement qu'il suit n'a aucun effet. Son médecin est également un de ses bons amis, et je pense qu'il n'y a qu'au moment où il reconnaîtra son impuissance qu'Eben acceptera de m'écouter. Pour l'heure, je

n'ai pas beaucoup d'espoir.
— C'est fâcheux...
— Je vous assure, je ferai mon maximum pour le convaincre, mais si vous vouliez le rencontrer maintenant, vous vous heurteriez à un mur.
— Puis-je vous parler franchement monsieur Byers, je veux dire, non pas en tant que représentant de la FTC, mais en tant qu'homme de morale à, j'en suis certain, un autre homme de morale ?
— Évidemment !
— Bailey est un individu bien connu de la commission, elle a souvent été amenée à enquêter sur lui. Il a commencé par de petites escroqueries, puis de plus grandes. Il appartient à cette constellation trop vaste du charlatanisme radioactif. La commission va instruire l'affaire à charge et à décharge, ainsi que l'exige son principe de neutralité et d'objectivité, mais je ne vous cacherai pas qu'à titre personnel, et mon point de vue est partagé par l'examinateur Addison, j'aimerais beaucoup la voir aboutir par une ordonnance contre Bailey, assez restrictive pour entraîner sa chute. Tel le phœnix, il renaît continuellement de ses cendres. Je pense que si votre frère acceptait de témoigner, grâce à la notoriété de son nom et à la valeur de sa parole, le phœnix finirait peut-être enfin par mourir. C'est ce que nous pouvons souhaiter de mieux pour l'avenir sanitaire de ce pays, car il me semble que le Radithor est bien le poison que vous me décrivez.
— Si vous pouviez voir mon frère, vous en seriez certain !
— Je plaide pour une législation sanitaire beaucoup plus stricte pour notre pays. Nous traitons tous les mois des affaires semblables à celle-ci. La procédure sera longue et difficile, et je ne vous cacherai pas qu'il sera peut-être impossible d'arriver à

une ordonnance satisfaisante contre Bailey sans le témoignage de votre frère. Je vous dis cela, car je n'ignore pas qu'il s'est affiché comme un authentique zélote des idées de Bailey, et j'espère ne pas vous choquer en employant le mot « zélote ». Le poids de son témoignage serait d'autant plus fort auprès de la commission qu'il a cru sincèrement au Radithor et qu'il l'a publiquement défendu.

— Comme je vous l'ai dit, je ferai au mieux pour le convaincre.

John Byers expliqua à Winn qu'il y avait également d'autres victimes du Radithor à Pittsburgh, mais qu'aucune n'avait vraiment conscience de son état à cause de l'incurie de la médecine :

— C'est là tout le souci pour poursuivre Bailey, la difficulté à établir l'empoisonnement au radium. Même si votre frère avait l'intime conviction d'avoir été empoisonné par le Radithor, si le témoignage de son médecin venait à le contredire, la commission ne pourrait pas grand-chose contre Bailey. Dans ce cas, il faudrait que votre frère accepte de passer un examen spécifique de détection du radium dans son corps. Je crois savoir que cela était possible, qu'il existe des méthodes, encore expérimentales mais reconnues par la science.

— Des preuves à l'appui des témoignages... Bien sûr, je comprends.

— La médecine n'est pas de notre côté, monsieur Byers. Hormis dans les hôpitaux les plus au fait du sujet, où l'on connaît le danger de la radioactivité mal employée, tous les médecins de ce pays ont étudié en apprenant que le radium était uniquement au service du progrès de leur science. Pour beaucoup, le radium ne peut pas être toxique. Il nous faudra un nombre de témoignages concordants et de preuves scientifiques conséquent pour faire chuter Bailey.

John Byers acquiesça. Il avait conscience du difficile travail de Winn et de l'examinateur Addison, et avant même cette entrevue, il s'était préparé à ce que l'enquête fût longue. Cela l'ennuyait, mais il était d'accord avec son interlocuteur. Il valait mieux une longue enquête, minutieuse et étayée, qu'une enquête trop pressée qui, par manque d'éléments, ne déboucherait pas sur les ordonnances restrictives qu'il souhaitait. Finalement, rassuré sur les compétences du jeune avocat après cet entretien, ce fut avec un sourire confiant et une franche poignée de main qu'il le laissa partir. Winn, en renfonçant son fédora sur sa tête, ajouta :

— Je pense que nous serons appelés à reprendre contact. Si votre frère est disposé à me rencontrer, n'hésitez à me le faire savoir. Voici ma carte. Je vais rester à Pittsburgh quelques jours pour essayer de m'entretenir avec d'autres malades. Si d'ici là, vous avez obtenu des résultats de votre côté, je loge à l'hôtel Schenley, chambre 12. Je n'ai plus l'adresse en tête…

— Je connais bien.

— Tant mieux. Alors, au revoir, monsieur Byers ! Au revoir, et nous restons en contact.

Après avoir refermé la porte de son bureau derrière Winn, John Byers alla contempler le panorama de Pittsburgh qu'il affectionnait tant. C'était un lavis de gris en cette saison. Le ciel bas et laiteux semblait se poser sur la ville baignée par la fumée des machineries, des cheminées des usines, des voitures et des foyers chauffés ; même les hommes et les chevaux expiraient dans l'air froid de l'hiver leur petit nuage de vapeur. Les formes perdaient leurs contours au milieu de cette brume, elles se confondaient entre elles et Byers songea qu'un peintre impressionniste aurait fait un chef-d'œuvre de cette vue qu'il ne pouvait fixer que dans sa mémoire. Il l'admira quelques minutes, puis il glissa sa main dans sa poche et tira une pastille de menthe d'un paquet de Wrigley's.

-XXIX-

Le traitement au Gamelan que suivit Byers resta sans effet, et son déclin s'accentua inexorablement au fil des mois. Les obsèques de Mary Hill furent l'occasion de l'une de ses rares sorties publiques. Poussé dans son fauteuil roulant, se posèrent sur lui les yeux effarés de personnes qui le connaissaient sans le reconnaître et qui l'identifiaient seulement car il allait aux côtés de son frère. Infirme, cachectique, étendant ses longues mains grêles qui s'accrochaient désespérément aux accoudoirs de son fauteuil, il paraissait d'autant plus pâle dans son costume noir de deuil. Dans l'assistance, les murmures qui s'échangeaient évoquaient sa mort prochaine. Son apparition suscita beaucoup de commentaires dans la bonne société pittsbourgeoise, et les plus sarcastiques se mirent à le surnommer « le mort-vivant ». S'il avait entendu ce surnom, Byers l'aurait approuvé avec résignation comme le constat d'une réalité qu'il ne pouvait plus occulter. Un jour, il croisa par accident son reflet dans la panse renflée d'une sucrière en argent. Il avait pris l'habitude de ne plus se regarder dans les miroirs. Le reflet était très imprécis, les détails incertains, mais il suffisait à lui montrer son délabrement. Les pleins avaient laissé place à des creux, les bosses à des arêtes, les arrondis à des angles, et la perte successive de ses dents commençait à lui racornir les lèvres vers l'intérieur de la mâchoire. D'un revers de la main, il envoya rouler la sucrière qui s'abattit avec un tel fracas sur le parquet qu'une domestique accourut, pensant que son maître avait fait une chute :

— Que l'on ôte de ma vue tout ce dans quoi je pourrais me voir ! lui ordonna-t-il.

Moyar avait annoncé à Byers un traitement de six mois, mais au cinquième mois, il avait déjà pris conscience de l'inefficacité du Gamelan. Par le biais de ses confrères, il savait que celui-ci n'avait pas eu plus de succès sur les autres cas de tuberculose osseuse identifiés à Pittsburgh. Jusqu'à la dernière extrémité, il tenta de rassurer son patient, lui garantissant que les effets bénéfiques du médicament finiraient par se manifester, mais Byers avait accepté l'idée que le Gamelan ne le sauverait pas. La mort de Mary Hill l'avait plongé dans un pessimisme contre lequel même ses calmants ne pouvaient rien. Quelquefois, il avait songé à imiter son amie et à se donner la mort tant qu'il le pouvait. Malgré la détestation qu'il éprouvait pour la créature loqueteuse qu'il était devenu, il n'avait encore jamais réussi à aller jusqu'au bout de ses intentions. Il ignorait ce qui le retenait, mais il lui était impossible de se suicider. Il avait imaginé la surdose de médicaments, une balle du pistolet qu'il cachait dans le tiroir de son bureau, la chute en fauteuil dans les escaliers de son manoir, il avait envisagé ces différentes solutions sans passer à l'acte. Même s'il l'avait oublié, il conservait au fond de lui une âme de sportif et de compétiteur, et sans avoir beaucoup d'illusions sur son avenir, il n'était pas disposé à abandonner si vite le combat contre la maladie. Aussi, le jour où Moyar décida de lui parler sincèrement et de reconnaître l'échec du Gamelan et du traitement aux rayons X, la réplique que lui adressa Byers l'étonna un peu :

— Il reste l'opération, c'est cela ?

—Eh bien..., non Eben, bredouilla Moyar, pris au dépourvu. Non, dans ton cas, il y a trop d'articulations touchées, ce serait trop complexe... Et je dois t'avouer que je ne suis plus certain que tu souffres de tuberculose osseuse.

— Tu me dis qu'il n'y a plus rien à faire ?

— Non... Non... Ce que je te dis, c'est que je ne sais pas. Ce n'est pas facile pour moi de te le dire, mais je ne sais pas. Si ta maladie n'est pas une tuberculose osseuse, alors... Je confesse mon impuissance et j'en suis désolé !

— Tu n'as pas à l'être. Tu as tenté...

— Je vais t'orienter vers un spécialiste, un hématologue...

— Non. Je dois me rendre à l'évidence, et tu le devrais aussi, Charles. Je ne souffre de rien de connu, ni moi ni ceux qui partagent mon sort... C'est le Radithor...

— Allons...

— Charles, tu as éliminé une à une toutes les hypothèses les plus plausibles, et maintenant, tu n'en as plus...

— Mais...

— Laisse-moi parler, tu sais que je m'épuise vite... Je ne te l'ai pas dit, mais j'ai consulté il y a quelque temps un médecin de New York. Il m'a parlé du radium et de ses effets... Il n'a eu aucun doute sur mon cas.

— Pourquoi ne m'avoir rien dit ?

— Tu es un ami, consulter un autre médecin aurait été comme une trahison... Puis, d'après lui, mon mal était incurable, alors, je ne risquais rien à te croire plutôt que lui. Maintenant, tu as tout tenté, tu n'as rien à te reprocher...

Moyar, ému, ne put retenir une larme en entendant ces mots.

Byers continua :

— Il est temps que je sache, Charles. Je vais partir pour Southampton. Ma santé me le permet encore. Je vais partir pour Southampton et je trouverai peut-être à New York quelqu'un qui pourra m'aider. Tu as fait ce que tu pouvais et tu es un véritable ami. Mais tu ne peux pas plus que ce que tu as déjà fait.

— Crois-moi, ce n'est pas le radium...

— Peut-être, mais je dois me soulager de ce doute. Ce doute m'oppresse, me poursuit et me fait mal. Je ne peux pas rester ainsi dans l'ignorance plus longtemps. C'est usant, moralement et physiquement. C'est usant de ne pas savoir. Ce sera peut-être plus terrible encore de savoir, mais il le faut. Sinon, je sens que je vais devenir fou avant même d'avoir rendu mon dernier souffle.

— Tu ne survivras peut-être pas à un voyage jusqu'à New York, répliqua Moyar, abattu par ce qu'il venait d'entendre, alors que Byers semblait, au contraire, étrangement apaisé.

— C'est pourquoi je dois partir au plus tôt, avant qu'il ne soit trop tard. Dès que j'aurai mis tout en ordre, je partirai...

Un silence funèbre troublé par une respiration sifflante succéda aux derniers mots de Byers. Il était évident, pour lui comme pour Moyar, qu'il ne reviendrait pas à Pittsburgh.

Ce mutisme lourd de sens entre les deux hommes dura plus d'une longue minute avant d'être rompu par Byers. Sans quitter des yeux une fenêtre devant laquelle s'agitaient les frondaisons d'un arbre dans le vent, il articula d'une voix chevrotante :

— Comment vont Rowena et George ?

— Très... Très bien, murmura Moyar. George devient un excellent golfeur.

— Tant mieux... Il fait froid, tu ne trouves pas ?

Au contraire, Moyar avait terriblement chaud, mais son état n'était pas celui de Byers. Allant dans son sens, il demanda au domestique qui attendait devant la porte d'attiser la cheminée :
— Je vais te rapprocher du feu ! ajouta Moyar en poussant le fauteuil roulant plus près du foyer. À ce moment, ses yeux tombèrent sur la photographie encadrée qui en occupait l'entablement. Une grande photographie prise après la finale du championnat de golf amateur des États-Unis de 1906 sur laquelle Eben Byers posait en champion aux côtés de George Lyon. Il connaissait ce cliché, Byers lui avait plus d'une fois parlé de cet épisode fastueux de sa carrière sur le parcours de golf d'Englewood, pourtant, en posant ses yeux sur lui, il ne put les en défaire immédiatement comme le veut un coup d'œil jeté à une chose commune. À cet instant, il prenait un sens plus profond. Son ami s'y trouvait souriant, fringant, presque arrogant de jeunesse et de beauté aux côtés du vieux Lyon, moustachu et buriné par les hivers canadiens. Byers avait souvent ri de ce contraste et moqué cette habitude qu'avait Lyon de glisser une main dans son veston à la manière de Napoléon. Quand Moyar arriva enfin à détourner les yeux de cette image idyllique du passé, il constata que Byers s'était endormi dans son fauteuil. Il esquissa un sourire empreint de tristesse, et aussi silencieusement que possible, il reprit sa veste, son chapeau, invita le domestique à ne pas relâcher sa surveillance et se retira, d'une humeur plus sombre et mélancolique que son patient.

-XXX-

Avant son départ, Byers tenait à mettre en ordre certains papiers et particulièrement à s'occuper de son testament. Il procéda à sa rédaction devant maître McCahill, son avocat depuis toujours, et son frère à qui il promettait de léguer l'entièreté de ses biens. C'était la logique de succession, mais Byers voulait que les choses fussent écrites, et il fit également procéder à un inventaire des biens du manoir de Ridge Avenue et à une estimation de leur valeur totale.

John Byers reçut avec étonnement la décision de son frère de s'installer à Southampton. Il comprit qu'elle faisait suite à un constat implacable : celui de l'inefficacité du traitement pour la tuberculose osseuse du docteur Moyar. Byers resta vague sur ses intentions, expliquant seulement qu'il s'y installait, car il était certain que l'air de l'océan apaiserait ses symptômes et lui rendrait peut-être un peu de la vie qui le fuyait :

— Et ton traitement au Gamelan, aux rayons X, il te suivra à New York ? demanda son frère en feignant l'ingénuité.

— Fritz, je sais que tu sais… Tu as toujours été beaucoup plus perspicace que moi, c'est pour ça que les affaires te conviennent mieux qu'à moi… Je suis un idiot ! Un idiot entêté…

— Le docteur Moyar a enfin admis ses erreurs ?

— Charles est un ami, il ne pouvait pas accepter l'idée de ne rien tenter pour moi. De toute façon, qu'ai-je perdu à l'écouter ? Si tu as raison, si ton docteur de Manhattan a raison, si je suis bien empoisonné au radium, je suis incurable ! Alors… Mais j'en aurai le cœur net. Je ne t'ai pas menti, je vais à Southampton car je suis certain que le climat et l'air seront meilleurs pour moi, mais

j'y vais aussi pour recevoir un diagnostic. Un diagnostic clinique et scientifique. Je veux savoir de quoi je souffre. Ici, à Pittsburgh, personne ne saura me le dire. À New York, il y a peut-être un espoir. Si le radium m'empoisonne, j'attends que l'on m'en donne la preuve, et s'il n'y a pas de traitement, j'accepterai mon sort comme la punition de mes erreurs.
— Celui qui devrait être puni, c'est Bailey…
— Ne parlons pas de ça, je te prie.
— Comme tu voudras, mais il faudra bien que nous en parlions un jour. La commission enquête et elle aura besoin de toi…
— Je t'ai déjà dit ce que j'en pensais…
— Ah ! Tu es bien un idiot entêté ! Moi qui ai dit à Winn que tu redeviendrais plus raisonnable sans la voix charmeuse de Moyar dans les oreilles… Mais ne crois pas que je cesserai de te tarauder lorsque tu seras à Southampton !

Byers ne répondit rien, et feignant un mal de tête, il parvint à mettre un terme à cet échange qui le dérangeait. Au fond, il n'avait jamais complètement rejeté l'idée qu'il devait son état au Radithor, et même, il en avait toujours été persuadé, sans pour autant l'accepter. Il était trop pénible pour lui d'admettre qu'il avait pris délibérément son propre poison mortel, et plus difficile encore de concevoir qu'il l'avait recommandé autour de lui, causant ainsi le décès de Mary Hill. Il avait emprunté tous les chemins possibles pour se détourner du plus sombre et angoissant, mais maintenant, il ne restait que celui-ci, et alors qu'il commençait seulement à s'y aventurer, ce que lui demandait son frère lui paraissait au-dessus de ses forces. Il culpabilisait trop de ce qu'il avait commis pour se livrer à la commission, à la presse, à la vindicte populaire, car c'était ce qu'il anticipait. Sa conscience le flagellait. Il endurait cette torture faite à lui-même comme une peine légitime, mais il n'était pas prêt à la supporter du monde entier. La honte, les regrets, une forme de lâcheté, sûrement, l'en empêchaient. Il voulait rester caché dans l'ombre, souffrir son martyre dans l'intimité, rester solitaire, lorsqu'il avait contribué, en société, à répandre la mort.

La veille de son départ, il demanda qu'on le promenât une dernière fois à travers les différentes pièces de son manoir. Celui-ci était devenu encore plus triste et morne depuis que Byers s'était séparé de la majorité de son personnel de maison. Une bonne partie avait été congédiée après le début de sa maladie, et maintenant qu'il voulait faire de Southampton sa résidence principale, il avait décidé de ne garder que deux domestiques pour entretenir la vaste demeure qui allait rester vide. Deux autres l'accompagneraient à Southampton et l'assisteraient durant le voyage qu'il ne pouvait accomplir qu'en fauteuil roulant. Conscient de la crise économique qui sévissait au-dehors, il avait donné à tous un généreux pécule. Son argent, il savait qu'il n'aurait plus le temps de l'épuiser tout entier, et en errant dans les pièces silencieuses du manoir, il songea qu'il n'avait déjà que trop gardé pour lui :

— C'est peut-être vrai Stanley…, marmonna-t-il à son majordome qui poussait son fauteuil.

— Quoi donc, monsieur ? demanda le domestique en se penchant au-dessus de lui pour mieux l'entendre.

— Que cette maison aurait davantage convenu à une grande famille.

— Il y a beaucoup de place, monsieur, répliqua le majordome, ne sachant trop quoi ajouter.

— Je ne parle pas de la place Stanley, je parle de la vie… Ces tableaux, ces statues, on a plein d'yeux dirigés sur soi, mais ils sont morts...

Stanley se contenta d'acquiescer, attribuant ces étranges remarques aux effets de la morphine que prenait son maître pour atténuer les douleurs quasi continuelles qui lui torturaient le dos, la mâchoire et les articulations. Il en eut la certitude, lorsqu'en filant dans un corridor du deuxième étage, Byers l'arrêta soudainement en lui disant :

— Des voix, des voix d'enfants, vous entendez, Stanley ?

— Je pense que c'est le vent, monsieur. Il siffle parfois comme des voix enfantines.

— Non Stanley, je sais ce que j'entends. Ils approchent !

Le domestique soupira et patienta jusqu'à ce que son maître prît conscience de sa méprise :

— Où sont-ils Stanley ? Ils ont disparu, je ne les entends plus ! Ils se cachent de moi ? Je leur fais peur... Je suis un monstre Stanley !

— Allons, monsieur, il n'y a que vous et moi à cet étage. Ce sont les médicaments qui vous font entendre des bruits imaginaires.

Byers fondit en larmes. Recroquevillé sur son fauteuil, il balbutia des mots inarticulés dont la moitié échappa à l'oreille aiguisée du domestique :

— Je suis infirme et je suis fou... Je devrais mourir, je devrais en finir... Je pourris, je pourris comme un cadavre... Je...

Stanley lui prit la main, la pressant légèrement pour attirer sur lui l'attention de Byers qu'il regarda droit dans les yeux. Stanley avait le regard lourd sous des sourcils broussailleux ; au coin des yeux s'étiraient les rides de l'homme éprouvé par l'adversité. En dévisageant son maître avec gravité, il le rasséréna et lui dit de sa voix rocailleuse et toujours immuablement calme :

— Vous sentez la chaleur de ma main, vous entendez ma voix ? Vous n'êtes pas fou, monsieur. Vous prenez des drogues. Vos hallucinations sont une bonne chose. Cela veut dire qu'elles agissent.
— À quoi bon si je dois mourir en fin de compte ?! Je ne guérirai pas, j'ai ce pressen...
— On doit tous mourir en fin de compte, mais il n'y a que Dieu qui en connaît la date. Pourquoi elle arrive à ce moment plutôt qu'à un autre, je ne sais pas, mais il y a sûrement une raison supérieure. Souciez-vous de ce qui vous reste de vie et laissez la mort à celui qui en est le seul maître.
Byers étira les lèvres, comme pour sourire, mais sans y parvenir. Cependant, il cessa de pleurer, et la détresse de son regard disparut pour laisser place à la langueur asthénique qui l'emplissait généralement. Il posa sa main sur l'épaule du majordome agenouillé près de lui, et d'une voix tremblotante, lui dit :
— Redescendons Stanley. Allons au jardin. J'ai envie de voir les roses avant de partir. Elles me rappelleront Mary-Lou. Tu te souviens de Mary-Lou ? Elle aimait beaucoup les roses.
Stanley acquiesça d'un hochement de tête suivi d'un « Bien, monsieur ». Tout en faisant faire demi-tour au fauteuil roulant, il se félicitait intérieurement de l'effet salutaire de ses paroles sur celui qu'il servait depuis de longues années et dont il voyait, avec une tristesse sincère, le dépérissement. En quinze ans, il avait appris à connaître l'homme entêté, dilettante et noceur, mais également l'homme aimable, gouailleur et bienveillant qu'il ne feignait pas d'être avec les gens qui l'entouraient. Stanley croyait en Dieu et à la sagesse de ses desseins, mais cette fois, il ne pouvait se défaire du sentiment qu'il commettait une injustice

en éprouvant d'un sort bien cruel une de ses ouailles qui pour ne pas être la meilleure, n'était pas la pire.

-XXXI-

En s'installant à Southampton, l'une des premières décisions de Byers fut de choisir deux infirmières pour s'occuper de lui à domicile, car sa santé nécessitait des soins de plus en plus constants et trop spécifiques pour que ses domestiques pussent les pratiquer convenablement. Chacune devait assurer une présence de douze heures pour un salaire de soixante dollars la semaine, un revenu très attractif dans une profession où cent vingt dollars par mois étaient un bon salaire. Comme l'annonce mentionnait que l'emploi, tous frais payés, se trouvait dans la très chic bourgade de Southampton, les candidatures ne tardèrent pas à affluer, et en définitive, Byers arrêta son choix sur Antoniette Ewers, qui vivait à Brooklyn, et Catherine T. Hollohan, de New York. La première avait exercé plusieurs années au Brooklyn State Hospital et la seconde avait servi dans les hôpitaux militaires, en France, durant la Grande Guerre, mais plus que leurs excellents états de service, Byers les retint pour des raisons qui seraient apparues futiles à tout autre. Il les voulait d'un certain âge pour ne pas infliger sa décrépitude à de jeunes yeux. C'était pour lui une question de dignité. Il refusait d'être contemplé dans ses infirmités par une jeune femme, et cette même raison l'amena à les choisir d'une beauté quelconque. Pour le suivi médical dont il avait besoin, il demanda à l'un de ses amis, le docteur Charles Manning qui exerçait à Long Island et qu'il consultait lors de ses séjours à Southampton. Manning était un vieux médecin, peu au fait des évolutions modernes de sa science, mais Byers n'attendait pas de lui qu'il le soignât.

Dès ses premiers jours à Southampton, il exigea de Manning qu'il lui trouvât un médecin de New York spécialiste en radiologie et capable de détecter du radium dans un corps humain. La requête étonna le brave docteur qui s'acquitta toutefois de sa mission et contacta plusieurs spécialistes. Cependant, aucun n'avait la technique ou le matériel pour procéder à cet examen rare. Certains, même, ne comprirent pas la demande ou la jugèrent impossible, indiquant que le radium se stockait dans les os et en des proportions beaucoup trop faibles pour mesurer depuis l'extérieur du corps un quelconque rayonnement. Byers, en désespoir de cause, s'apprêtait à contacter à nouveau le docteur Steiner, possibilité qu'il avait initialement repoussée, car il désirait un autre diagnostic. Mais le jour même où il entreprenait de lui écrire un courrier, un visiteur inattendu se présenta à Sandymount avec une boîte de chocolats dans les mains. Il s'agissait de William Bailey. Byers accueillit cette visite avec une froideur au moins équivalente à l'hospitalité chaleureuse qu'il lui avait réservée par le passé, et même, il pensa d'abord ne pas le recevoir du tout. Il estimait ne plus rien avoir à faire avec cet homme et considérait sa venue comme une provocation. Il se ravisa néanmoins, jugeant que c'était peut-être le moment approprié pour l'interroger, le confronter à ses mensonges et obtenir certaines vérités. Il le reçut donc, sans trop savoir à quoi s'attendre, mais avec l'espoir d'avoir des réponses sincères aux questions qui le turlupinaient. En le voyant dans son fauteuil, particulièrement faible et amaigri, Bailey manifesta une surprise et une compassion qui semblèrent authentiques à Byers :

— Eben, je... On m'avait dit que vous étiez malade, je ne pensais pas à ce point...

— Des chocolats ? Comme c'est aimable, même sans dent, je devrais pouvoir les manger..., répliqua Byers avec une ironie que ne releva pas Bailey.

— De quoi souffrez-vous ? N'avez-vous donc pas de médecin ?

Le ton de Bailey laissa penser à Byers que sa prévenance n'était pas feinte :

— Justement, monsieur Bailey...

— William, voyons, nous...

— Monsieur Bailey, je crois, est plus approprié compte tenu des circonstances...

— Je ne comprends pas ! Nous sommes amis, Eben, pourquoi ces froides formules ?

Byers l'invita à s'asseoir en lui annonçant qu'il avait à s'entretenir longuement avec lui et des questions sérieuses à lui poser. Bailey accepta, mais le ton grave de son interlocuteur fit surgir dans l'expression de son visage et dans la couleur de son teint, les signes d'une confusion qui grandissait en lui. Byers lui parla des aléas médicaux qu'il avait traversés, des diagnostics erronés qui s'étaient succédé en même temps que les traitements inutiles contre son mal inconnu. Il en arriva finalement au diagnostic du docteur Steiner : empoisonnement au radium. Bailey commença à comprendre où Byers voulait en venir, et mu par une indignation mêlée de déception, il répliqua aussitôt :

— Alors vous m'accueillez froidement Eben, car vous pensez que c'est le Radithor qui vous empoisonne ? Vous me croyez coupable de...

— Si votre Radithor m'empoisonne, je suis le seul coupable… Coupable de vous avoir écouté et recommandé…
— Je peux vous garantir que c'est faux ! Que ce Steiner se trompe ! Nous avons fait toutes les études appropriées, des scientifiques de renom ont jugé le Radithor inoffensif…
— Comme le docteur Charles Evans Morris…
— Oui, oui…
— Je sais tout, monsieur Bailey. Vos faux diplômes, les faux médecins qui ne sont que vos pseudonymes, vos escroqueries passées. Vous me mentez encore, alors que je suis à l'article de la mort.
Bailey fit une grimace et soupira avant de balbutier des mots incompréhensibles puis de se reprendre en beau parleur qu'il était :
— Je le reconnais, j'ai menti. J'ai fait des choses répréhensibles par le passé, oh, rien de très grave, de petites escroqueries. Mais que pouvais-je faire d'autre ? J'ai perdu mon père très jeune, nous étions neuf enfants, je voulais devenir médecin. Je suis entré à Harvard, mais je me suis endetté, et au bout d'un an et demi, je ne pouvais plus payer les frais d'inscription. J'ai quitté l'université avec une énorme dette et il fallait que je trouve un moyen de la rembourser. Pour ça, je n'ai trouvé aucun travail honnête. Un travail honnête qui paye bien un homme sans diplôme et sans le sou, il n'y en a pas ! J'ai donc commencé à commettre des escroqueries. C'est vrai, des erreurs de jeunesse. Après, je me suis racheté une conduite. Je ne pouvais pas exercer comme médecin, alors je me suis lancé dans les produits pharmaceutiques. J'ai beaucoup étudié par moi-même, suivi des conférences de spécialistes, j'ai compris qu'il y avait de l'avenir dans les médicaments radioactifs. Seulement, lorsque j'ai fondé

mon laboratoire, qu'est-ce que le monde aurait pensé de mon passé ? On me l'aurait continuellement reproché, on m'aurait traité de charlatan, alors que j'ai travaillé durement pour être légitime. Je me suis donc inventé un passé, des diplômes, et tout le monde m'a cru, car j'ai effectivement le même savoir qu'un vrai médecin avec son summa cum laude.

— Je peux comprendre, mais pourquoi avoir inventé de faux médecins pour défendre votre médicament si vous pouviez convaincre les vrais ?

Bailey poussa un rire sardonique :

— Pourquoi ? Des médecins, oh, de grands médecins étaient prêts à apposer leur nom à côté de mon Radithor. Mais il fallait que je leur donne de l'argent pour ça, beaucoup d'argent et même un pourcentage de mes ventes. Quand j'ai commencé, je gagnais trop peu d'argent pour leur graisser la patte. Alors, j'ai écrit mes propres livres et articles en les attribuant à de faux médecins. Ça a très bien fonctionné et personne ne s'est rendu compte de rien. J'ai gagné beaucoup d'argent grâce à mes livres, et ça a beaucoup aidé au développement de mes activités. Si j'ai fait tout ça, c'est pour le bienfait de l'humanité. Oui, je n'avais pas de diplôme, pas d'argent, mais devais-je me résigner à récurer le charbon au fond d'une mine ou à décharger des bateaux sur un quai crasseux, plutôt que de révolutionner la médecine ? Ce pays freine les grands esprits, il ne permet pas aux gens de rien, aux classes prolétaires, d'accomplir de grandes choses. Il faut tricher, mentir pour arriver aux desseins que Dieu a pour nous lorsqu'on n'a pas d'argent, pas de relations, lorsqu'on pas les petits bouts de papier que l'on obtient en versant dix-mille dollars aux bonnes œuvres d'une université. Vous êtes tout à l'opposé de moi, Eben, mais je suis sûr que vous me comprenez.

— Que je vous comprenne ou non, cela n'a plus d'importance, murmura Byers d'une voix lasse.

— Cela en a pour moi ! Je vous ai menti car je ne pouvais pas vous dire une vérité que je cachais aux autres. Si je vous ai dissimulé mon passé, c'est précisément pour que vous ne croyiez pas que je suis un escroc et le charlatan que présentent mes détracteurs. Si j'ai menti, c'est pour que nous n'ayons pas cette discussion gênante pour nous deux. Vous pensez que je vous ai empoisonné ? Que le radium est responsable de votre état ? Non, je suis sûr qu'au fond de vous, vous n'en croyez pas un mot !

— Je ne sais pas. J'ai longtemps refusé de le croire, car si c'est le cas, j'ai tué ma meilleure amie, ma seule véritable amie peut-être. Je peux refuser de le croire, mais la médecine n'a plus de réponse à m'apporter...

Byers manifestait des signes de fatigue évidents et sa tête dodelinait. Ses derniers mots s'échappèrent dans un souffle étouffé. Bailey se leva alors, et d'une manière un peu théâtrale, il dit :

— Et si un scientifique, un éminent scientifique de ce pays, était capable de vous dire si, oui ou non, vous avez été empoisonné au radium, accepteriez-vous qu'il procède à un examen ?

— S'il est celui que vous dites et qu'il existe, je suis prêt à l'accepter. En vérité, je cherche cet homme sans le trouver.

— Il est professeur à l'université de Columbia. C'est une éminence dans son domaine. Il emploie un protocole à la pointe du savoir moderne pour identifier des traces d'éléments radioactifs dans un corps humain vivant. Je prendrai contact avec lui au plus tôt, je vous l'enverrai et nous saurons. Je prends le pari que vous n'émettez pas plus de radiations que nous en

émettons naturellement et que votre état peut s'expliquer autrement. Je vous enverrai cet homme, mais je vous conseille, Eben, de trouver également un bon médecin, un médecin qui sache. Il est vrai que c'est une espèce qui se fait rare... C'est pour cela que Radithor est un cadeau fait au monde. Il pallie l'ignorance de tant de médecins... Peut-être devriez-vous continuer d'en prendre plutôt que de le traiter comme un poison.
— Envoyez-moi votre homme... Je me rendrai à son verdict et vous présenterai mes excuses si je vous ai accusé à tort.
— Soit ! Et je vous promets que je les accepterai. Serrons-nous la main et quittons-nous sans amertume, voulez-vous ? Je suis sincèrement désolé pour ce qui vous arrive, et je comprends tout à fait que cela vous agace et pèse sur vos nerfs. Je n'en suis pas blessé.
Byers accepta la main tendue de Bailey, qu'il serra aussi franchement que lui permettaient ses maigres forces. Après quoi, Bailey regagna son taxi qui devait l'emmener loin de Sandymount. En prenant place dans la voiture, il grimaça et tapa violemment du pied, attitude irritée que le chauffeur crut dirigée contre lui :
— Ce n'est pas à vous que je parle, idiot ! s'exclama Bailey, fâché. Roulez vers New York, je vous donnerai l'adresse plus tard !
Il savait qu'un problème était en train de germer, un problème sérieux alors qu'il faisait face à la procédure engagée contre lui par la Federal Trade Commission. Il avait tenté de se montrer rassurant avec Byers, mais il avait remarqué que les symptômes dont il souffrait étaient exactement les mêmes que ceux des « radiums girls » et d'autres consommateurs du Radithor. Il savait à quel point la parole de Byers, si elle se portait contre lui, pouvait avoir un effet dévastateur. Il se devait de désamorcer cette bombe menaçante avant de la voir exploser. Arrivé au bout

de ses réflexions, il donna au chauffeur de taxi l'adresse de l'United States Radium Corporation : 535, Pearl Street, à Manhattan.

-XXXII-

Quelques jours plus tard, Bailey revint à Sandymount accompagné d'un homme élégant, aux cheveux exagérément graissés, à lunettes rondes et nœud papillon, lui-même escorté par un jeune homme qui portait de petites valises, de même nature que celles qui servent communément à abriter du matériel scientifique fragile et coûteux. Quand son majordome lui annonça que trois hommes répondant aux noms de William Bailey, Frederic Flinn et Francis Thompson se présentaient à sa porte, Byers comprit de quoi il s'agissait et les fit entrer. En les voyant tous les trois devant lui, il se trouva partagé entre l'appréhension d'être enfin fixé sur son sort et la hâte de procéder au test qui le soulagerait de ses doutes :
— Eben, déclara Bailey, voici le professeur Frederic Flinn, de l'Institut de santé publique de l'université de Columbia, et son assistant, Francis G. Thompson. Le professeur Flinn est le scientifique dont je vous ai parlé. Il est disposé à vous examiner suivant les principes de sa science pour déterminer si le radium est responsable de votre état.
— Cela sera-t-il long, douloureux ? Je suis très fatigué et...
— N'ayez crainte monsieur Byers, répliqua Flinn d'une voix monocorde, c'est un examen qui n'exige rien d'autre de votre part que de vous allonger, dans ce sofa par exemple, et de retirer

votre chemise pour que l'instrument face la mesure la plus juste possible.

Byers acquiesça, mais incapable d'enlever lui-même ses habits, ce fut son infirmière qui les lui ôta pendant que Thompson préparait l'instrument de mesure, un électromètre gamma de type Wulf. Bailey aida l'infirmière à allonger Byers dans le sofa du salon, car il était tout aussi incapable de se déshabiller que de se coucher seul. Il n'avait presque plus de masse musculaire, et torse nu, chacun des os de sa poitrine, chacune de ses côtes se dessinait sous la peau blafarde qui les couvrait comme un linceul fin et collant :

— Dix subdivisions ! s'exclama Thompson.

— Bien, dix, répéta Flinn. Voyez-vous monsieur Byers, cet instrument que calibre mon assistant est un électromètre. Il sert à mesurer la radioactivité. Il existe une radioactivité naturelle propre à chaque lieu. Elle varie en fonction de l'air, du sol, des matériaux qui nous environnent. Pour avoir une mesure précise, il est donc important de connaître la radioactivité naturelle de cette pièce. L'aiguille de l'électromètre indique dix. C'est une mesure normale. Maintenant, nous allons approcher l'appareil assez près de vous pour voir l'évolution de la mesure. Il est vraisemblable qu'elle augmentera, car le corps humain produit naturellement de la radioactivité. Aussi, je préfère vous prévenir, il ne faudra pas tirer de conclusion hâtive d'une légère augmentation.

Byers opina du chef, tandis que Thompson, sous le contrôle de Flinn et le regard attentif de Bailey, disposait l'électromètre :

— Mettez-le à dix-huit pouces de sa poitrine et à neuf pouces du niveau du sofa, expliqua Flinn à son assistant. Ainsi, nous aurons une mesure assez fiable.

— Cela sera long ? demanda l'infirmière en assistant, perplexe, au manège qui se jouait.
— Idéalement, mademoiselle, il nous faut au moins une heure, déclara Flinn. C'est ainsi que nous obtiendrons la mesure la plus exacte.
— Une heure, à moitié nu, il va attraper froid, répliqua l'infirmière, inquiète.
Flinn regarda le malade, réfléchit quelques instants et répondit :
— Soit, vous pouvez le couvrir d'un drap fin, mais pas davantage, sinon notre mesure sera faussée.
L'infirmière remonta aussitôt le drap de lit jusqu'au cou de Byers :
— Cela vous protégera au moins des courants d'air, lui murmura-t-elle.
— Bien, maintenant nous devons nous tenir assez loin de l'appareil pour limiter les perturbations, reprit Flinn. Il faut compter environ une heure pour obtenir un résultat satisfaisant. Si vous avez sommeil, vous pouvez dormir monsieur Byers, en revanche, évitez de bouger.
L'heure s'écoula lentement, silencieusement, et tandis que Thompson bâillait à intervalle régulier en contemplant la plage et l'océan par la grande baie vitrée du salon, l'infirmière soupirait en croisant et décroisant les bras, impatiente que l'expérience prît fin pour pouvoir rhabiller son patient alors qu'il lui semblait que la pièce refroidissait de minute en minute. Bailey voulut allumer une cigarette pour tuer le temps, mais le regard courroucé de l'infirmière l'invita à aller fumer à l'extérieur. Seul Flinn restait immobile et concentré, observant son électromètre et son sujet du jour. Il détournait rarement le regard et uniquement pour jeter un œil à sa montre à gousset

dont le claquement métallique du clapet brisait le silence religieux qui régnait dans la pièce. À chaque fois qu'il lisait l'heure, il faisait le décompte du temps écoulé à haute voix, et lorsqu'il acta la fin de l'examen, ce fut comme s'il réveillait un monde endormi. Il s'approcha de l'électromètre :
— Com... combien ? demanda Byers à moitié assoupi.
— Quatorze, quatorze subdivisions...
— Est-ce beaucoup ?
— C'est une augmentation légèrement supérieure à la moyenne d'un être humain de constitution normale, ce qui est logique. Vous êtes très maigre, aussi, la radioactivité naturelle de votre corps est moins contenue par les tissus musculaires ou adipeux et rayonne davantage. Cependant, je peux vous assurer que quatorze n'a rien de dangereux pour un être vivant. Il existe de nombreux endroits sur cette planète où la radioactivité naturelle est de dix-huit ou vingt et n'empêche pas les hommes d'y vivre en parfaite santé. Ma conclusion est que les substances radioactives que vous avez consommées en prenant du Radithor ne peuvent pas expliquer votre état de santé.
— Comment... Comment est-ce possible, le Radithor aurait dû me rendre radioactif..., balbutia Byers en articulant difficilement.
— Vous avez cessé de consommer du Radithor depuis plusieurs mois déjà ; or, la radioactivité s'évacue naturellement par les excréments, les fluides, comme la transpiration, et dans le souffle. Sans doute avez-vous été dans le passé beaucoup plus radioactif que vous ne l'êtes aujourd'hui, à une époque où vous étiez également en bien meilleure santé.
— Alors, je ne suis pas empoisonné...
— Tout du moins, pas au Radithor.
— Pourquoi suis-je malade ?

— Malheureusement, monsieur Byers, je n'ai pas les compétences médicales pour vous répondre. Je peux vous dire ce que vous n'avez pas, mais pas ce que vous avez.
— Personne ne sait…
— Je vais chercher des médecins compétents Eben, intervint Bailey. S'il y en a un seul dans ce pays, je le trouverai pour vous.
— William, murmura Byers en lui attrapant le bras, je… je voudrais m'excuser…
— Non, il n'y a rien à excuser…
— Je peux le rhabiller maintenant ?! s'exclama l'infirmière en faisant reculer l'attroupement soudainement formé autour de son patient.

Flinn expliqua qu'il avait terminé, qu'elle pouvait le rhabiller et fit signe à Thompson de ranger les instruments. Moins d'une dizaine de minutes plus tard, le salon était vide et Byers avait retrouvé son fauteuil roulant. À sa demande, l'infirmière l'installa face à la baie vitrée à travers laquelle il avait pris l'habitude d'admirer le paysage, laissant vagabonder son attention sur les vagues houleuses de l'océan, l'étendue de sable blanc piquetée des coquilles nacrées des huîtres et des moules, le vol gracieux d'une mouette ou la voile immaculée d'un sloop agile qui donnait l'impression de danser sur les flots instables. Cette fois-ci, il ne voyait rien de tout cela, parce qu'il se trouvait égaré dans ses pensées. Au fond de lui, il avait souhaité que le radium fût étranger à son état, et dans un même temps, il avait caressé l'espoir d'en finir avec l'énigme de sa maladie. Il sortait de son examen avec un sentiment contrasté et ne savait plus ni quoi penser ni vers qui se tourner. Il se sentait seul, seul et démuni face à une mort qui lui apparaissait de plus en plus inéluctable au fil des échecs successifs de la médecine. Elle était incapable de percer le mystère de sa décrépitude physique et psychique et il ignorait si ses forces lui laisseraient le temps de savoir, et peut-être, d'obtenir un remède approprié. Il confia son désarroi à son infirmière au moment où celle-ci posait sur ses épaules une écharpe de laine pour qu'il eût plus chaud. En retour, Catherine Hollohan lui exprima ses doutes quant à l'examen auquel elle avait assisté. Byers lui en demanda la raison, elle répondit :

— Quand j'étais en France, durant la guerre, j'ai vu des soldats manger des champignons. Le lendemain, ils sont tombés malades. Ils ont été saisis de vomissements et il a fallu les traiter pour des troubles gastro-intestinaux. Après une nuit, ils allaient mieux. En apparence, ils étaient presque en parfaite santé, pourtant, ils sont tous morts dans les jours qui ont suivi, l'un après l'autre, sans que l'on puisse rien faire pour eux.

— Pourquoi, s'ils allaient mieux ?

— Les troubles gastro-intestinaux ont disparu aussitôt que les champignons ont été évacués de leurs estomacs et de leurs intestins. Mais les toxines s'étaient diffusées dans leurs corps, des toxines mortelles qui ont progressivement empoisonné leurs organes.

— Que dois-je en penser ? demanda Byers, trop faible pour comprendre la parabole de l'infirmière.

— Votre professeur a cherché de la radioactivité dans votre corps. Il ne l'a pas trouvé et a dit qu'elle avait disparu. Mais qui sait ce qu'elle y a laissé ? Ce n'est pas parce qu'il n'y a plus de champignons dans l'estomac d'un mort que les champignons ne l'ont pas tué, rappelez-vous.

Byers, épuisé, courba la tête et cacha ses yeux dans sa main droite comme pour s'enfermer dans un entretien muet avec lui-même. Catherine Hollohan jugea bon de le laisser tranquille, ayant conscience que ce n'était pas le moment opportun pour l'ennuyer davantage. Elle regrettait déjà de l'avoir troublé plus que de raison avec ses raisonnements personnels qui venaient remettre en cause la méthodologie d'un éminent professeur d'université. S'écartant du fauteuil, elle se dirigea vers une chaise près de la cheminée. Un exemplaire de *The Man the Women Loved* de Ruby M. Ayres reposé sur l'assise. Elle le prit avant de s'installer et l'ouvrit à une page marquée par un pli à son angle supérieur droit. Elle retira ses lunettes, les laissant pendre à la cordelette autour de son cou, et se plongea dans la lecture du livre tout en gardant un œil sur la pendule qui trônait sur le rebord de la cheminée pour s'assurer de ne pas manquer l'heure de la prochaine injection de morphine qu'elle devait administrer à son patient.

-XXXIII-

Informé par son frère du résultat négatif de l'examen du professeur Flinn, John Byers reçut la nouvelle avec perplexité. Lorsqu'il avait su qu'un spécialiste de l'université de Columbia allait rechercher de la radioactivité dans le corps de son frère, il avait pris le pari qu'il en trouverait en des quantités mortelles. Il en était tellement certain qu'il jugea bon de reprendre contact avec Elmer Ferry, le détective privé dont il avait déjà apprécié le travail, pour mener une enquête au sujet de ce professeur Flinn. Ses propres investigations l'avaient amené au constat qu'il était en effet un véritable scientifique, qu'il exerçait bien au département d'hygiène publique de l'université de Columbia et qu'il avait une spécialité en radio-toxicologie. Malgré tout, son instinct lui disait que quelque chose n'allait pas, que toutes ces références auraient dû le conduire à tirer des résultats complètement différents de ceux qu'il avait obtenus en examinant son frère.

Elmer Ferry entreprit donc d'approfondir les recherches de son client, et ce qu'il découvrit poussa John Byers à rendre visite à son frère, à Sandymount. Il ne l'avait pas vu depuis près d'un mois, et en le retrouvant dans sa chambre qu'il ne quittait presque plus, il constata avec stupeur qu'il avait encore maigri. Il ne l'avait pas cru possible. Affaissé sur son fauteuil, Byers ressemblait à un vieillard grabataire et édenté. Sa tête, aux allures de crâne couvert d'un buisson de cheveux épars et desséchés, dodelinait au sommet d'un cou aussi étroit que le piquet d'un épouvantail. Tout en essayant de se remettre de ce douloureux effet de surprise, John Byers présenta à son frère l'homme qui l'accompagnait, un certain Harrison S. Martland :

— Il est médecin légiste du comté d'Essex, précisa-t-il.

— Un médecin légiste ?! s'exclama Byers avant d'être saisi immédiatement après d'une quinte de toux sèche.

— Il va procéder sur toi à une recherche de radium, indiqua John Byers qui s'attendait à la réaction outrée de son frère.

— C'est déjà fait…

— Tu crois ? Je dois te dire que lorsque j'ai reçu ton message, voici un mois, j'ai été très déçu par son contenu. J'ai été si déçu que j'ai mené ma petite enquête à propos du professeur Flinn. Certes, contrairement à Bailey, il a les références qu'il prétend avoir, seulement, ce qu'il n'a pas dû te dire, c'est qu'il a des accointances avec l'United States Radium

Corporation. Il était l'un des spécialistes chargés d'examiner les employées malades de l'USRC, et il n'a jamais découvert chez elles aucune trace de radium. À cause de ses conclusions, les poursuites judiciaires contre l'USRC ont été repoussées de plusieurs années. Entretemps, beaucoup d'ouvrières sont mortes ou ont été contaminées à leur tour faute de mesures de sécurité, et il a fallu les efforts d'autres spécialistes pour casser les résultats du professeur Flinn qui a plaidé la bonne foi sans en subir aucune conséquence. Parmi ces spécialistes, il y avait le docteur Steiner que tu as déjà rencontré, et le docteur Martland qui m'a été chaleureusement recommandé par le docteur Steiner. D'après lui, la méthode du professeur Flinn est erronée et ne sert qu'à conforter les résultats négatifs attendus par l'USRC, en revanche, le docteur Martland a mis au point une technique bien plus fiable de détection de la radioactivité. Lorsque je lui ai demandé de t'examiner suivant cette méthode, il a aimablement accepté, et nous voilà.
— Vous examinez les morts, pas les vivants..., marmonna Byers à l'adresse du docteur Martland.
— C'est vrai monsieur Byers, répliqua ce dernier. Depuis cinq ans maintenant, j'emploie mes compétences de pathologiste à l'examen des morts. C'est comme cela que j'ai été amené à pratiquer l'autopsie de jeunes femmes de mon comté, mortes dans des conditions suspectes. Je me suis heurté à beaucoup de murs avant de parvenir à me faire entendre, mais mon travail a permis de mettre en évidence que ces femmes n'étaient pas décédées d'un empoisonnement à l'arsenic, de la syphilis ou de la tuberculose osseuse contrairement à ce qui se disait, mais bien d'une contamination sévère au radium qui avait appauvri leur sang, réduit leurs os en poussière et provoqué des tumeurs dans leurs

organes. Je me suis interrogé. Comment un empoisonnement à un degré si avancé et si complet avait pu échapper à tous les examens que ces femmes avaient passés de leur vivant à la demande de l'USRC. Elles avaient toutes été examinées par trois médecins, dont un radio-toxicologue, le professeur Flinn, et aucun n'avait détecté la moindre trace inhabituelle de radium dans leurs corps. J'en ai déduit que la méthodologie pour rechercher le radium chez un être humain vivant était défaillante et j'ai commencé à travailler à la mise au point d'une technique plus fiable pour identifier la radioactivité. Je l'ai déjà testée sur plusieurs ouvrières malades de l'USRC, et les résultats que j'ai obtenus leur ont permis de toucher les indemnités auxquelles elles avaient droit. J'ai autopsié plusieurs d'entre elles après leur mort, et l'examen de leurs os et de leurs organes a confirmé à chaque fois le diagnostic que j'avais posé de leur vivant.
— En quoi votre technique est-elle meilleure ?
— Eh bien, le professeur Flinn fait une recherche externe de la radioactivité. Cela est possible pour un certain type de rayons ionisants, mais pas pour la plus grande partie des rayons émis par le radium. En étudiant les travaux consacrés au sujet, j'ai appris que le radium générait une faible proportion de rayons gamma pénétrants, ceux que l'on peut mesurer depuis l'extérieur du corps car ils passent à travers les organes. Le problème si l'on dispose l'électromètre à la surface de la peau, c'est que l'on ne peut pas mesurer le rayonnement alpha, celui que le radium produit essentiellement, pour la bonne raison qu'il est très peu pénétrant. Il reste prisonnier des organes qui le contiennent. Aussi, en faisant ses mesures, le professeur Flinn n'a pas pu détecter de fluctuation notable avec son appareil, hormis peut-être un léger rayonnement gamma. Le seul moyen

d'obtenir des chiffres plus exacts, lesquels seront toutefois toujours en deçà des chiffres véritables, est de chercher des traces radioactives dans l'air expiré par le patient. Le radium, une fois dans le corps, subit une dégradation constante qui amène à la formation d'un gaz radioactif, le radon. Celui-ci est transporté par le sang vers les poumons d'où il s'échappe au moment de la respiration. J'ai mis au point une technique permettant de capter ces émanations radioactives dans l'air expiré. Voulez-vous que je vous montre ?

Byers regarda son frère qui l'invita, silencieusement mais par des gestes explicites, à accepter la proposition de Martland :

— Oui, répondit-il simplement.

Martland commença alors à installer son matériel tout en expliquant à Byers ce que contenaient les petites bouteilles qu'il déployait, en sus de l'électromètre Wulf, semblable à celui qu'avait employé Flinn :

— Votre contribution est très simple monsieur Byers. Il vous faut respirer par la bouche à travers ce tube en caoutchouc. L'air circulera ainsi à travers ces bouteilles dont le contenu ne doit pas vous effrayer. Chlorure de calcium, acide sulfurique, laine de verre, le but est de capter l'humidité de l'air pour obtenir les résultats les plus fins possibles dans la chambre d'ionisation. Avec ce procédé, je pourrai avoir une mesure au millième microcurie près. Le test durera dix minutes, car c'est dans les dix premières minutes du test que les résultats sont le plus signifiants. Il vous faudra souffler assez fort, ce qui pourrait être épuisant dans votre état, mais plus vous soufflerez fort, plus la mesure de l'appareil sera concordante avec la proportion de radium dans votre corps. Êtes-vous prêt ?

Byers acquiesça, et son infirmière, quoique peu rassurée quant à l'effet de l'examen sur son patient, avança son fauteuil roulant jusqu'à l'appareil sans faire aucune remarque :

— Voilà, maintenant, soufflez par ce tuyau. Faites au mieux et je vous dirai quand il conviendra d'arrêter.

Byers appliqua ses lèvres à l'embouchure du tuyau et s'employa à souffler à l'intérieur aussi fort qu'il le pouvait, mais après trois respirations de la sorte, une toux violente l'empêcha de poursuivre et il manqua de défaillir :

— Il ne peut pas continuer, c'est trop dangereux, c'est trop d'efforts ! s'exclama l'infirmière, scandalisée.

— En ce cas, respirez normalement, monsieur Byers, même avec moins de précision, nous tirerons peut-être des résultats concluants. Acceptez-vous de reprendre ?

— Vous ne devriez pas, monsieur, intervint l'infirmière.

— Je vais respirer normalement et tout ira bien, murmura Byers sur un ton qui se voulait rassurant alors qu'un sifflement caverneux s'échappait de sa poitrine.

Il reprit le test qui, cette fois, alla à son terme sans incident. Néanmoins, en le terminant, Byers se trouvait dans un état de fatigue si prononcé que son infirmière jugea bon de l'allonger dans son lit. John Byers lui apporta son aide. De son côté, Martland procédait au relevé des résultats du test et sa conclusion fut sans appel :

— 33,5.

— C'est beaucoup ? demanda John Byers qui ignorait le sens de ce chiffre.

— C'est beaucoup trop, répliqua Martland. Beaucoup trop, et votre frère n'a expiré qu'une faible quantité d'air. En sachant que l'air expiré ne contient qu'une infime partie de la radioactivité présente dans son organisme, votre frère est contaminé au

radium en des proportions considérables. Ce sont des chiffres que j'ai très rarement observés, même chez les ouvrières de l'USRC.
— C'est le radium… qui me tue ? C'est vrai ? Vous dites vrai ? murmura Eben Byers depuis sa couche.
— C'est la science qui le dit, monsieur Byers, répliqua Martland. Votre organisme est hautement radioactif. Pour être très honnête, je n'aurais jamais imaginé relever de telles mesures chez un homme encore en vie.
— Je ne le suis pas vraiment…
— Eben, ne dis pas cela ! s'exclama John Byers, effrayé par les propos de son frère.
— Je vais mourir de toute façon…
— Eben, tu es toujours en vie, c'est le plus important, il y a de l'espoir.
— Certaines ouvrières de l'USRC survivent avec des quantités de radium très élevées dans l'organisme, précisa Martland. Il faut comprendre que la radioactivité n'est pas un poison ordinaire. Ses effets ne sont jamais tout à fait les mêmes d'un malade à l'autre. Les complications développées se ressemblent, il s'agit de nécroses, de cancers, d'anémies, mais la gravité de l'atteinte dépend beaucoup de la localisation des dépôts de radium dans le corps. Tant que les organes vitaux ne se situent pas dans une zone à fort rayonnement, une survie de quelques années peut être envisagée.
— Dans mon état…, quelques années… Est-ce souhaitable ? bégaya Byers.
— Je…
John Byers coupa Martland pour l'empêcher de répondre sincèrement à la remarque de son frère :

— Eben, tu vis, et si tu songes à t'abandonner à la mort, pense à tous ceux que tu peux sauver en témoignant pour la Federal Trade Commission. Avec les résultats de cet examen et ton témoignage, la fin de Bailey ne serait plus qu'une question de jours ou de semaines. Maintenant tu en as la confirmation, Bailey t'a empoisonné...
— Non, non ! cria Byers en tentant de se défendre comme si un monstre hideux était penché au-dessus de lui à la place de son frère.
— Eben, tu le dois, tu le dois pour toutes les autres victimes...
— Monsieur, écartez-vous ! s'exclama l'infirmière qui essaya, sans succès, de faire reculer John Byers. À la place, ce fut lui qui la repoussa, refusant de partir avant d'avoir obtenu de son frère la décision qu'il attendait :
— Comment peux-tu accepter ce qui t'arrive en laissant ton meurtrier nuire à d'autres innocents ? Tu veux échapper aux quolibets, à la rumeur, que sais-je encore, alors que ton silence fera de toi le complice pour l'éternité d'un charlatan et d'un assassin, car oui, je peux te l'assurer Eben, avec ou sans toi, le jour viendra où Bailey tombera et payera pour ses crimes, et ce jour-là, tout le monde pensera : « Et si Ebenezer Byers avait parlé ? ». On dira que tu as contribué à le protéger à cause de ton silence, que tu as contribué, par ton silence, à la mort de centaines, peut-être de milliers de gens, tout ça pour préserver ta dignité mal placée !
— Je crois que votre frère n'est pas en état de vous répondre avec clairvoyance, fit remarquer Martland qui avait constaté la crise délirante d'Eben Byers. Ce dernier tenait des propos incohérents et souffrait de visions hallucinatoires qui l'amenaient à faire de grands gestes décousus que son infirmière s'apprêtait à apaiser

en préparant un barbiturique. Martland la dissuada cependant de l'employer compte tenu de son état de santé et d'excitation :
— C'est une crise médicamenteuse passagère, expliqua-t-il avec calme. Il va bien, il faut juste s'assurer qu'il ne se blesse pas. Regardez, ses gestes sont déjà moins violents. La fatigue conjuguée à la prise de médicaments et l'angoisse liée à l'annonce que je lui ai faite ont probablement déclenché cette crise. Nous devrions partir, monsieur Byers. Votre frère vous donnera certainement une réponse, mais pour le moment, insister ne pourrait que lui nuire.
John Byers soupira d'agacement, mais sous le regard sévère de l'infirmière qui le tenait pour responsable de la crise de son patient, il se rendit à l'argument du médecin. Il quitta la chambre en saluant son frère qui, en retour, n'eut aucune réaction sensée. Se sentant coupable après son coup de sang, John Byers se retira en baissant la tête pour cacher le chagrin qui marquait son visage. Tandis que Stanley le raccompagnait ainsi que Martland à la porte d'entrée, ce dernier tenta de le réconforter :
— Ne vous affligez pas. Votre emportement est bien compréhensible. Il n'est pas facile de voir son frère dans cet état et je comprends que vous vouliez la tête de Bailey. Laissez-le réfléchir à ce que je lui ai dit, et sans doute se rendra-t-il à vos arguments lorsqu'il sera assez reposé pour cela.
— Combien de temps lui reste-t-il selon vous, docteur ?
— Ce que j'ai dit à propos de sa longévité exceptionnelle n'était pas un mensonge, monsieur Byers. Vivre aussi longtemps en subissant un tel niveau de rayonnement ionisant est déjà miraculeux, alors, ne comptait pas sur moi pour avancer une échéance. Je me tromperais sûrement.
— Si vous l'aviez vu il y a un mois... Ça s'accélère... Je crains que

ce soit pour bientôt, et même si je me suis préparé à cela...
— Sa vie ne tient qu'à un fil, c'est vrai, mais tant que celui-ci n'aura pas rompu... Peut-être devriez-vous rester près de lui quelque temps ?
— J'aimerais que les affaires me le permettent... Les temps sont difficiles, je dois sauver ce qui peut l'être. Je vais perdre mon frère, c'est déjà beaucoup.
— C'est trop, monsieur Byers, beaucoup trop, conclut Martland, songeur.
Sans qu'il sût pourquoi, il lui revint en mémoire des instantanés de ses années de guerre, lorsque jeune médecin, il dirigeait un hôpital militaire à Vichy. La mélancolie et la tristesse de Byers le contaminaient insensiblement, et ce fut ensemble, mais reclus chacun dans leurs pensées, qu'ils prirent place dans la Cadillac qui devait les ramener à New York.

-XXXIV-

L'évolution de l'état d'Eben Byers dans les semaines et les mois qui suivirent cette entrevue donna raison aux mauvais pressentiments de son frère. Moins de deux semaines après la visite du docteur Martland, des plaques bleues commencèrent à s'étendre aléatoirement sous sa peau. Elles avaient l'aspect d'ecchymoses, mais n'étaient pas douloureuses au toucher. Le docteur Manning les examina et détermina que la cause en était l'anémie aplastique. Il s'agissait d'hémorragies sous-cutanées liées à l'éclatement de petits vaisseaux sanguins étiolés. Le docteur Manning estima qu'il n'y avait rien à faire, mais que

c'était sans gravité tant que les gros vaisseaux résistaient :
— Ce n'est qu'une question de temps..., lui répondit Byers, résigné au sort qui l'attendait.
— Vous devriez consulter un spécialiste, ce que je ne suis pas, reconnut Manning.
— Plus besoin… Je n'ai plus de doute à présent, je sais quel est mon poison…

Manning haussa les épaules, ne prêtant pas attention à la remarque de son patient qu'il mettait sur le compte de la morphine ; il n'avait pas encore été informé de la visite du docteur Martland.

Bailey ignorait également que Byers avait été examiné par un autre spécialiste que le professeur Flinn, et ce fut avec l'assurance d'être bien reçu qu'il s'invita à Sandymount pour prendre des nouvelles de son « vieil ami » ainsi qu'il aimait le répéter. Stanley n'osa le laisser à la porte, bien que le rôle de Bailey dans l'empoisonnement du maître de maison fût désormais connu de tout le personnel, en revanche, l'infirmière de garde, Catherine Hollohan, lui refusa catégoriquement l'entrée de la chambre :

— À quel titre, madame ?! s'emporta Bailey. Eben est un vieil ami, je veux de ses nouvelles et je les aurai ! Écartez-vous, il me dérangerait de violenter une femme !

— Vous voulez de ses nouvelles, monsieur Bailey ? Alors, sachez que votre « vieil ami » a consulté un autre spécialiste après le vôtre, et que ce spécialiste lui a diagnostiqué un empoisonnement sévère au radium. Il en a déduit que ce radium venait de vos médicaments radioactifs. John Byers, son frère que vous connaissez peut-être, lui a également dit que votre spécialiste qui n'a rien trouvé d'alarmant a déjà travaillé pour vous par le passé. Mon patient est très affaibli, et vous comprendrez qu'en sachant cela, s'il vous voyait à son chevet, l'émotion qu'il en éprouverait risquerait de lui être fatale, et qu'à ce titre, je ne peux vous permettre de le voir !

La colère de Bailey laissa place à la stupéfaction en entendant cette tirade à laquelle il n'était pas préparé. Il tenta de bégayer une réponse, mais aucun mot ne s'échappa de sa bouche, et finalement il disparut d'un pas pressé qui trahissait toute sa fureur et sa nervosité. Bailey savait que l'étau de la Federal Trade Commission se resserrait sur lui, et découvrir que son mensonge était éventé lui mettait un peu plus la corde au cou.

Peu de temps après sa confrontation avec Catherine Hollohan, il fut convoqué à Washington pour un entretien avec l'examinateur de la commission, John W. Addison. En présence de son avocat, il exposa des arguments pour plaider sa cause, indiquant que de nombreux médecins des États-Unis faisaient confiance à son Radithor et le prescrivaient à leurs patients sans avoir de retours négatifs de leur part. Il présenta les résultats de plusieurs études scientifiques prouvant les bienfaits du radium dans le traitement de multiples maladies et réaffirma que l'American Medical Association avait mis le radium sur sa liste des remèdes internes reconnus. Se sentant acculé et persécuté, Bailey alla jusqu'à expliquer à l'examinateur qu'il déposerait un mémoire pour se défendre des accusations portées contre lui par la commission, ce qui amena l'examinateur Addison à lui rappeler qu'il instruisait l'affaire à charge et à décharge, qu'il ne portait aucune accusation et n'avait même aucun pouvoir décisionnaire. Il accepta cependant qu'il déposât son mémoire pour plaider sa cause auprès de la commission.

Bailey craignait d'autant plus le témoignage de Byers qu'il le jugeait imminent maintenant que ses malversations avaient été dévoilées, mais malgré les tentatives répétées de son frère pour le convaincre et en dépit des mensonges de Bailey, Eben Byers continua de refuser toute exposition dans cette affaire. Las de la manière dont son frère le pressait, il finit même par ne plus répondre à ses sollicitations écrites, et comme John Byers avait des problématiques trop accaparantes pour venir le visiter à Sandymount, les choses en restèrent là jusqu'à la fin de l'année 1930.

Eben Byers n'avait jamais vécu la mauvaise saison à Southampton. En hiver, il n'y avait presque plus personne dans la ville, car Long Island devenait un territoire morne et inhospitalier. Le bruit des fêtes cessait et les noceurs regagnaient leurs pénates tandis que les jours raccourcissaient et que le vent de l'océan fraîchissait, apportant avec lui le blizzard et la neige. C'était un spectacle étrange que de voir le ciel laiteux se confondre avec son reflet dans l'océan et la langue de terre qui le bordait recouverte d'une fine couche neigeuse immaculée. En contemplant ce paysage uniforme, Byers avait l'impression de se trouver devant les portes du Paradis, mais quand il tendait la main vers elles, le verre glacial de la fenêtre lui rappelait que le jour n'était pas encore venu. Ce fut à l'une de ces occasions qu'il se blessa au poignet. En posant un peu vivement sa paume sur la vitre, il entendit un craquement auquel succéda une douleur aiguë. Son infirmière fit quérir aussitôt le médecin qui diagnostiqua une fracture. Manning prescrivit à Byers un examen radiographique complet pour connaître l'état de ses os, et après l'obtention des résultats, il n'en cacha pas la gravité à son patient. Tout son squelette, en particulier les os de son crâne, souffrait d'atteintes sérieuses, semblables à celles d'une ostéoporose sévère. Il avoua cependant ne jamais avoir rien vu de tel au cours de sa carrière de médecin, même dans les cas les plus graves d'ostéoporose :

— Votre squelette, Ebenezer, est comme corrodé. Les os longs et épais sont encore résistants, mais les os plus petits ou trop fins, notamment ceux des extrémités, des articulations ou de votre visage sont déjà atteints à un tel degré qu'ils risquent la fracture à la moindre pression. Le plus problématique reste que vos os sont dans un tel état qu'une fois brisés, ils ne se ressouderont pas.

Manning confessa à Byers que son cas dépassait ses compétences et il insista pour qu'il consultât un spécialiste, ce que Byers refusa. Il savait qu'il n'y avait rien à faire. Manning informa les infirmières de limiter au strict nécessaire les mouvements et les manipulations de leur patient, et dès lors, Byers garda le lit l'essentiel du temps.

Il avait d'abord eu du mal à accepter la présence continuelle des infirmières près de lui. Il les avait choisies assez âgées et pas trop belles, et pourtant, il n'aimait pas leurs yeux posés sur lui. Il ne voulait pas être vu par des femmes dans son état, et durant les premières semaines de leur cohabitation, il avait témoigné à leur égard une apathie et une froideur qui ne les avaient pas désappointées. Leur expérience les avait habituées à faire face à tous les comportements des patients et à ne pas s'en émouvoir, même lorsqu'ils s'avéraient distants et rébarbatifs. Petit à petit, Byers s'était montré plus aimable avec elles, tolérant davantage la conversation, leur posant des questions sur leur vie et supportant mieux les initiatives qu'elles pouvaient prendre, comme celles de lui mettre de la musique ou de lui lire un livre. Lorsque dans un premier temps, il ne les réclamait que pour des soins et des services, au fur et à mesure des semaines, puis des mois, elles étaient devenues aussi des dames de compagnie, meublant sa solitude et son isolement. Il appréciait particulièrement Catherine Hollohan qui avait vécu plus de choses que sa consœur. Son expérience de la Grande Guerre lui avait appris à avoir avec ses patients une attitude moins conventionnelle que celle des infirmières hospitalières. Elle considérait la distraction de l'esprit aussi importante que le soin du corps et elle s'efforçait d'autant plus de distraire Byers qu'elle savait le caractère incurable de sa maladie. Sur ce point également, Catherine Hollohan avait une expérience supérieure à celle d'Antoniette Ewers, car elle avait accompagné nombre de patients dans leurs derniers instants. La médecine de guerre l'avait éprouvée d'une manière toute particulière, lui avait acquis des compétences et un regard singulier sur la vie, la mort, la maladie qui plaisait à Byers et, d'une certaine manière, le rassurait. Il se disait qu'elle avait vu pire que lui en France, posé ses yeux sur des blessures béantes, des membres arrachés, des défigurations innommables, et pensait qu'il ne pouvait lui inspirer ni pitié ni répulsion. Il en lisait davantage dans l'attitude d'Antoniette Ewers et préférait cette dernière pour veiller sur ses nuits, tandis que Catherine Hollohan veillait sur ses jours. En gagnant en intimité avec elle, il lui parla de sa vie, de ses exploits sportifs, de ses voyages, de ses rencontres, de sa jeunesse estudiantine plutôt dissolue. Comprenant à quel genre d'hommes elle avait à faire, Catherine Hollohan eut le tact de ne pas lui demander pourquoi il se trouvait célibataire et sans enfant à son âge. Elle avait deviné que c'était un séducteur, même s'il lui parlait de tout sauf de ses aventures amoureuses. Il craignait qu'à les évoquer, elle se fît de lui une image idéale qui contrasterait trop violemment avec celle qu'il renvoyait désormais. Cependant, à l'occasion d'une de leurs conversations, Byers fit allusion à Mary-Lou Smith. Hollohan lisait un numéro de *Motion Pictures Magazine*, et le visage d'Ann

Harding sur la couverture amena Byers à lui confier : « J'ai connu une actrice autrefois ».

Cette remarque attisa immédiatement la curiosité d'Hollohan qui s'intéressait autant aux romances littéraires qu'aux histoires des vedettes d'Hollywood :

— Laquelle ? demanda-t-elle en abaissant sa revue.
— J'ignore si elle est encore assez connue pour être dans ce genre de magazines.
— Dites toujours ? insista Hollohan, curieuse.
— Mary-Lou Smith. Cela dit, ce n'est pas un nom très « vendeur ». Elle a sans doute pris un pseudonyme.
— Peut-être, car je ne la connais pas. Elle a joué dans quel film ?
— Je l'ignore, soupira Byers. C'était une admiratrice de Louise Brooks.
— Ah, alors c'est sûrement pour ça que je ne la connais pas. Je n'aime pas Louise Brooks. Trop provocante pour moi !
— J'aurais voulu savoir ce qu'elle est devenue…
— C'était une amie ?
— Oui… Oui, je pense que nous le sommes toujours, mais la distance et les choses de la vie… Elle voulait que je sois son mentor à Hollywood…
— Et vous ne vouliez pas ?
— J'ai commis une erreur. J'arrive au crépuscule de ma vie, et au fond, je ne regrette pas grand-chose et je ne serai pas regretté par beaucoup, alors ça me va de mourir, mais j'ai ce regret d'avoir mal choisi ce jour-là. J'aurais dû l'accompagner à Los Angeles. J'ai refusé, et à dire vrai, je ne saurais pas donner une raison valable aujourd'hui. Les affaires dont je ne me suis jamais occupé, les amis que je n'avais pas… La peur de l'engagement, peut-être…

— Vous l'aimiez ?

Byers soupira de nouveau :

— Je ne sais pas... Peut-être, mais ça aurait été ridicule ! Je l'ai connue trop tard, je crois. Avec vingt ans de moins, ça aurait pu être une véritable histoire d'amour... Bah, de toute façon, s'il en avait été autrement, elle serait à votre place et veillerait un mourant !

Byers essayait de se persuader que l'histoire allait mieux ainsi qu'elle s'était déroulée, mais Catherine Hollohan n'était pas dupe. Il n'en croyait pas un mot et elle se disait que si une femme avait compté dans la vie de son patient, il s'agissait sûrement de cette Mary-Lou Smith. Cet échange l'amena à voir Byers sous un jour différent. Elle qui l'avait imaginé comme un Don Juan, profitant de son argent, de sa beauté et de son aura de sportif célèbre pour multiplier les aventures éphémères, le voyait désormais plutôt en amoureux errant, si convaincu de ne jamais rencontrer la femme de sa vie qu'il l'avait laissée stupidement partir. Catherine Hollohan lisait beaucoup de romans d'amour et connaissait par cœur cette trame romanesque, mais dans la fiction, l'épilogue est toujours heureux, tandis qu'il en va autrement dans le vrai monde. Elle avait vécu la guerre, traversé bien des moments horribles, mais elle arrivait encore à s'attrister en entendant des histoires d'amour malheureuses, et penchée à nouveau sur son magazine, de petites larmes affleurèrent aux coins de ses yeux.

-XXXV-

Au mois de février 1931, John Byers vint visiter son frère. Il avait abandonné l'idée de le convaincre de témoigner pour la Federal Trade Commission, et du reste, il se trouvait dans un état qui ne lui donnait plus la force de se battre pour cela. Il avait craint que son frère ne passât pas Noël et le Nouvel An. Ses craintes ne s'étaient pas confirmées, mais il restait accablé devant l'évolution rapide de sa maladie. Parce qu'il reposait sur son oreiller en continu, l'arrière de son crâne s'était déformé, et Manning avait déterminé que les os de la boîte crânienne, parce que trop mous et poreux, étaient en train de s'enfoncer comme ceux d'un nouveau-né. Antoniette Ewers, qui s'occupait de son coucher, avait remarqué qu'après avoir éteint la lumière de sa chambre, ses mains dégageaient une légère fluorescence d'un vert livide. Leur manipulation était devenue si délicate que le docteur Manning avait recommandé de les empapilloter dans du coton pour leur éviter tout choc ou mouvement brusque en mesure de les briser. Il avait estimé cette mesure également nécessaire pour la tête, craignant de voir les os rompre ou générer une pression dangereuse sur le cerveau à force de se déformer. Malgré son état de santé désastreux et les médicaments qu'il prenait contre la douleur, Byers était généralement clair d'esprit, et si la fatigue venait rapidement troubler ses propos et lui faire perdre le fil d'une conversation, il pouvait s'exprimer dix minutes ou un quart d'heure en toute intelligibilité. C'était le seul loisir qu'il lui restait, car la luminosité commençait à lui être désagréable, et il avait de plus en plus de mal à contempler durablement le paysage à l'extérieur. La lumière vive lui brûlait les yeux. Il appréciait les rideaux tirés et préférait la lumière électrique. À l'occasion de la visite de son frère, il évoqua avec lui une tempête qui avait frappé Long Island deux semaines plus tôt, une violente tempête qui avait fait craquer la maison et abattu un déluge de neige comme l'île n'en avait pas connu depuis cinq ans :

— Il y a de beaux restes, répondit John Byers en souriant. Ma voiture a failli ne pas arriver jusqu'ici !

— Et à Pittsburgh, comment est le temps ?

— Oh, comme de coutume. Frais, humide, nous avons eu un peu de neige. Moins d'un pouce, mais le golf était recouvert d'un tapis immaculé. Ça a vite fondu. Enfin, l'essentiel, c'est ta santé. Comment vas-tu ?

Eben Byers déclara qu'il allait aussi bien que possible, même s'il ne s'illusionnait pas sur la continuité de son déclin. Son frère esquissa un sourire optimiste qui ne disait rien de la réalité de ses sentiments. Catherine Hollohan l'avait informé pour les pansements qui bandaient la tête et les mains de son frère, il évita donc de l'épuiser en lui demandant la raison de ces emplâtres, mais il ne savait pas quoi lui dire et le silence s'installa vite dans la conversation :

— Et les affaires, comment vont les affaires ? demanda soudainement Eben Byers en voyant la gêne de son frère. Ce dernier, déconcerté, sourit de surprise :

— Tu es malade et tu me poses une question que tu ne m'as jamais posée de toute ta vie ?

— J'aurais dû Fritz... Catherine me lit le journal, je sais que c'est la crise...

— Oui... Mais n'en parlons pas...

— Tu es seul Fritz, seul avec ce fardeau... Je suis certain que tu fais au mieux.

— Alors je ne suis pas aussi doué que père ! soupira-t-il avec une grimace de dépit.

— Parlons-en, cela te fera du bien d'en parler.

— À moi peut-être, mais pas à toi...

— Ce que tu me diras ne changera pas grand-chose à mon état !

— Certes... Mais c'est déprimant. La Bank of Pittsburgh National Association est en faillite. Tout a été liquidé. Tu comprends la raison pour laquelle je ne préfère pas t'en parler...

— C'était une vieille banque, obsolète, c'est mieux ainsi...

— Pas pour nos clients... J'ai toujours pensé que père aurait dû se restreindre à l'acier et au charbon. Nous ne sommes pas une famille de banquiers. Cela dit, l'économie est lente. Nous entrons dans l'ère des spéculateurs. Quelques-uns vont gagner beaucoup d'argent dans cette crise, et nous, reliques de l'ère industrielle, nous allons être les jouets des boursicoteurs. Tout le monde attend une action forte d'Hoover, mais il ne comprend pas la situation... Ce ne sera pas comme en 1921, il le pense, mais il se trompe, et ses conseillers avec lui. Les politiciens ne connaissent rien à l'économie et ils interviennent mal ou trop tard.

Byers s'enquit auprès de son frère de la santé de son épouse, de ses enfants, puis la conversation retomba vite, ralentie par la fatigue de l'un et la gêne de l'autre. Après un quart d'heure d'échanges entrecoupés de silences, les deux frères se séparèrent. L'un promit de revenir dans deux semaines, l'autre, conscient que c'était beaucoup de dérangement pour lui que de venir le voir depuis Pittsburgh pour une rencontre si brève, lui conseilla d'attendre un mois. John Byers insista ; il craignait que son frère ne vécût pas jusque-là.

En quittant la chambre, il posa quelques questions d'ordre

médical à Catherine Hollohan, lui demanda si son frère mangeait et dormait bien, s'il restait lucide au fil de la journée. Aux réponses rassurantes de l'infirmière, il était difficile d'imaginer un malade aux portes de la mort. S'il ne mangeait plus d'aliments durs, Byers avait de l'appétit, et s'il dormait essentiellement grâce à la morphine, il faisait de bonnes nuits. Il gardait toute sa tête, hormis lors des prises médicamenteuses les plus fortes, n'avait pas de fièvre et son cœur fonctionnait comme les meilleures pendules suisses. Ce qui inquiétait le plus le docteur Manning, et Catherine Hollohan ne le cacha pas à John Byers, tenait à l'évolution de l'anémie qui atteignait un stade critique et menaçait d'entraîner, à court terme, la rupture d'une artère ou la défaillance d'un organe. Il lui demanda si elle craignait une telle défaillance avant quinze jours. L'infirmière haussa les épaules en lui expliquant qu'elle ne pouvait rien affirmer. Elle se risqua quand même à répondre qu'elle ne l'imaginait pas se produire si vite, tout en ajoutant qu'elle n'était pas médecin, et que le docteur Manning lui-même n'avait osé se prononcer sur ce sujet. John Byers la remercia pour l'attention et les soins qu'elle prodiguait à son frère ; elle répondit que c'était son métier, alors John Byers lui prit la main et lui murmura, ému :

— Dans ce cas, merci d'avoir choisi ce métier !

Il remit son chapeau sur son crâne dégarni, et adressant à l'infirmière un ultime sourire qui contrastait avec ses yeux tristes, il s'éloigna dans le couloir en tirant de sa poche un mouchoir de soie.

-XXXVI-

Un stigmate de l'empoisonnement au radium progressa rapidement chez Byers au cours de l'année 1931. Après la perte presque totale de ses dents, il avait commencé à souffrir de douleurs gingivales et de suppurations que ses infirmières atténuaient par des lavages de bouche trois fois par jour. Le docteur Manning avait estimé ces infections mineures et avait considéré que le mieux était de rester dans l'expectation et de nettoyer régulièrement les muqueuses tant que la situation ne s'aggravait pas. Cependant, à la fin du mois de mars 1931, celle-ci se compliqua. Byers eut de plus en plus de mal à articuler. Sa mâchoire inférieure pendait et il lui était impossible de la mouvoir librement. Les foyers purulents commencèrent à s'étendre de façon inquiétante, et en examinant son patient, le docteur Manning conclut qu'il fallait faire appel à un chirurgien-dentiste pour déterminer le traitement à entreprendre. Selon lui, le meilleur praticien de New York était le docteur Alonzo Milton Nodine qui était spécialiste des infections maxillo-faciales. Il avait publié nombre d'articles et de livres sur les maladies dentaires et leur traitement chirurgical et il était une éminence reconnue, tant aux États-Unis qu'en Angleterre où il avait un temps étudié et exercé. Désormais, il se consacrait surtout aux progrès de sa science et ne s'intéressait qu'à des patients exceptionnels qui exigeaient une expertise particulière. Dans le courrier qu'il lui adressa, Manning insista sur le caractère unique de son patient, tant par son statut social que la maladie qui l'affligeait. Il lui décrivit son état général en mettant l'accent sur ses problèmes dentaires, précisant que sans une opération chirurgicale rapide, il risquait une mort

prochaine à cause des importantes suppurations ulcéreuses. Il n'en fallait pas davantage pour détourner Nodine de ses travaux et l'amener à se pencher sur le cas d'Ebenezer Byers. Lorsqu'il le rencontra pour la première fois, il le trouva très affaibli, plus diminué encore que de coutume car la démultiplication des ulcères rendait son alimentation compliquée et les suppurations qu'il avalait malgré les lavements buccaux avaient un effet délétère sur sa santé. Nodine s'était intéressé à l'étrange surreprésentation des nécroses maxillaires à Orange. Il avait lu l'argumentaire des médecins défendant l'hypothèse de la tuberculose osseuse ou de la syphilis, il avait également lu l'argumentaire de ceux qui soutenaient l'hypothèse d'un empoisonnement au radium, et s'il n'avait pas d'avis sur la controverse, au moins ne fut-il pas désappointé en apprenant de quoi souffrait son patient :
— C'est vous qui avez posé ce diagnostic ? demanda-t-il à Manning.
— Monsieur Byers m'a dit avoir consulté le docteur Martland. C'est lui qui a posé ce diagnostic. Je n'ai pas assez de compétences pour me prononcer sur sa valeur.
— Martland… Du comté d'Essex ?
— Je crois, oui.
— Je vois… Faites tirer les rideaux et examinons cette bouche !
— C'est que le soleil lui fait mal…, intervint Catherine Hollohan.
— Dans ce cas, qu'il ferme les yeux, mais je ne peux pas examiner mon patient dans cette semi-obscurité !
L'infirmière s'exécuta et alla ouvrir en grand les rideaux, faisant entrer dans la chambre le jour pâle du soleil de mars. Byers ferma aussitôt les yeux et Nodine procéda à son examen. Il prit son temps pour manipuler, toucher, sentir, ausculter l'intérieur de la bouche et la mâchoire, interrogeant tantôt le docteur Manning, tantôt Catherine Hollohan qui, du fait de sa présence auprès du malade,

avait le plus à dire. Tout au long de l'examen, qu'il étendit au reste du visage et au cou, il conserva un air sombre qui se rembrunit encore au moment de poser ses instruments. Il demanda à ce qu'on refermât les rideaux pour le confort de son patient, et prenant place sur la chaise qui se trouvait à côté du lit, il se gratta le front avant de s'exprimer sur un ton solennel :

— Monsieur Byers, je dois vous parler franchement. Je crois ne jamais avoir examiné de mâchoire en si mauvais état. Les tissus sont très abîmés, pour certains, déjà nécrosés. Les ulcérations, très nombreuses, sont liées à des esquilles qui ont percé les gencives. Elles se sont détachées des os sous-jacents qui sont vraisemblablement très atteints, eux aussi, par la nécrose. Il y a des séquestres multiples, et la raison pour laquelle vous ne souffrez pas, alors que dans votre état aucun antidouleur ne devrait pouvoir agir complètement, c'est que votre mâchoire est morte. Vous ne pouvez plus bouger convenablement le maxillaire inférieur, car l'articulation du condyle droit est fracturée. Votre cas est semblable à ceux que l'on pouvait encore observer il y a une vingtaine d'années chez les allumetières travaillant au contact du phosphore blanc. Il y a une ostéonécrose très avancée et je pense que si vous aviez attendu quelques semaines avant de me consulter, votre mâchoire se serait détachée d'elle-même. Elle ne tient que par un fil au reste de votre crâne.

Byers resta impassible en entendant l'exposé de Nodine qui ne le surprit pas. Il avait conscience du très mauvais état de sa mâchoire et s'attendait à un diagnostic semblable. En essayant d'articuler, il demanda ce qu'il y avait à faire :

— Eh bien... Nous ne pourrons pas la sauver. Votre mâchoire est perdue. Pour moi, il n'y a qu'une seule issue possible et c'est de pratiquer la résection de la mandibule inférieure. Je conseille d'agir vite pour éviter une évolution gangréneuse ou une septicémie.

— Il n'y a pas d'autres solutions ? intervint le docteur Manning, alarmé par la gravité de l'opération envisagée.

— S'il y avait quelque chose à sauver dans cette mâchoire, je pourrais réfléchir à des alternatives, mais vous avez constaté comme moi docteur que les tissus comme les os sont condamnés. Les vaisseaux sanguins sont morts ou mourants, la pourriture s'installe, et vous savez que cela peut mener au décès ou à une défiguration plus grave encore que celle que provoquerait l'ablation de la mâchoire.

— Je... Comment ? marmonna Byers, presque aussi calme que Nodine, si bien qu'il sembla à l'infirmière et au docteur Manning qu'il ne comprenait pas de quoi il était question.

— C'est une opération devenue très simple. Elle est très rapide également, précisa le docteur Nodine. Évidemment, je ne vous cacherai pas que les conséquences ne seront pas les mêmes chez vous que chez la plupart des patients qui subissent ce genre d'opérations. De nos jours, elle concerne surtout des victimes de tumeurs osseuses ou des blessés de la face. En retirant la mâchoire, il est possible de mettre une prothèse de qualité, et avec le temps, l'os peut même se reconstituer partiellement. Le patient mène alors une vie presque normale et la difformité est à peine visible. Le souci avec vous, c'est que tous vos os subissent une désagrégation semblable à celle de votre mâchoire. Votre boîte crânienne est très fragilisée, certains os sont sûrement déjà totalement nécrosés, et j'ai bien peur que l'articulation temporo-mandibulaire soit dans un état similaire au condyle qui s'est brisé. Si tel est le cas, il sera impossible d'ajuster la moindre prothèse, et moins encore d'espérer une reconstitution, même partielle, de l'os. Compte tenu des dégâts sur les parties molles, je crains également qu'il soit

impossible de les réunir par une ligature…
— Mon patient ne survivra pas à une telle opération ! s'exclama Manning.
— C'est une opération qui peut s'exécuter sous chloroforme en cinq minutes. Dans des conditions adéquates, je peux même la pratiquer ici pour éviter le transport du patient. Malgré son état de fatigue, monsieur Byers la supportera. Je l'ai pratiquée presque systématiquement sur des patients anémiques.
— Et sans reconstitution, comment vivra-t-il ? Comment mangera-t-il, parlera-t-il ? Il va s'étouffer avec sa langue ! poursuivit Manning, toujours alarmé par l'idée de Nodine.
— Il n'y a pas de crainte à avoir du côté de l'alimentation et de l'étouffement. Pour la parole, je ferai en sorte de préserver ce qui peut l'être, mais elle sera sans doute très difficile et peut-être impossible, j'en conviens. Cela dit, voyez, il ne peut déjà presque plus parler. Dans son état, sa mâchoire tombera, c'est une certitude, et je pense qu'il vaut mieux que nous contrôlions ce risque en agissant avant.
Le docteur Manning suait abondamment, et tirant son mouchoir, il s'épongea le front. Au moment où il s'apprêtait à bredouiller une réponse, Byers le devança en s'exprimant d'un murmure qui obligea le docteur Nodine à se pencher près de lui :
— Que dites-vous ? demanda-t-il.
— Opérez… Opérez…
— Que dit-il ? demanda Manning.
— Il est favorable à l'opération, répondit Nodine. De toute façon, il n'y a pas d'autre choix. Je pense que nous devons la programmer avant la fin de la semaine. Jusque-là, il convient de procéder à un lavage de la bouche toutes les heures pour limiter le risque infectieux.

Byers se signala à nouveau au docteur Nodine qui, après avoir entendu son patient, se tourna vers le docteur Manning :
— A-t-il un frère ?
— Oui. Il vit à Pittsburgh.
— Il le demande. Prévenez-le, qu'il vienne au plus tard après-demain. Nous opérerons dans trois jours. D'ici là, monsieur Byers ne doit consommer que des aliments liquides et doit éviter autant que possible de s'exprimer oralement. Cela pourrait entraîner une rupture du condyle gauche.
Le docteur Manning raccompagna le docteur Nodine avant de revenir auprès de Byers, resté sous la veille de Catherine Hollohan. Le visage rouge, transpirant toujours à grosses gouttes, il desserra son col au moment de s'approcher de son patient :
— Ebenezer, êtes-vous sûr que c'est bien ce que vous voulez ?
Byers acquiesça d'un hochement de tête :
— A-t-il le choix, docteur ? demanda l'infirmière. On ne peut plus rien pour sa mâchoire.
Manning conserva le silence, puis opinant du chef à son tour, il attrapa sa sacoche de médecin, se dirigea vers la sortie, et se tournant une ultime fois vers Byers, il dit :
— Je me charge de prévenir votre frère de l'opération et de lui préciser que vous le réclamez en urgence. Miss Hollohan, je vous le confie d'ici là. Informez bien Miss Ewers des recommandations du docteur Nodine lorsqu'elle viendra vous remplacer. Il ne doit y avoir aucun manquement jusqu'à l'opération.
— Bien sûr, monsieur, répondit l'infirmière avant de se rasseoir près de son patient. Elle releva un peu sa couverture sur lui, et constatant qu'un rayon de soleil se rapprochait de son visage, elle alla tirer le rideau pour lui éviter d'être aveuglé. Un peu de confort, c'était tout ce qu'elle était en mesure de lui offrir et elle s'y employait

avec l'amertume de ne pouvoir rien faire de plus.

-XXXVII-

John Byers arriva le lendemain soir à Sandymount après avoir pris le premier train pour New York. La nouvelle de l'opération l'avait mis dans un état apoplectique au point que son épouse avait cru qu'il faisait une crise cardiaque. Dans le train, on lui avait demandé à plusieurs reprises s'il allait bien. À chaque fois, il avait répondu de façon rassurante, mais il se sentait terriblement fébrile et anxieux, émotions qui transparaissaient dans sa gestuelle, la manière frénétique dont il tapotait du pied sur le sol, dont il se grattait la corne des doigts et se rongeait les ongles. Cette fébrilité grandit encore en arrivant à Sandymount, et avant de rencontrer son frère, il avala une poignée de pastilles de menthe pour se fortifier un peu. Le docteur Manning l'attendait et lui fit un bref rapport que John Byers, assailli par les images hideuses qu'il s'imaginait, écouta avec distraction. Aussi, au moment de voir son frère, il s'étonna en remarquant qu'il ne pouvait lui répondre autrement que par un signe de la tête. Le docteur Manning lui rappela alors qu'il était incapable de parler, et même que cela lui était formellement déconseillé. Donnant à nouveau l'impression de ne pas entendre, John Byers, en proie à une agitation constante, s'exclama :
— Quel médecin peut prendre la décision d'une telle opération ?!
— Monsieur Byers, votre frère est très fatigué, parlez plus doucement, je vous prie, lui fit remarquer le docteur Manning en essayant de le tranquilliser. Comme je vous l'ai dit, la décision a été

prise par le docteur Nodine, probablement l'un des meilleurs chirurgiens-dentistes de New York. Il a des références excellentes, et si je n'étais pas favorable à ses préconisations, je dois reconnaître que nous sommes arrivés à un point où il n'est plus possible de faire autrement. Votre frère a la mâchoire fracturée. Dans son état, elle ne se ressoudera pas, et elle va même continuer de se détériorer. Les muscles, les tissus et les os qui la tiennent encore sont très dégradés à cause de la nécrose et de l'anémie. Sous l'épiderme, il n'y a plus rien, seulement des trous, des ulcérations et des tissus morts car les vaisseaux sanguins qui les alimentaient ont été détruits. Aussi improbable et affreux que cela puisse paraître, sa mâchoire risque de se décrocher à tout moment. Le docteur Nodine estime qu'il vaut mieux anticiper ce risque par une opération contrôlée, et je suis d'accord avec lui.
— Mais, il aura une prothèse ? Il lui faut ce qu'il y a de meilleur, je payerai...
— Monsieur Byers... Sa mâchoire n'est pas seule à être en très mauvais état. Tous les os de son crâne sont particulièrement fragilisés, cela vaut pour l'articulation mandibulaire. Celle-ci ne supporterait pas le poids d'une prothèse et romprait aussitôt. D'ordinaire, les chirurgiens font une ablation osseuse sous-périostique lorsqu'ils retirent la mandibule inférieure, ce qui permet, dans une certaine mesure, la reconstitution naturelle d'une forme osseuse pour faciliter la parole et la prise d'aliments durs. Mais dans le cas de votre frère, tout est terriblement dégradé... Le docteur Nodine pense retirer le périoste et les tissus mous...
— Vous songez à ce que cela signifie ?!
— Fritz..., murmura Byers depuis son lit de souffrance.
— Eben, s'exclama son frère en allant s'asseoir près du malade, je t'en conjure, tu ne peux pas accepter ça ! Tu dois renoncer !

Byers répondit par la négative d'un signe de tête :
— Il y a quelque chose que je ne vous ai pas dit, monsieur Byers, continua le docteur Manning. Si votre frère ne se fait pas opérer, l'infection dans sa mâchoire causera très probablement une gangrène qui s'étendra au reste de son visage, ou alors, provoquera une septicémie qui le tuera en vingt-quatre heures. Dans les deux cas, une fois le processus enclenché, nous ne pourrons rien faire, et à l'heure actuelle, nous le retardons uniquement avec des lavages antiseptiques que Miss Hollohan, ici présente, et Miss Ewers, pratiquent toutes les heures. Il viendra un stade de l'infection où ces lavages ne feront plus effet, et nous sommes très proches de ce moment. Comme je vous l'ai dit, je n'étais pas un partisan de l'opération, mais le docteur Nodine a objectivement raison. Pour que votre frère passe la semaine, il n'y a pas d'autre choix.
John Byers quitta sa chaise, se dirigea vers la fenêtre occultée, entrouvrit à peine les rideaux pour regarder au-dehors. Le paysage n'était pas celui qui, d'ordinaire, l'apaisait. L'océan dodelinait sous une brise légère et sa surface brillait comme l'argent. Sur l'horizon s'élevait une colonne de vapeur échappée des cheminées d'un steamer transatlantique qui s'en allait vers l'Europe :
— Comment mangera-t-il, comment parlera-t-il ? demanda John Byers à Manning sans détourner le regard de la fenêtre.
— Pour l'alimentation, il y a des moyens efficaces, il n'y a pas d'inquiétude à avoir de ce côté-là. Pour l'expression orale, j'ai échangé avec le docteur Nodine à ce sujet. Il est évident que... qu'il y aura des contraintes nouvelles... D'après lui, votre frère pourra tout de même s'exprimer. Il ne pourra pas prononcer les consonnes labiales... Les autres sons subiront d'importantes modifications, mais quelqu'un qui prendra l'habitude de l'écouter sera en mesure de le comprendre après un certain temps. En travaillant avec un

orthophoniste, il pourra sûrement s'améliorer.

John Byers se massa la nuque pour tenter de la décrisper et retourna s'asseoir près de son frère. Il aurait voulu lui saisir la main, mais il savait que c'était trop risqué :

— Si c'est là ton choix, je l'accepte, murmura-t-il d'une voix étranglée. Je resterai à New York, pour la semaine au moins. Je vais informer Caroline et Leslie que je ne rentrerai pas avant.

— Fritz…, balbutia Byers en lui faisant signe de s'approcher.

Il se leva et se pencha au plus près de son frère pour écouter ce qu'il avait à lui dire. Sur l'instant, il ne comprit pas, car la prononciation était très mauvaise, et il n'osa pas lui faire répéter, puisque le médecin avait fortement déconseillé les efforts oraux à son patient. Tout en se rasseyant, il réfléchit à ce qu'il venait d'entendre, un son bref expiré comme un murmure d'outre-tombe. Il passait dans sa tête tout ce qui pouvait lui ressembler, tout ce qui pouvait correspondre aux circonstances présentes. Soudain, esquissant un sourire béat, il s'exclama, sans retenue :

— Winn, tu as dit, Winn ?

Byers inclina deux fois la tête vers le bas. Son frère soupira de soulagement, et se tournant vers le docteur Manning qui ne comprenait pas cet échange étrange, il lui lança :

— Il veut rencontrer Robert Winn. Je dois faire venir Robert Winn.

— Qui est ce Robert Winn ?

— Le rapporteur de la Federal Trade Commission !

Le visage du docteur Manning s'assombrit :

— Monsieur Byers, votre frère sera opéré après-demain, mais il ne faut pas espérer qu'il soit en état de rencontrer qui que ce soit avant plusieurs semaines, et peut-être même plusieurs mois. Surtout pas quelqu'un qui attendra de lui qu'il parle ou fasse le moindre effort. L'opération sera courte, mais la convalescence sera très longue, et hormis vous, hormis le personnel médical, en tant que médecin de votre frère, je ne permettrai à personne de le solliciter ou de le déranger avant que je ne l'estime possible, et ce, quelle que soit la raison.

John Byers reçut l'avertissement du docteur Manning avec compréhension et dépit. Il entendait la mise en garde du médecin et savait qu'il était trop tard pour que son frère témoignât auprès de Robert Winn. Il ne pouvait plus s'exprimer et l'opération le plongerait probablement dans un mutisme presque complet. John Byers ne plaçait guère d'espoir dans la rééducation avec un orthophoniste, parce qu'il ne croyait pas qu'il restât assez de temps à son frère pour cela. Il était trop tard, et l'enthousiasme qui l'avait saisi d'abord, lui parut, après coup, d'une candeur stupide. Jamais son frère ne pourrait témoigner pour la Federal Trade Commission, sa santé ne lui permettrait plus. Le docteur Manning avait parlé de longues semaines, voire de longs mois de convalescence pour son patient, mais John Byers voyait le corps squelettique de son frère recouvert d'un drap qui en révélait toutes les saillies osseuses et il ne lui promettait pas tout ce temps. Il imaginait son visage, déjà méconnaissable, amputé du menton, des lèvres, des joues, de la mâchoire, et il finissait par se demander s'il n'était pas préférable que tout se terminât en vingt-quatre heures par une septicémie. Une telle défiguration, c'était beaucoup de souffrances pour repousser l'inévitable de quelques jours ou de quelques semaines. Même s'il ne souhaitait pas la mort de son frère, une part de lui murmurait à son cœur qu'il valait mieux qu'elle survînt à présent plutôt que de se prolonger dans une agonie qui durait depuis trop longtemps déjà. Il n'y avait aucun espoir d'amélioration, son déclin se poursuivrait, inexorable, d'autres parties de son corps moribond seraient frappées de nécroses hideuses, de tumeurs malignes. John

Byers envisageait difficilement de supporter durablement une telle horreur. Abattu par ces pensées qui se bousculaient dans son esprit et pesaient sur lui aussi lourdement que la Terre sur les épaules d'Atlas, il retourna vers son frère, posa ses mains sur le rebord du lit et lui dit, gravement :

— Eben, je parlerai de tes intentions à Robert Winn. Je l'informerai de ton souhait de témoigner. Quand tu seras en état de parler, que tu auras la santé pour cela, que le docteur Manning aura donné son accord, alors je le préviendrai et il recueillera ton témoignage.

Un sourire nerveux se dessina sur ses lèvres et il continua :

— Il faut que tu veuilles parler au moment où tu ne le peux plus ! C'est bien toi et ton esprit contrariant !

Des larmes coulèrent sur les joues de John Byers qui invita le docteur Manning et l'infirmière Hollohan à sortir un instant. Tous deux s'exécutèrent, comprenant que la situation exigeait davantage d'intimité. Le conciliabule entre les deux frères dura à peine cinq minutes, et peut-être moins, car avant de quitter la chambre, John Byers avait eu le temps de sécher ses larmes. Son visage n'en trahissait pas moins l'affliction, le désespoir et l'inquiétude qui lui tenaient compagnie depuis si longtemps. Les paupières tombantes, les joues affaissées, le front crevassé de rides soucieuses, les émotions pénibles qui l'éprouvaient en avaient fait un vieillard, et il se trouvait si défait moralement et physiquement après les cinq minutes de tête-à-tête avec son frère qu'elles donnaient l'impression d'avoir duré une décennie entière. En le voyant ainsi, le docteur Manning tira de sa poche une petite fiole qu'il déboucha avant de lui tendre :

— Qu'est-ce que c'est ? demanda John Byers, hagard.

Avant de répondre, Manning regarda Catherine Hollohan pour

s'assurer que tout était entendu :
— Je suis médecin, alors j'appelle ça de l'alcool médical. Buvez-en, vous verrez, ça vous fera du bien !
Byers buvait très rarement de l'alcool, mais il attrapa la fiole et la vida en trois gorgées. Le docteur Manning la lui reprit aussitôt des mains, craignant que, dans un accès de faiblesse, il ne la laissât échapper au sol, puis se proposa de le raccompagner pendant que Catherine Hollohan retournait auprès de son patient. Byers répondit au médecin qu'il préférait aller seul, mais le docteur Manning insista :
— Monsieur Byers, je suis médecin, « un vieux briscard » comme disent les Français, et je sais reconnaître un homme qui a besoin de regagner son hôtel avec quelqu'un à ses côtés.
— Non, non docteur. Je ne vais pas à l'hôtel. Je vais dormir ici, dans cette maison. J'ai besoin d'être ici, j'ai besoin d'être près de mon frère.
Le docteur Manning approuva ce qu'il estimait être une sage décision et serrant la main de son interlocuteur, il ajouta :
— Je serai présent pour l'opération, et d'ici là, vous êtes assuré de tout mon soutien, monsieur Byers. On n'a qu'une famille, et il y a peu de mots pour exprimer les sentiments que vous devez ressentir en ce moment, mais votre frère semble croire qu'il y a encore de l'espoir, alors ne vous laissez pas abattre.
Le docteur disparut et John Byers se retrouva seul dans le corridor. Il resta longuement debout, immobile, comme hébété. Les dernières paroles du docteur Manning lui tirèrent, à retardement, un rire nerveux, puis il se gratta le front tout en avançant d'un pas traînant jusqu'à la chambre la plus proche. Sans attendre qu'on vînt lui préparer le lit, il s'effondra sur le matelas dur et froid et s'enfonça presque aussitôt dans un sommeil tourmenté.

-XXXVIII-

John Byers prenait l'air dans le jardin de Sandymount. Il avait recommencé à fumer le tabac et tenait entre ses doigts une cigarette qu'il portait régulièrement à ses lèvres. La fumée blanche à l'odeur âcre qui s'en échappait était immédiatement dispersée par le vent de l'océan qui soufflait fort en cette matinée de septembre. Le fond de l'air avait fraîchi depuis quelques jours, et, de temps à autre, John Byers rajustait son col pour se prémunir contre l'angine. Dans le ciel, des mouettes se laissaient porter sans battre des ailes, et le sac et le ressac violents des vagues qui roulaient vigoureusement sur le sable de la plage répondaient à leurs rires moqueurs. L'automne s'installait précocement cette année, et depuis plusieurs jours, la chaleur et le beau temps avaient cédé la place au vent et à la grisaille d'un ciel bistre au milieu duquel se dessinait, épisodiquement, un camée de ciel bleu. Sur ce terreau désagréable, il avait suffi d'une pluie impétueuse pour chasser, plus tôt que de coutume, une bonne partie de la villégiature de Southampton. La plupart des maisons étaient closes ou occupées seulement par leurs gardiens en charge de l'entretien. Les fêtes avaient cessé, les Hamptons entraient en hibernation jusqu'à la belle saison. De temps en temps, John Byers regardait sa montre, la saisissant avec une maladresse qui tenait autant à sa nervosité qu'à l'engourdissement de ses doigts raidis par le froid. Alors qu'il marchait ainsi en faisant des allers et retours depuis une quinzaine de minutes, Catherine Hollohan vint à sa rencontre. Au moment où elle s'échappait du cottage, une rafale de vent manqua d'emporter sa coiffe et elle dut la retenir d'une main pour lui éviter de rouler au sol :

— Vous devriez rentrer et attendre à l'intérieur, monsieur. Il fait froid et humide et ça vire à la tempête.

« N'ayez crainte, retournez auprès d'Eben ! » fut la seule réponse qu'elle obtint. Elle n'insista pas malgré des inquiétudes sérieuses, car la santé de John Byers n'était pas excellente depuis l'opération de son frère. Il mangeait peu, dormait mal et avait déjà éprouvé des malaises que son médecin avait mis sur le compte de la fatigue et de la tension nerveuse. Il avait repris la cigarette et délaissé les pastilles de menthe au profit du bourbon sans lequel il lui était impossible de voir son frère. Il devait s'enivrer pour supporter de poser ses yeux sur lui depuis l'opération du docteur Nodine.

À force de marcher dans l'herbe détrempée, l'humidité traversa le cuir de ses chaussures de ville. Il n'y prêta pas attention et continua son lancinant manège jusqu'à ce qu'enfin l'arrêt d'un Checker Cab devant le cottage le stoppa dans sa déambulation. C'était ce qu'il attendait avec impatience : l'arrivée de Robert Winn. Tandis que ce dernier donnait ses instructions au chauffeur du taxi, John Byers se porta à sa rencontre. Les deux hommes se serrèrent la main en songeant, l'un comme l'autre, qu'ils se retrouvaient dans un but qu'ils n'espéraient plus. Moins d'une semaine plus tôt, Winn avait reçu un courrier assez vague dans lequel John Byers l'invitait à venir à Sandymount pour prendre le témoignage de son frère. Il y avait répondu aussitôt et favorablement, malgré un déplacement à Chicago qui l'avait accaparé deux jours durant. Sans revenir à Washington, il avait pris la direction de New York. Il conservait de ses longs voyages successifs, un air fatigué, et comme Byers lui demandait s'il avait de la fièvre ou le rhume, Winn le rassura sur ce point :

— C'est que mon frère... Il ne peut pas risquer de rencontrer un malade, même porteur d'un simple rhume, expliqua Byers pour justifier ses questions un peu cavalières.

Winn avait bien compris et ne s'en montra nullement offusqué :

— Ainsi donc, votre frère a enfin accepté de témoigner... Je vous avoue que je n'y croyais plus.

— J'avais fini par croire également que ce jour n'arriverait jamais. C'est un miracle que nous y soyons. Quand vous verrez mon frère, vous comprendrez pourquoi ce mot n'a rien d'excessif.

— Se porte-t-il si mal ?

Après avoir franchi le seuil de la maison, Winn confia son manteau et son chapeau à la bonne, et le temps de cet arrêt, Byers en profita pour lui parler gravement :

— Monsieur Winn, je dois vous avertir. Mon frère a subi une opération qui, pendant plusieurs mois, l'a contraint au silence et l'a laissé très affaibli. Durant cette période, son médecin a interdit à quiconque de le voir, c'est pour cette raison que je ne vous ai pas recontacté aussitôt après l'opération, et ce, jusqu'à la semaine dernière où j'ai reçu l'avis favorable du docteur Manning. Malgré son grand état de faiblesse, grâce à l'assistance d'un orthophoniste, mon frère a commencé à parler à nouveau. Il a progressé, mais en vérité, je ne le comprends pas et vous ne le comprendrez pas non plus. Il ne peut pas élever la voix ni articuler un certain nombre de sons. Pour l'heure, seule son infirmière de jour arrive à le comprendre. Elle est continuellement à ses côtés, et à force, son oreille a fini par s'habituer à sa prononciation et à sa manière de s'exprimer. Néanmoins, la communication étant très complexe, je vous invite à poser des questions fermées. De toute façon, vous savez son histoire, sa déposition n'est qu'une formalité administrative, nous sommes bien d'accord ?

— Oui, oui, tout à fait, acquiesça Robert Winn. Votre frère est donc au plus mal. J'en suis désolé. Malheureusement, j'ai rencontré d'autres victimes du Radithor et... Enfin l'issue est connue. Certaines ne sont déjà plus là.

— Mon frère l'est encore... D'une certaine manière, soupira Byers. L'opération qu'il a subie est... douloureuse. Je dois vous dire, monsieur Winn, que son aspect est très pénible à voir.

Winn n'osa pas demander la nature de l'opération, mais il prit conscience des conséquences particulièrement horribles qu'elle avait dû avoir lorsqu'avant d'entrer dans la chambre du malade, John Byers tira une flasque de bourbon pour en boire trois bonnes gorgées. Ce dernier la tendit à l'attorney en lui expliquant que cela lui donnerait du courage, mais il se vit opposer un refus poli :

— Je dois garder l'esprit clair pour conduire mon interrogatoire, ajouta Winn qui éprouvait le besoin de justifier son refus pour ne pas blesser son hôte.

— Dans ce cas...

John Byers serra les doigts avant de poser sa main sur la poignée de la porte et de la faire tourner jusqu'à l'entrouvrir. Il la poussa lentement, les charnières émirent un couinement subreptice. Byers s'avança le premier et invita Robert Winn à entrer. Une étrange odeur flottait dans la chambre très obscurcie. C'était un mélange d'effluves chimiques et de relents morbides comme il n'en flotte généralement que dans les mouroirs des hôpitaux. Une lampe électrique, dans un angle de la pièce, distribuait une lumière timide. L'atmosphère recueillie et silencieuse qui régnait donna à l'attorney l'impression de pénétrer dans un salon mortuaire. Ignorant de ce qu'il allait voir, il appréhendait sa rencontre avec Eben Byers. Il venait de traverser plusieurs pièces d'un cottage des plus charmants, de passer devant une grande baie vitrée qui ouvrait sur la plage et l'océan, et tout cela, pour arriver dans cette chambre à l'atmosphère suffocante et claustrophobique qui sentait tout à la fois la désinfection et la purulence :

— Venez, approchez ! lui murmura John Byers en lui faisant signe de s'avancer alors qu'il restait en arrière.

Catherine Hollohan se trouvait debout près du lit. Les mains croisées devant elle, elle salua l'attorney qui lui rendit son salut avant d'avoir l'attention irrésistiblement attirée par le malade. De stupéfaction, Robert Winn lâcha sa sacoche qui tomba sur le parquet dans un bruit sourd qui fit sursauter tout le monde. Winn présenta aussitôt ses excuses, prétextant une crampe, et demanda qu'on lui portât un verre d'eau. Catherine Hollohan accepta de s'en occuper. Winn essaya de reprendre le plein contrôle de lui-même et de ne rien laisser paraître de son effarement aux frères Byers. Le docteur Nodine avait retiré la mandibule inférieure et tous les tissus nécrosés qui la couvraient. À la place, il ne restait qu'un vide énorme, un cratère dans le visage du malade, car le chirurgien n'avait pu pratiquer aucune réparation. La langue pendait et la salive s'écoulait sans discontinuer sur un bavoir placé sur la poitrine de l'amputé. De la mâchoire supérieure, il ne subsistait que deux dents, deux incisives qui s'accrochaient comme des babioles grotesques au maxillaire. Malgré l'opération, de nouvelles infections s'étaient déclarées et toute la tête d'Eben Byers était ceinte de bandages, de pansements, et la sonde d'alimentation, un simple tuyau en caoutchouc, lui rentrait par une narine. Robert Winn avait rencontré d'autres malades du radium, mais jamais il n'en avait vu dans un tel état de décrépitude. Il ne pensait pas qu'un être humain pût continuer de vivre à un point si extrême de la ruine. Un squelette n'aurait pas occupé moins de place dans le lit.

Robert Winn eut un moment de doute, se demandant comment il allait pouvoir interroger cet homme. En constatant qu'il le suivait des yeux et l'observait silencieusement, un frisson incontrôlable le saisit tant il avait l'impression d'être surveillé par la Mort elle-même :

— Vous pouvez vous installer, monsieur Winn, déclara John Byers. La chaise est pour vous. Parler exige beaucoup d'efforts à mon frère, aussi, il ne vous a pas salué, mais il a conscience de votre présence. Il a toute sa tête. Cependant, il se fatigue très vite, il vaut mieux que vous en veniez rapidement à ce qui importe et évitiez les artifices. Vous êtes un homme de loi, et je sais que le jargon… Enfin…

Au même instant, Catherine Hollohan apportait son verre d'eau à l'attorney qui le but d'une traite en regrettant d'avoir refusé le bourbon qui lui avait été proposé. D'un pas lent, il rejoignit la chaise que lui avait désignée John Byers et s'installa. L'odeur morbide qui émanait d'Eben Byers se renforça alors qu'il se trouvait plus près de lui et il retint un haut-le-cœur en plaçant un mouchoir devant sa bouche. Il en profita pour essuyer la sueur qui coulait sur son front. Il transpirait abondamment, tant à cause de son état émotionnel qu'à l'atmosphère surchauffée de la chambre. Il tira sur son col pour avoir un peu d'air, sur le nœud de sa cravate, essaya de se mettre à l'aise en roulant des épaules, s'empara d'un carnet de notes et d'un crayon, et se raclant la gorge, il commença son interrogatoire, procédant en posant des questions fermées ainsi que lui avait conseillé John Byers. Il évita les explications protocolaires, les questions anodines, et tenta, dans le court laps de temps qui lui était imparti, d'aller à l'essentiel. « Avez-vous participé à la promotion du Radithor ? », « Avez-vous pris part à des conférences de William Bailey ? », « Le docteur Martland a-t-il déterminé dans votre corps une concentration anormalement élevée de radium ? », « Vous preniez en moyenne trois à cinq doses de Radithor par jour ? » furent quelques-unes des questions de Robert Winn. Ce dernier, tenu régulièrement informé par John Byers, savait déjà beaucoup de détails qu'il mit à profit pour orienter ses questions vers ce qui lui semblait le plus important. Il fallait seulement qu'Eben Byers répondît en personne pour que son témoignage fût jugé recevable par la Federal Trade Commission. Au milieu de ses questions fermées, Winn osa cependant deux questions ouvertes. Il voulait notamment savoir quand s'étaient déclarés les premiers symptômes de l'empoisonnement au radium. L'oreille de Catherine Hollohan fut alors mise à contribution. Byers ne pouvait qu'expirer des sons auxquels sa langue qui remuait comme un poisson asphyxié tentait d'imprimer une apparente modulation. L'infirmière, penchée au plus près du malade, parvenait seule à donner du sens à ce maelstrom de bruits indistincts qui, sans être tout à fait des mots articulés, n'étaient pas complètement abstraits à celui qui prenait l'habitude de les entendre. Il fallait cependant qu'il s'agît de mots isolés, car la moindre phrase demandait des efforts épuisants, tant à Byers qu'à celui qui essayait de le comprendre.

L'entrevue ne se prolongea guère plus de dix minutes, mais avant de conclure, Robert Winn posa une ultime question, inattendue :

— Monsieur Byers, m'autoriseriez-vous… Enfin, accepteriez-vous que je vous photographie ? Vous pouvez refuser bien sûr, mais pour la commission… Les images valent parfois plus que des mots, vous comprenez…

Winn était gêné de présenter sa demande, mais d'un hochement de tête, Eben Byers lui répondit favorablement :

— Bien, continua-t-il, dans ce cas, il me faudrait un peu plus de lumière. Peut-être pourriez-vous fermer les yeux ou les détourner, monsieur Byers, le temps de procéder.

Il fut fait ainsi, et pendant que Winn tirait de sa sacoche une petite boîte contenant un appareil photo de type « œil de chouette », Catherine Hollohan alla écarter les rideaux pour faire rentrer le jour :

— C'est parfait ! conclut Winn.

— Ces photographies ne serviront qu'au dossier de la commission, vous me l'assurez ? Elles ne se retrouveront pas dans la presse ? intervint John Byers, soudain saisi d'un doute.

— Je vous le promets. La commission ne comprend aucun médecin, le vocabulaire médical, les descriptions scientifiques, tout cela lui est hermétique. C'est pourquoi j'ajoute au dossier les photographies des malades qui me donnent leur accord. Cela ne laisse aucune ambiguïté sur la gravité et la concordance des symptômes.

John Byers s'écarta pour permettre à Robert Winn de procéder. Il commença par se placer au bout du lit pour faire un cliché d'ensemble. Il captura ensuite des détails du visage défiguré de Byers. La main tremblante face à tant de hideur, il réalisa deux prises pour s'assurer d'en réussir une. Il avait conscience de l'importance de ce visage monstrueux contre Bailey. Il était certain que ce visage seul pouvait suffire à le faire tomber tant il était choquant. Il tenait la clé de voûte de son dossier accusatoire, et d'instinct, il sentait qu'en appuyant sur le bouton de son Leica, il actait la condamnation de Bailey. Ensuite, il demanda à l'infirmière de lever le drap pour pouvoir photographier d'autres parties du corps du malade, notamment les articulations des genoux qui s'étaient déformées. Winn accomplit sa tâche sans parvenir à se débarrasser d'une gêne persistante. Pour la première fois, et alors qu'il avait photographié d'autres malades du Radithor, il avait l'impression de fixer sur la pellicule un monstre de foire. Il n'arrivait pas à s'expliquer ce ressenti, mais l'attribuait à la défiguration de Byers, dont le faciès horrible le hantait déjà. Le docteur Nodine avait un fait un travail remarquable en coupant proprement les tissus, en déboîtant les os, en nettoyant et curant les plaies, mais le visage de Byers n'était plus tout à fait humain. Après avoir fini, il permit à Catherine Hollohan de refermer les rideaux, et alors qu'il rangeait son appareil, pressé de quitter cette chambre à l'atmosphère suffocante, John Byers l'interpella :

— Monsieur Winn, je voudrais que vous soyez témoin d'une chose pour que vous puissiez en parler dans votre rapport. Acceptez-vous ?

— Si vous pensez que cela peut servir la décision de la commission...

— Je n'en ai aucun doute...

— En ce cas, de quoi s'agit-il ?

— Asseyez-vous près du lit, observez simplement. Miss Hollohan, la lumière !

L'infirmière éteignit la seule lampe de la chambre et John Byers répéta à Robert Winn de bien observer son frère, particulièrement au niveau de son visage. Dans le noir presque complet, l'attorney fit ce qu'on lui demandait. Au début, il ne remarqua rien, mais rapidement, il lui sembla voir une lueur phosphorescente percer

l'obscurité. Il peinait à croire ses yeux et se disait que ça ne pouvait être ce qu'il imaginait, mais au moment où l'infirmière ralluma la lumière, il contemplait bien le visage meurtri d'Eben Byers :
— De quoi ai-je été témoin ? demanda Robert Winn qui n'avait jamais observé un tel phénomène et restait stupéfait sur sa chaise.
— Si vous le voulez bien, nous en parlerons au-dehors pour laisser mon frère se reposer.
Robert Winn accepta la proposition avec soulagement et suivit John Byers hors de la chambre. Une fois dans le couloir, ce dernier tira à nouveau sa flasque de bourbon pour en boire une gorgée :
— Me permettez-vous ? demanda l'attorney.
Byers lui offrit sa flasque que Winn manqua de vider d'une traite :
— Vous vouliez savoir de quoi vous avez été témoin, monsieur Winn ? De la preuve irréfutable de la contamination au radium de mon frère. Tous les os de son visage en sont saturés. Comme il est très maigre et que le docteur Nodine a retiré beaucoup de tissus morts, le radium brille sous sa peau. La première fois que j'ai observé ce phénomène, c'était à Orange, chez une ouvrière de l'USRC et j'étais aussi stupéfait que vous.
— Je dois vous avouer que j'ai regretté de ne pas avoir accepté le bourbon... Pardonnez-moi, mais ce n'est pas tous les jours que l'on voit ça...
— Alors, vous comprenez ce que je peux ressentir... Mon frère a conscience que c'est la fin. La chirurgie elle-même ne peut plus rien, sa boîte crânienne et les os de son visage tombent en poussière. Au-delà de l'amputation qu'il a subie, je ne le reconnais plus. Son nez, ses pommettes, son front, tout se

déforme. Il n'y a que ses yeux... Je crois que la seule chose qui l'a fait tenir jusque-là, c'est la volonté de vous parler, de témoigner contre Bailey et les remords de ne pas l'avoir fait plus tôt.

— Oui, il faut une bonne raison pour vivre ainsi..., marmonna Winn, toujours sous le coup de la vive émotion qu'il venait d'essuyer.

— Puis-je espérer un verdict rapide de la commission ? Pour mon frère... Son temps est compté, j'aimerais qu'il sache avant... avant la fin.

— Le témoignage de votre frère est ce qu'il manquait pour enfoncer le dernier clou dans le cercueil des laboratoires Bailey. Et ces photos, elles feront grande impression sur les membres de la commission. Je transmettrai mon rapport au plus vite, mais je ne peux rien vous promettre. Le temps administratif a son propre rythme, et il s'accommode mal de la vitesse...

John Byers, visage fermé, acquiesça silencieusement. Estimant son travail terminé, Winn envisagea de partir, mais alors qu'il exprimait son intention à son interlocuteur, ce dernier lui rétorqua :

— Restez, nous déjeunerons ensemble. Nous parlerons d'autres choses, cela me fera le plus grand bien, et puis vous ne serez pas venu jusqu'ici pour un entretien de quinze minutes.

Robert Winn déclina poliment cette proposition, mais l'insistance de John Byers eut raison de sa résistance. Il se laissa convaincre, et son hôte interpella un domestique pour lui remettre un billet et l'ordre de renvoyer le taxi qui attendait toujours au-dehors :

— Mon chauffeur vous ramènera à New York, ajouta-t-il en se tournant vers l'attorney qui répondit d'un simple « merci » avant de se laisser guider jusqu'au salon où, prenant place sur le sofa, juste en face de la grande baie vitrée qui ouvrait sur l'océan, il eut l'impression de s'installer au Paradis après avoir traversé l'Enfer.

-XXXIX-

Un taxi s'arrêta sur l'East End Avenue devant l'imposante façade du Doctor's Hospital, le plus moderne des établissements hospitaliers de New York. Depuis moins de trois ans, il élevait ses quatorze étages en regard du Carl Schurz Park et de Gracie Mansion et voyait défiler toute l'aristocratie new-yorkaise. Derrière ses murs, des propriétaires de grandes fortunes rendaient leurs derniers souffles tandis que leurs héritiers venaient au monde dans ce qui était considéré comme la meilleure maternité des États-Unis.
En quittant son taxi, Robert Winn manqua de glisser sur une plaque de verglas. Il se rattrapa au toit du véhicule, au moment où le chauffeur lui conseillait d'être prudent. Il faisait très froid à New York, comme d'ordinaire pour un mois de janvier. Il n'avait pas encore beaucoup neigé, mais quelques flocons commençaient à poindre et les prévisionnistes annonçaient une tempête prochaine. Avant de rejoindre l'hôpital, Winn eut un regard pour le Carl Schurz Park qui s'étendait de l'autre côté de l'avenue. Les arbres effeuillés dévoilaient bien Gracie Mansion, fraîchement restaurée, mais en cours d'abandon. Le Musée de la ville de New York qui l'occupait déménageait sur la 5e avenue, dans de nouveaux locaux plus grands. Winn espérait que la municipalité ne laisserait pas tomber en décrépitude un tel bâtiment chargé de toute l'histoire de

l'Amérique, ce qu'il craignait avec les spéculations immobilières qui, même en pleine crise économique, ne cessaient pas à Manhattan.

Il régnait une certaine agitation dans le hall de l'hôpital. Le froid et l'humidité avaient aggravé les maladies chroniques, accentué les épidémies hivernales, affaibli les cardiaques et les tuberculeux, mais Winn, qui avait l'expérience des hôpitaux publics, le trouva d'un calme olympien, presque religieux. Malgré la taille de l'établissement, il y avait peu de lits, car toutes les chambres étaient privées et de nombreuses salles étaient dédiées aux loisirs et au confort des patients aptes à se mouvoir et de leur famille. Il y avait une bibliothèque, des salles de séminaires et de réunions privées, un restaurant où l'on servait des mets semblables à ceux des buffets de gare distingués. Les carrelages et les plâtreries des hôpitaux ordinaires cédaient la place au marbre et aux murs lambrissés dans une esthétique architecturale qui lorgnait vers un éclectisme à dominante géorgienne. Winn ne releva que deux différences entre le hall du Doctor's Hospital et celui d'un hôtel de luxe, et elles tenaient dans la livrée du personnel et le fait que l'on y parlait qu'anglais.

Il demanda la chambre d'Ebenezer McBurney Byers, on lui demanda son identité, il répondit qu'il était son avocat et qu'il venait lui porter les résultats d'une procédure judiciaire. On lui indiqua l'étage et le numéro de la chambre, tout en lui proposant quelqu'un pour l'accompagner. Winn déclina l'offre. Il prit l'ascenseur qui le laissa au huitième étage. Alors qu'il passait en revue les numéros des chambres pour trouver celui qu'il cherchait, un médecin l'interpella pour lui apporter son aide :

— Vous cherchez un patient ?
— Oui, monsieur Ebenezer Byers, mais j'ai le numéro de sa

chambre…
— Byers… Je ne sais pas ce que vous lui voulez, mais depuis qu'on nous l'a amené, il est dans le coma. Il n'en sortira pas.
— Je sais, je suis son… avocat. Je sais que monsieur Byers est tombé dans le coma depuis la mi-décembre, mais je tiens tout de même à lui porter les résultats d'une procédure qu'il avait engagée avant l'aggravation de sa maladie.
— Dans ce cas, je vous accompagne ! Suivez-moi ! C'est par ici !
Le médecin devança Winn, marchant d'un pas alerte car il connaissait par cœur les couloirs de l'hôpital. Les portes défilèrent, jusqu'à ce que la bonne se présenta enfin :
— Je doute que dans son état, il vous entende, mais on peut toujours l'espérer. C'est là.
Winn remercia son guide qui s'éloigna, le laissant seul devant la porte close. Il voulut frapper, puis songea que c'était idiot, que personne ne lui dirait d'entrer. Il ouvrit donc la porte, appréhendant ce qu'il allait voir. Il se remémorait le souvenir horrible de sa première entrevue avec Eben Byers et craignait d'avoir une vision plus terrible encore. Pourtant, en entrant dans la chambre, il se trouva moins oppressé qu'il ne l'avait redouté. La pièce était vaste, claire et lumineuse. Une fenêtre donnait sur le Carl Schurz Park et Gracie Mansion. Un peu de mobilier en bois exotique et un bel évier en émail et robinetterie de laiton venaient rompre l'austérité habituelle des chambres d'hôpital. Sur la table de chevet du patient, l'on avait disposé des narcisses de Constantinople dans un vase en verre bleu. Byers était allongé dans son lit, immobile. Au premier abord, il n'avait pas beaucoup changé depuis le mois de septembre, excepté qu'il avait davantage de bandages et de pansements autour de la tête. Mais au-delà de l'apparence, l'état psychique d'Eben Byers s'était fortement

aggravé. Dans le courant du mois de décembre, il avait subi une attaque cérébrale qui l'avait plongé dans le coma, et la continuelle dégradation de son état n'avait plus permis de le garder à domicile. John Byers avait accepté l'idée du docteur Manning qui, malgré les risques liés au transport d'un malade si délicat, souhaitait son transfert au Doctor's Hospital pour une prise en charge optimale. Le personnel le mieux qualifié avait été choisi pour procéder à l'opération qui s'était finalement déroulée sans incident. Cependant, l'espoir qu'Eben Byers reprît conscience était nul. Les radiations avaient fini par détruire de petits vaisseaux sanguins du cerveau. Contre tous les pronostics, il avait passé Noël et même le Nouvel An, et il respirait toujours au mois de janvier 1932. Pour Robert Winn, parler de vie revenait à employer un grand mot, car il avait déjà vu des morts donnant l'impression d'être en meilleure forme. Il savait qu'il ne pouvait pas lui répondre, néanmoins, Winn le salua avant de poser sa sacoche, d'accrocher son pardessus et son chapeau au porte-manteau et de retirer ses gants de cuir qu'il glissa dans sa poche. Il souffla sur ses doigts pour les réchauffer :
— Vous êtes bien au chaud ici, monsieur Byers, dit-il en s'asseyant près du lit. Dehors, il neige, et j'ai manqué de me rompre le cou sur le verglas. Ce n'est que le début à ce qu'on dit. La tempête arrive… Enfin, cela vous importe peu, j'imagine… Je ne sais si vous m'entendez, et je pense que votre frère vous a de toute façon tout dit, mais j'avais besoin de venir vous annoncer en personne que la commission a acté le sort des laboratoires Bailey. Bailey a renoncé à contester la procédure de la commission, et le 19 décembre dernier, la commercialisation du Radithor a été suspendue. J'ai amené l'acte, je pensais vous le lire, mais au fond, c'est inutile, seul compte le résultat. La commission a conclu que

le Radithor n'avait pas l'effet promis sur les glandes endocrines et était dangereux à la santé, contrairement aux affirmations de son créateur. Ce ne sont que des conjectures, mais je peux vous assurer que c'est votre cas qui a décidé Bailey à ne pas contester la procédure. Il avait trente jours pour rendre un rapport sur la manière dont il allait se conformer à l'ordre de la commission et il a préféré fermer ses laboratoires. C'est une victoire qui vous doit beaucoup monsieur Byers. Bien sûr, il a ouvert une nouvelle société, Thoronator Company, pour vendre des médicaments au thorium, mais je vous promets que la Federal Trade Commission continuera de combattre ses activités aussi longtemps qu'elles présenteront un danger pour les consommateurs. Je suis certain qu'une loi permettra bientôt de lutter plus efficacement contre ces charlatans qui vendent des poisons en guise de médicaments. Il faut que la Food and Drug Administration ait plus de pouvoir en la matière. J'espère que c'est l'avancée qui résultera du gâchis causé par Bailey. Malheureusement, le temps législatif... Votre frère m'a expliqué que vous aviez tardé à témoigner pour la commission car vous craigniez ce que la presse dirait de vous... Je l'ai lue et elle se montre clémente. Elle est plus dure avec les médecins qui ont prescrit du Radithor. D'après ce qui se raconte, la plupart auraient touché des pots-de-vin de Bailey pour prescrire davantage. Moyar... C'était votre médecin à Pittsburgh ? Il y a des attaques sérieuses contre lui. Il conteste votre empoisonnement au radium, il dit que vous avez un cancer du sang conjugué à d'autres maladies... Je ne suis pas médecin, mais en tant qu'avocat, je trouve sa défense maladroite. Je sais que c'était un de vos amis, qu'il l'est peut-être encore, que vous ne vouliez pas l'impliquer et nuire à sa carrière. Si cela peut vous rassurer, elle souffrira sans doute quelque temps de ce scandale, mais vous savez, monsieur Byers, on vit dans un monde ou un scandale succède à un scandale, et tout finit par s'oublier. Je parierai même que ses patients continuent d'avoir confiance en lui et disent de la presse qu'elle est malfaisante. C'est ainsi, la plupart des gens lisent la presse pour se voir confortés dans leurs opinions et la dénigrent quand elle ne dit pas ce qu'ils pensent. Il en va de même pour les avocats, on les apprécie lorsqu'ils sont de notre côté, et quand ils sont de l'autre, ce sont des créatures innommables. Enfin, je voulais que vous sachiez que vous avez gagné. Je pense que même dans votre état, ce n'est pas une petite victoire. Je suis certain qu'elle vous importe… D'après votre frère, c'est ce qui vous a soutenu ces derniers mois, contre les pronostics de tous les médecins. Je crois qu'il a raison. À quoi bon survivre ainsi sans but…

Avant que Winn terminât sa phrase, une infirmière entra dans la chambre. Constatant qu'il y avait un visiteur, elle rougit de confusion. Elle présenta ses excuses pour cette intrusion impromptue, mais Winn la rassura aussitôt :

— Non, non, faites votre travail, j'avais fini, je m'en allais. Il a sans doute plus besoin de vous que de moi.

— Je ne m'attendais pas à voir quelqu'un. En général, il n'y a que son frère à son chevet, et il vient les lundis, continua l'infirmière pour se justifier.

— Oui… J'imagine que lorsqu'on est ainsi, on n'intéresse plus grand monde…

— Vous êtes un ami ?

Robert Winn esquissa un sourire timide en songeant, à l'avance, à l'étrangeté de sa réponse :

— Non, son avocat, pour ainsi dire…

Considérant accomplie la mission qu'il s'était donnée, il enfila ses

gants, son manteau, prit son chapeau, sa sacoche et laissa l'infirmière procéder aux tâches qui lui incombaient. Il quitta l'hôpital et monta dans le premier taxi disponible. Le temps de sa rencontre avec Byers, la neige s'était mise à tomber, et le ciel, très blanc, n'annonçait rien de bon. Pressé de fuir New York avant l'arrivée de la tempête, Winn anticipa la question du chauffeur et, sitôt installé sur la banquette, lui lança :
— Penn Station, s'il vous plaît.
Au moment où la voiture se mettait en route, il tourna son regard en direction de la cinquième fenêtre du huitième étage, partagé entre la satisfaction du devoir rempli et la morosité qui vient à celui qui, en s'adressant à un homme vivant, le sait déjà mort. Eben Byers n'était ni un proche ni un ami, il connaissait de lui essentiellement ce que son frère lui en avait dit, mais Robert Winn en était convaincu, jusqu'à son propre trépas, il conserverait de cet homme un souvenir indélébile.

ÉPILOGUE

Ebenezer McBurney Byers décéda d'une broncho-pneumonie le 31 mars 1932 à deux heures vingt du matin. Ses obsèques se tinrent le 2 avril au domicile de son frère à Sewickley Heights et sa dépouille, déposée dans un cercueil de plomb, fut inhumée dans le mausolée familial du cimetière d'Allegheny. L'avis d'obsèques demandait aux amis de ne pas envoyer de fleurs et la cérémonie se déroula dans la plus stricte intimité familiale.
La mort de Byers eut un retentissement national et international.

Dans la presse, d'anciennes photographies du fringant champion de golf tranchaient avec les gros titres qui annonçaient sa mort en multipliant les adjectifs grandiloquents dignes d'un pulp racoleur. Tous insistaient sur la cause étonnante de sa mort car elle était spectaculaire, elle éveillait instantanément la curiosité du lecteur, mais aucun journaliste ne savait vraiment de quoi il était question.

Comme l'avait anticipé Robert Winn, le scandale du Radithor retomba vite, et en mai de la même année, il finit d'être balayé par le divorce surprenant d'Ann Harding, la star hollywoodienne oscarisée, et d'Harry Bannister.

John Byers enterra son frère. Certains lui trouvèrent peu de chagrin, mais c'était parce qu'il voyait sa mort comme une libération après les terribles mois de souffrances qui l'avaient précédée. Lui qui appartenait à l'Église épiscopalienne essayait de donner un sens à cette longue agonie et s'accrochait à l'idée qu'elle avait permis la chute de Bailey et de faire cesser la diffusion du Radithor dont les ravages continueraient longtemps de se manifester. Loin de le blesser, les titres racoleurs de la presse lui laissèrent de grandes espérances, celles de mettre en garde le monde sur les dangers du radium. Il se disait que par sa mort, son frère permettrait une prise de conscience collective et qu'il en résulterait un projet de loi contre le charlatanisme radioactif. Il en était certain et des élus républicains de Pennsylvanie allèrent jusqu'à lui assurer qu'un tel projet serait étudié au Congrès et qu'une réforme du Pure Food and Drug Act de 1906 serait menée en ce sens. La débâcle d'Herbert Hoover et des républicains aux élections présidentielles et à la chambre des représentants la même année en décida autrement.

Un an après la mort de son frère, John Byers gardait espoir, convaincu que les démocrates s'empareraient à leur tour du problème, mais dans le contexte de la crise économique et sociale, ce ne pouvait être une priorité ; moins encore si une telle loi nuisait à un secteur industriel déjà affaibli.

Les dernières illusions de John Byers s'envolèrent un soir de juillet 1933, alors qu'il revenait d'un conseil d'administration. Ses yeux défilaient sur les boutiques de Liberty Avenue, lentement, car un embouteillage s'était formé. Toutes les grandes villes commençaient à connaître ce déplaisir aux heures de pointe. Byers ne regardait rien en particulier, la chaleur, le bruit, la fatigue d'une journée harassante le plongeaient dans un demi-sommeil accentué encore par le ballet hypnotisant des piétons qui allaient et venaient sur le trottoir. Là, une femme à chapeau rond tenant à la main un enfant qui sautait à cloche-pied à côté d'elle, là, un homme pressé qui portait un costume loué beaucoup trop court aux chevilles, là, un mendiant, peut-être un honnête homme avant la crise, asticoté par deux *policemen*. Tous les profils des métropoles modernes se croisaient sur Liberty Avenue. Byers les observait sans les voir, ne songeant à rien d'autre qu'à l'instant où, de retour chez lui, il retrouverait sa femme qui lui était si chère. Quelquefois, il détournait brièvement le regard pour jeter un œil sur le cadran de sa montre avant de reprendre silencieusement sa contemplation noctambule.

La voiture arriva à hauteur d'un commerce de cosmétiques qui peignait du rose criard de ses néons les véhicules qui passaient devant lui. Sur l'instant, John Byers se contenta de regarder sa vitrine sans lui témoigner une attention particulière, mais alors que le trafic commençait à se fluidifier, il ordonna tout à coup à son chauffeur de s'arrêter. Ce dernier s'exécuta sans bien comprendre, et au moment de demander la raison de cet arrêt impromptu, son passager avait déjà quitté la voiture pour se diriger vers la vitrine du magasin. Sous le vacarme des klaxons, le chauffeur essaya de se garer le long du trottoir, manœuvrant difficilement sa Cadillac pour la faire entrer dans un emplacement étriqué. De son côté, John Byers se trouvait devant le magasin de cosmétiques. Il se tenait debout devant lui, le visage bariolé d'un rose qui se mêlait à l'éclat chaud d'appliques en verre nacré qui illuminaient la vitrine. Leur lumière tombait sur une boîte de poudre pour le visage haussée, tel un bijou précieux, sur un petit piédestal en ébène de macassar. Sur le couvercle de la boîte, il était écrit : « Poudre Tho – Radia, à base de radium et de thorium selon la formule du Dr Alfred Curie ». Mais ce n'était pas cela que John Byers avait remarqué depuis sa voiture. Derrière la boîte de poudre, placés comme un retable derrière l'autel sacré, se déployaient les trois volets d'un triptyque publicitaire. Sur les volets de gauche et de droite s'étalaient la liste des produits de la gamme et des slogans séduisants comme « Le merveilleux pouvoir embellissant des produits Tho-Radia est dû aux principes actifs du Thorium et du Radium ». Les noms des deux éléments radioactifs se détachaient en gras et en caractères jaunes très voyants au milieu de la phrase écrite en blanc. John Byers avait pu les lire sans difficulté depuis la rue, et ces mots avaient fait ressurgir un passé récent et cruel qu'il cherchait à oublier. En dessous, la publicité indiquait que pour l'achat d'un coffret de sept échantillons était offert un guide de soins de beauté expliquant les bienfaits de la radioactivité sur la jeunesse des femmes. Devant ce triptyque, John Byers eut l'impression de replonger dans un cauchemar, ses yeux, pleins de détresse, allant du cartel qui mentionnait « Nouveau ! La recette de beauté des femmes françaises ! » à la reproduction du certificat censé

prouver que les crèmes Tho-Radia contenaient bien du radium. Surtout, il y avait ce visage de jeune femme qui s'affichait en grand au milieu de la publicité, illuminé dans l'obscurité par la phosphorescence bleu vert d'un pot de crème Tho-Radia ouvert entre ses mains. Certes, le modèle était blond, et de près, John Byers n'était plus si sûr de lui, mais de loin, quand son regard avait croisé celui de cette pin-up dirigé sur lui, il avait cru voir Mary-Lou Smith. C'était le même nez, la même bouche sensuelle, les mêmes yeux et pommettes, le tout d'un dessin proche de la perfection, mais oint d'un léger voile de mélancolie. Il resta un temps indéterminé devant cette vitrine, consterné et abattu, constatant avec amertume que la mort de son frère n'avait pas refréné le charlatanisme radioactif, et même, qu'il venait désormais de l'étranger. Crème, poudre, dentifrice, rouge à lèvres, savon, lait démaquillant, le radium s'affichait partout, et en lisant la réclame, John Byers crut entendre la voix de Bailey récitant son argumentaire mensonger. De voix, cependant, une seule lui parvenait, bien réelle et tangible. Elle mit du temps à percer le cauchemar éveillé dans lequel il se trouvait plongé, mais elle finit par le vaincre, et soudain ramené dans le vrai monde, John Byers détourna la tête de la vitrine :
— Quoi... Quoi donc ? marmotta-t-il, hagard.
— Monsieur, tout va bien ?
— Ah, Henry..., soupira John Byers en prenant conscience que c'était son chauffeur qui l'interpellait. Oui, oui, enfin... Je suis fatigué, fatigué et las... Rentrons !
Henry, à peine rassuré par les mots de son patron, lui entrouvrit la portière de la Cadillac. John Byers s'avachit lourdement sur la banquette. Le chauffeur reprit sa place derrière le volant et la voiture redémarra, s'échappant laborieusement de son

emplacement. Les boutiques, les passants, la ville moderne continuèrent de défiler le long de l'avenue, mais John Byers ne regardait plus. Il avait caché ses yeux dans la paume de sa main et songeait à la bêtise d'un monde qui, décidément, n'entendait rien.

FIN

DOCUMENTS [3]

La mort d'Ebenezer McBurney Byers fit émerger la nécessité d'un pouvoir accru de la Food and Drug Administration pour lutter avec plus d'efficacité contre la mise sur le marché de médicaments et de cosmétiques dangereux. Un projet de loi en ce sens fut initié au Congrès en 1932, mais il ne fut voté qu'en 1938 après un autre scandale sanitaire de grande ampleur, celui de l'élixir sulfanilamide qui causa la mort d'une centaine de personnes en 1937. Suivant la loi de 1906 qui s'appliquait alors, la société responsable fut condamnée à une amende de principe pour « mauvais étiquetage ». Suite à l'indignation publique devant une peine si dérisoire, une loi plus stricte fut votée, obligeant notamment les laboratoires pharmaceutiques à procéder à des tests préalables à la mise sur le marché avec obligation de tenir les résultats à disposition de la Food and Drug Administration.

**Ebenezer McBurney Byers
(1880 – 1932)**

Eben Byers aurait consommé près de 1400 doses de Radithor. À sa mort, une autopsie a estimé la quantité de radium dans ses os à trente-six microgrammes. Compte tenu de la vitesse de dégradation rapide (demi-vie de 5,75 ans) du radium 228 (appelé mésothorium à l'époque d'Eben Byers) qui constituait la moitié de la charge radioactive du Radithor, il est

---

[3] Tous les éléments de cet ouvrage ne sont pas authentiques. De par les exigences du format romanesque, il nous a fallu procéder à un certain nombre d'ajustements et combler les points méconnus de l'histoire d'Ebenezer Byers. Cependant, nous espérons avoir été aussi fidèle que possible aux faits et aux personnages, dont un certain nombre ont effectivement existé. Nous donnons ici quelques informations sur leur devenir après l'affaire Byers.

probable qu'au moment de son autopsie une quantité déjà importante de l'élément radioactif ait été dégradée. Une dose d'un microgramme a suffi à provoquer la mort, en quelques années, de certaines ouvrières de l'USRC par anémie aplastique.

John Frederic Byers (1881 – 1949)

Après la mort de son frère, John Frederic Byers devient président du conseil d'administration de l'entreprise A. M. Byers Company et directeur de plusieurs entreprises et infrastructures à Pittsburgh. Veuf de sa première femme, Caroline Morris Byers, décédée en 1934, il se remarie en 1937. Il meurt en 1949 d'une pneumonie.

Robert Hiner Winn

Ce dernier exerce au sein de la Federal Trade Commission jusqu'à la Seconde Guerre mondiale. Il participe au conflit en s'engageant dans la marine. Après la guerre, il devient conseiller juridique général adjoint au sein de l'éphémère National Production Authority (1950-1953). Sa situation après cette date est inconnue.

William John Aloysius Bailey
(1884-1949)

Après la mort d'Ebenezer Byers, William Bailey continue d'œuvrer dans le milieu des médicaments radioactifs à travers d'éphémères sociétés dont aucune ne renouvela le succès du Radithor. En 1937, son nom est associé à l'entreprise Lee Kelpodine Company de New York qui vend des médicaments à base d'algues. Des poursuites engagées par la Food and Drug Administration la firent fermer rapidement. Après cela, William Bailey a travaillé pour IBM avant de mourir en 1949 d'un cancer de la vessie. Une autopsie pratiquée environ vingt ans après sa mort a révélé la présence d'importants dépôts radioactifs dans son squelette.

Harrison Stanford Martland
(1883 – 1954)

Harrison Martland, pathologiste de formation, exerce comme médecin légiste du comté d'Essex à partir de 1925. C'est dans ce cadre qu'il autopsie les corps d'ouvrières de l'United States Radium Corporation située dans le comté, à Orange. Il détermine que la cause de leur mort est liée à d'infimes quantités de radium ingérées via la peinture luminescente qu'elles utilisent pour peindre des cadrans de montres et d'horloges. Son travail, publié notamment en 1929 sous le titre « Occupational Poisoning in Manufacture of Luminous Watch Dial » dans la *Monthly Labor Review*, a joué un rôle essentiel dans l'indemnisation des « radium girls » par l'USRC après plusieurs années de combats d'experts.

Joseph Manning Steiner
(1880 – 1937)

Médecin à partir de 1904, Steiner commence à s'intéresser à la radiologie en 1906 à Denver. Il s'installe à New York en 1916 et devient le collaborateur du pionnier des rayons X, Lewis Gregory Cole. Il exerce dans le Corps médical de réserve de l'Armée en France à partir de juillet 1917. De retour à New York, il reprend son association avec le docteur Cole et exerce à l'Hôpital français et à l'Hôpital Roosevelt. De sa fondation jusqu'à sa retraite en 1936 pour cause de problèmes de santé, il dirige le service de radiologie du Doctor's Hospital de New York. Après avoir examiné le cas des « radium girls », il est le premier à déterminer les symptômes d'un empoisonnement au radium chez Ebenezer Byers.

Arthur Heinrich Roeder
(1894 – 1980)

Président de l'United States Radium Corporation dans les années 1920. Si le docteur Sabin Arnold von Sochocky, l'inventeur de la peinture au radium « undark », décède en 1928 d'une anémie aplastique causée par la radioactivité, l'entreprise ne cesse définitivement l'emploi du radium qu'en 1968. À partir de cette date, elle concentre ses activités sur la fabrication de panneaux phosphorescents au tritium.

Charles Clinton Moyar (1881 – 1943)

La carrière du docteur Moyar n'eut pas à souffrir de l'affaire Byers. Il meurt à son domicile de Crafton, près de Pittsburgh, vraisemblablement d'un cancer. Pour se défendre des accusations portées contre lui dans la mort d'Ebenezer Byers, il déclara avoir consommé « autant si ce n'est plus d'eau au radium du même type que M. Byers ».

Frederic B. Flinn (1877 – 1957)

Professeur à l'Université de Columbia, Flinn a exercé comme toxicologue, spécialiste en hygiène industrielle. Expert dans l'affaire opposant les « radiums girls » à leur employeur, l'USRC, il détermine que le radium n'est pas la cause de leur état de santé dégradé. Admettant que du radium se déposait dans leur corps au moment d'effiler leurs pinceaux entre leurs lèvres, il défendait toutefois l'hypothèse d'une expulsion rapide et naturelle de ce même radium par le corps, niant la possibilité d'un empoisonnement. Il est à noter que le nom de Frederic B. Flinn fut associé au lobbying d'autres industriels douteux, notamment celui du cigarettier Philip Morris dans les années 1930. Lorsque ce dernier remplaça dans ses cigarettes le glycérol par du diéthylène glycol comme agent hygroscopique, il appuya son marketing commercial sur la caution scientifique de Flinn, lequel soutenait, sans aucune étude préalable, que le diéthylène glycol était beaucoup moins irritant que le glycérol.

Le manoir Byers sur Ridge Avenue à Pittsburgh. Le bâtiment, conservé, sert aujourd'hui au personnel administratif du Community College of Allegheny County

Sandymount au 8 Gin Lane à Southampton. Vue depuis la rue. La propriété, restée entre les mains de la famille Byers jusqu'en 1962, appartint à la créatrice de mode Mary Josephine McFadden de 1962 à 1967. Depuis 1975, elle est la propriété du producteur de cinéma Keith Barish.

TABLE DES MATIÈRES

-I-	5	-XXII-	173
-II-	12	-XXIII-	180
-III-	20	-XXIV-	186
-IV-	28	-XXV-	191
-V-	38	-XXVI-	201
-VI-	45	-XXVII-	208
-VII-	52	-XXVIII-	217
-VIII-	56	-XXIX-	225
-IX-	63	-XXX-	230
-X-	68	-XXXI-	235
-XI-	73	-XXXII-	242
-XII-	80	-XXXIII-	248
-XIII-	98	-XXXIV-	257
-XIV-	104	-XXXV-	265
-XV-	109	-XXXVI-	269
-XVI-	115	-XXXVII-	275
-XVII-	120	-XXXVIII-	282
-XVIII-	131	-XXXIX-	293
-XIX-	145	ÉPILOGUE	299
-XX-	152	DOCUMENTS	305
-XXI-	165		